無自覚な天才少女は気付かない
mujikakuna tensaisyoujoha kidukanai
5
～あらゆる分野で努力しても家族が全く褒めてくれないので、家出して冒険者になりました～
まきぶろ
illustration
狂zip

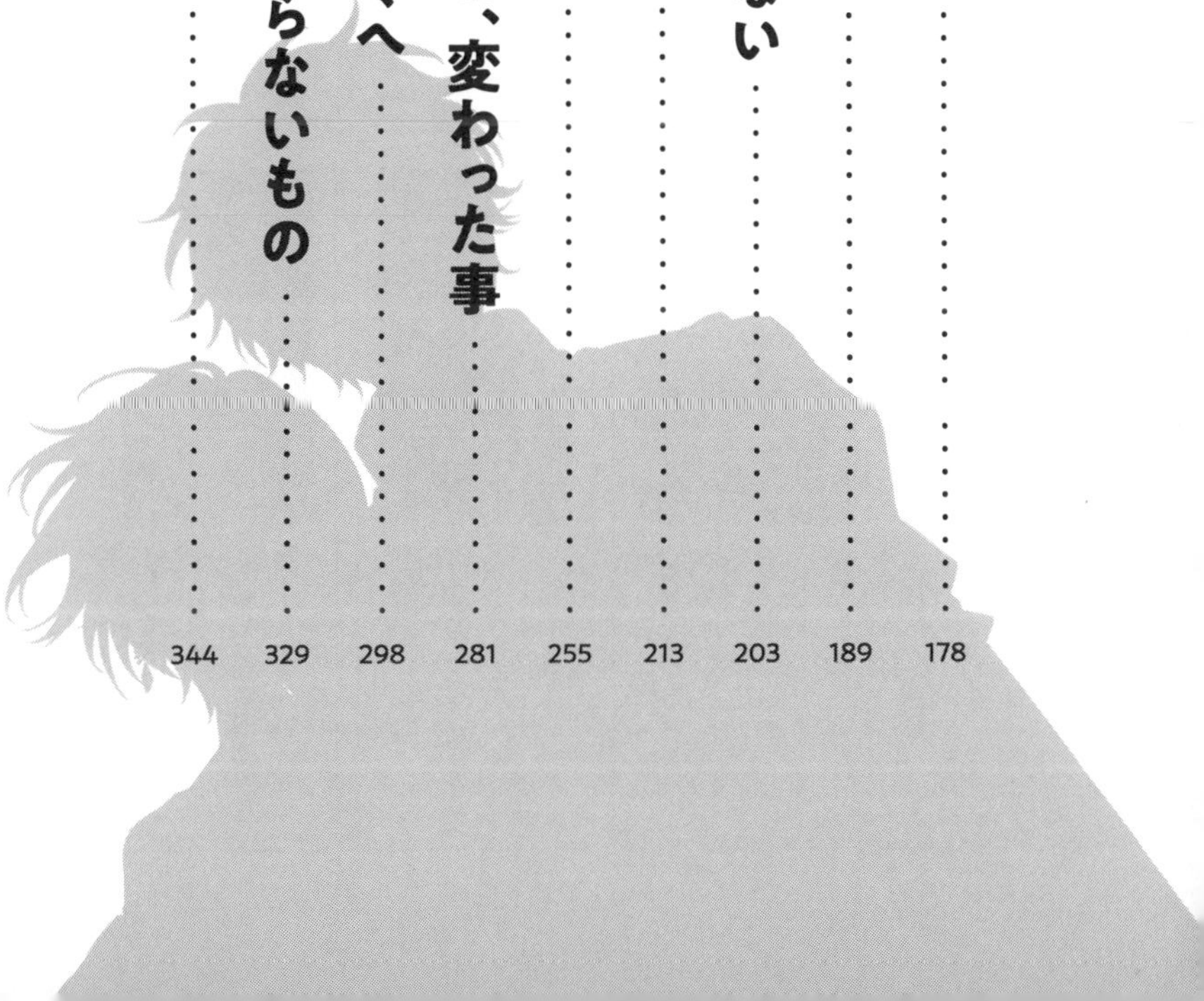

キャラクター紹介

リアナ／リリアーヌ・カーク・アジェット

アジェット公爵家の三女リリアーヌとして魔術、剣術、錬金術、内政、音楽、絵画、小説―各分野にて優秀で有名だった。リアナと名を変え冒険者になる。

フレド

銀級冒険者。色々と無自覚なリアナを放っておけなくなり、行動を共にするうちに彼女に特別な感情を抱くが隠している。なぜか異様にモテる。

アンナ

リアナの元専属侍女。リアナの身の回りのサポートをする。

琥珀

皇《スメラギ》からやってきた物の怪の子供。リアナの弟子。

クロヴィス

フレドの弟でミドガラント帝国の皇太子。あらゆる分野で天才。

エドワルド

フレドの乳兄弟。フレドとは本当に家族のように育った。

アジェット公爵家

コーネリアス

当主。王国一の魔導士にして国軍元帥。

ジョセフィーヌ

夫人。歌姫としても有名な社交界のボス。

アンジェリカ

長女。著名な画家であり王太子妃。

ジェルマン

長男。内政で敏腕をふるう王太子の側近。

コーネリア

次女。魔道具の発明家として有名な錬金術師。

ウィルフレッド

次男。国内最強の武人で近衛騎士。

アルフォンス

三男。稀代の小説家で語学にも堪能。

ニナ

養子。貴重な光魔法の才能がある。リリアーヌが家出するきっかけの事件を起こす。

あらすじ

乳兄弟のエドワルドと数年ぶりの再会を果たしたフレドは、祖国の皇室が自身の居場所を突き止めたことを知らされ困惑する。自分が元皇族であることを打ち明けられ困惑しながらも、リアナは討伐を通して人助けをしたり琥珀の成長を実感したりと、充実した日々を送っていた。

フレドの目が持つ不思議な力について研究を進めていたある日、フレドの弟でミドガラントの皇太子クロヴィスがお忍びでリアナ達の元を訪れる。あらゆる分野で天才でドラゴンライダーでもある彼は、重度のブラコンぶりを発揮し周囲を驚かせた。

再会を喜びながらもクロヴィスは、フレドにミドガラントに帰国してほしい旨を伝える。フレドの目の力について祖国で詳しく研究を進めると共に、あらゆる悪事に手を染めるミドガラント皇妃を止めたいという事が理由だった。

フレドの帰国に複雑な心境を抱くリアナは、同じタイミングでベタメタール子爵から本家との縁談を持ち込まれる。ベタメタール家の身内にならないと今後、人工魔石事業の援助を受けるのは難しいと言うのだ。

リンデメンでの生活に限界を感じたリアナは、クロヴィスの後押しもありフレドらと共にミドガラントに向かう事を決めたのだった。

第五十五話　向かうは新天地

ミドガラント帝国に向かう道中の私達だったが、まるで普通の旅行の様に楽しい時間を過ごしていた。

デルールに行った時も、とてもいい経験が出来た。琥珀ともあの温泉街で出会えたし、フレドさんのオススメに従って旅行に行って本当に良かったなと思う。

ここまでは寝台列車を降りてから、ミドガラントに向かう船を待った港町も楽しかったな、と道程を振り返る。港町には珍しくないが大きな市場があって、様々な国からやってきた品が並んでいた。

ちなみに、今の琥珀は魔導車からの景色に飽きてしまったようでぐっすり寝ている。すっかり仲良くなった、竜のベルンちゃんも琥珀の膝の上で丸くなっていた。この二人が寝ているととても静かだ。

「でも、観光しながらの移動……私達はとても楽しませてもらってますけど、クロヴィスさんは大丈夫なんですか？」

「ん？　僕も楽しいよ？　仕事抜きでこんなにゆっくり異国を歩くのは初めてだから、見るもの全部が興味深い」

「いえ、その逆で……大変堪能されてるなぁ、とは思ってるのですが……だからこそ、クロヴィスさんのお仕事とか心配になってしまって」

そう、こうして大変気安く接してくださってるクロヴィスさんだが、ミドガラント帝国の皇太子なのだ。そんな身分のある方な上に、『竜の咆哮《ドラゴン・ロア》』という大きな冒険者クランのリーダーで、聖銀《ミスリル》級冒険者もしているという何とも規格外の人だ。皇太子として様々な政策を打ち立て国営にも関わり、遠い異国に住む私ですらその名前を知っていた。そして聖銀級冒険者として高い戦闘能力も持っている。

ちなみにこの魔導車は、『竜の咆哮』の所有する魔導車なのだけど……「かなり燃費が悪かったから魔導機関と足回りを自分で弄った」と言っていた。実際、魔石の交換頻度が同じ大きさの魔導車と比較してかなり少ない。これを自称専門家ではないクロヴィスさんが自分でやったなんて……どう魔導機関を改良したか、その技術だけでとてつもない利益を生みそうだ。技術革新のレベルだと思う。

また、クロヴィスさんはこれに留まらず幅広い知識も持っているし、新しい技術を習得するまでのスピードも信じられないくらい速い。

間違いなく、私が知っている中で一番の天才だと思う。私の家族もそれぞれが活躍する分野で

「天才」と呼ばれていたが……ここまで何でも出来る人を私は見た事がない。

「？　どうしたの？　アンナ」

「……何だかお嬢様がまた自覚のない事を考えてそうな気配が……いえ、何でもありません」

私の顔を穴が開くかと思う程見つめてきたアンナに声をかけたが、濁されてしまった。

「僕がいなくなってミドガラントが困ってるかって言うと……まぁ、困ってるだろうね」

「え……？」

「それが目的で、各部署から優秀な部下を指名して『使節団』を作ったから。もちろん、メインの目的は兄さんだけど、どうせなら一緒に解決しようと思って」

今回クロヴィスさんは、私達が暮らしていたロイエンタール王国への訪問、という名目で入国して表向きの用事を済ませた後「聖銀級冒険者デリク」としてリンデメンまでやって来ている。「皇太子クロヴィス」は、ロイエンタールの王都に残してきた使節団の人達と一緒に帰国する事になっているそうだ。大胆な二重行動に、聞いた私の方がハラハラしてしまう。

そして、天才だが……兄であるフレドさんの事が、ちょっと理解できないくらい大好きな人でもある。エディさんはクロヴィスさんの事を「重めのブラコン」と言っていた。「重め」で済むだろうか……？

「改革するんだよ。血と縁故と伝統が国の運営に必要なのは分かるけど、今のミドガラントには問題が多すぎる。……国を良くする気のない、自分の金にばかり執着する無能を排除したいんだ」

「クロヴィス、お前なぁ……敵を作りすぎるなよ……」

「敵では無いってば。邪魔なだけで」

フレドさんはやれやれという風に軽くたしなめているが、あまりに辛辣な言葉に思わず息を呑んでしまった。

「でも、国をお留守にしたらその間もっと好き放題にされてしまうのでは？」

「戻ってくるのが分かってるからそこまでの無茶はしないだろうけど、まぁそうだろうね。でもこれで僕とその部下がいないと、もうまともに国を運営出来ないと分かるだろう」

クロヴィスさんとその部下が国を不在にして、あえて問題を浮き彫りにさせるとは。

アンナの素朴な疑問に、何でもない事のようにさらりとそんな事を答える。やっぱりクロヴィスさん……ちょっと怖い時があるな……。

「おいおい……クロヴィス、それで一番疲弊するのは国民だぞ？」

「でも、今多少の痛みがあっても膿を出来るだけ出しておかないと。壊死してから手足を切り落とす事になりかねない」

「それは……確かに、そうだけど……そうなんだよな～～……」

「……あの、そんなに悪い状況なんですか？」

何かを諦めて呑み込むように、ズルズルと魔導車の背もたれに体を預けて天井を仰ぐ。そんなフレドさんの姿を見て、私は思わず問いかけていた。

騒ぎが起きる事も覚悟で、クロヴィスさんがフレドさんを迎えに来たのは分かっていたけど……。

「そうだなぁ。もう波風を立てずに解決は出来ないと思う。大きな原因は分かってるんだけど、問題に手を付けるにも障害が多くて……」

痛みを伴う事になっても改革が必要だと、フレドさんもそう思うのなら余程なのだろう。

クロヴィスさんが独り言のように、「僕がいない間に罷免の口実になる良い感じの不祥事を起こしててくれないかなぁ」と言っているのは深く追求するのが怖いのでちょっと触れないでおく。


「それに、本当に帰ってから出来ないものには対応してるから」

「でも……使ってらっしゃるの、遠距離共振器ですよね？　それで間に合うんですか？」

「ああ、これは特別性だからね」

私が知っているタイプのものとはかなり形が違うが、これも共振器なのは知っている。

双子の魔物の魔石を使って作られるこの魔道具は、対になっているものとお互いを共鳴させる性質がある。分かりやすく言うと、共振器の画面に書いたものがそのままもう片方の共振器の画面に表示されるのを利用した、傍受の危険がほぼない連絡手段として使われている。

しかし貴重な魔石を使う高価な魔道具な上、一度に伝えられる情報も少なく、距離が開くと画面の同期にも時間がかかるようになってしまうなど不便な面も多い。

随分画面は大きいけど、これだけで不足なく仕事をするのは天才のクロヴィスさんと言えど難しいのではないだろうか。

「ちょっと実演してみようか。例えばここにメッセージを書くと……」

「……え？　書いた文字が消えて……すぐに返事が来た……す、すごい。共振の同期早すぎないですか……？」

目の前でサラサラとクロヴィスさんがメッセージを書く。するとすぐに画面が真っ白に戻った後、返事が現れた。すごい、相手の人の筆記しているペンの動きまで分かる程の遅延のない共振だった。

通信相手がミドガラントにいるなら……普通は時間をかけて相手の画面にジワ～ッと連絡が表示されて、それを確認した相手が返事を書いて、またこちらの画面にジワ～ッと文字が現れるのだけど……今のは殆ど、目の前の人と筆談でやり取りするくらいの早さに見えた。

質の良い共振器同士が同じ部屋にあるならともかく、この距離でこんな事が出来る遠距離共振器……初めて見た。間違いなく、コーネリアお姉様の作った物よりも性能が良い。

「別に今までにない遠距離共振器を発明した訳ではないんだけどね。もちろん既存の魔導回路を改良したりはしてるけど……これね、実は双頭竜の魔石を使っているんだ」

「えっ……ドラゴンの魔石ですか?!」

国宝として宝物庫の奥深くに仕舞われているか、国の一大事に起動する魔道具に使われているような貴重な存在の名前が出てきて、私は興味深く覗き込んでいた魔道具から驚いて身を引いた。そ、そんな高価な魔石が使われて……?!

でも、そうか……。

「……双頭竜の魔石……確かに、核にするのに質も申し分ないし、双子の魔物では別個体ですからどうしても魔晶石に個体差は出ますもんね」

「そう。だからここまでタイムラグなく共振器が同期するってわけ。元は一つの魔物から採れたものだからね、こうして成功して良かったよ」

言われたらそうか、と納得するがすごい発想だ。やろうと思ってこうして試して実現させてしまうのがもっとすごいが。

双頭竜もそういう種類がいるのではなく、おそらく双子として生まれてくるはずが不完全に体の一部が分かれかけたまま生きているのだとされている。

こういった個体は普通の動物や数の多い魔物ではたまに起こる事ではある。学園の生物準備室で双頭の蛇の標本を見た事もあるし。

しかしドラゴンでそれが起きて、たまたま人が討伐して魔石が手に入るなんて奇跡に近い。

「やっぱり、ご自分で討伐したんですか?」

「いや、イヤリングになってうちの国の宝物庫に眠ってたんだよ。ただの宝石扱いなんてほんと勿体ない事するよね。で、それを何かの機会に褒賞に指定して、これに作り直したんだ」

「ほ、宝物庫の装飾品を……！」

手を軽く握って中指の背でコンコンと魔道具を叩くクロヴィスさんの手元を見てるだけでハラハラしてしまう。その中には都市の年間予算に匹敵するような額の魔石が入っていると思うとどうにも。

「同じものがあといくつか欲しいから冒険者ギルド経由でも探してるんだけど、中々タイミング良く見つからないんだよね」

「あ、当たり前です！　魔道具の核に使えるような魔物の変異種が出たら災害じゃないですか、普通は」

普通の動物では奇形の一種だが、脅威になる魔物だと「変異」として記録される。いち冒険者で対処できるものではなく軍が動くような話だ。

いや、でもクロヴィスさんなら討伐出来そうなのが……。

「あ、魔石の交換みたいだね」

「じゃあ次は俺が運転を……」

押し固められただけの土が続く街道の上でゆっくりと魔導車が止まる。特に決めたわけではなさそうなのだが、動力の魔石の交換のタイミングで何となく三人で運転手を交代している。やはり立場上気を遣っているのか、エディさんがハンドルを握る事が多いが。

業務として運転する乗合魔導車などと違って、自家用魔導車は特に免許は必要ないのだが、率先してフレドさん達が引き受けてくれている。アンナはちょっと運転に興味を持っていたけど。運転ミスで事故が起きるのも怖いが、やはり運転の良し悪しで揺れも違ってくるので、舗装されてない場所では頼らせていただいている。

「いや、兄さんは午前中ずっと運転手だったでしょ。次の街まで僕がハンドルを握るよ。リアナ君、良かったら前で話相手になってくれない？」

「えっと……私で良ければ」

私はクロヴィスさんの誘いに乗って、後ろから降りて助手席に移動した。この魔導車は貴族が良く使うタイプの、運転席とそれ以外の乗車席の空間が完全に分かれているタイプなので、後ろに乗ってる人達と会話が出来ない。

エディさんは「私は喋りながら運転するのは苦手なので」と言っていたけど、クロヴィスさんは黙ってると退屈なのだそうだ。

琥珀が起きてた時はずっと助手席で、魔導車から見えるものに「あれは何じゃ？」「次の街はどんなとこじゃ？」なんてずっと話しかけてたらしいけど……後からそれを知って焦ってしまった。

「楽しい時間だったよ」と言ってくれたクロヴィスさんはかなり心が広いと思う。

「……なるほど、既存の共振器の魔導回路にそんな改良点が……」

そしてクロヴィスさんは運転席に移ってからも大変興味深い話をしてくれた。きちんと運転しながらよくこんな複雑な話が出来るなと感心してしまう。

私はマルチタスクが出来なくて、一回集中するとアンナが声をかけたくらいでは気付けなかったりするので感心してしまう。

「リアナ君が持ってる奴も弄ってみようか？　今より同期速度は速くなるはずだよ……いや、君なら自分で出来るか」

「いえ、これは借りものなので勝手に改造するのはちょっと」

「あはは。出来ないって言わないのがいいね。結構難しい事を言った自覚があるんだけど」

難しい……事だっただろうか？　自分で思いついた訳ではない、やり方を今全部口頭で説明してもらったのに。たしかに大分細かい作業が必要になるけど、幸い精密作業もそこそこ得意だ。正確に細かい魔導回路を引くのも苦手ではない。

絵を習っていたからかな。基礎も技術も教えてくださったアンジェリカお姉様に感謝しないと。

「この前は兄さんの九歳の春まで話したよね」

「そうですね。春の建国記念日の式典で、クロヴィスさんがフレドさんと久しぶりに顔を合わせて退屈な式典の途中にお喋りをした話を聞きました」

魔道具についての話がいち段落すると、話はいつもの流れになった。フレドさんに聞こえないとこに誘われたから、多分そうだろうなと思っていたけど。

前回話を聞いた所を思い出しながら子供の頃のフレドさんとクロヴィスさんを想像する。頭は良いけど、だからこそ下手な大人よりも賢くて、周囲と軋轢を生みがちだったクロヴィスさんには聞いてててハラハラするエピソードが多い。

　でも、クロヴィスさんはフレドさんの話をするのが好きなんだなぁと毎回しみじみ感じる。とても楽しそうに話すのだもの。

　私の方も、「フレドさん子供のころから気遣い屋さんだったんだな……」とか発見もあるし、正直楽しい。

「しかし、リアナ君は話し甲斐があって嬉しいよ。エディなんかはせっかくの兄さんの話をすぐ聞き流すからつまんなくて」

「あはは……」

　そう、最初はフレドさんの過去を知ってるエディさんを昔話の相手に誘えば、と思ったんだけど。クロヴィスさんの意向で私がこうして話し相手になっている。

　エディさん曰く、「同じエピソードを何十回も聞かされていれば、仕えてる主人の話と言えどもさすがに飽きます」だそうで。私は十分興味深く聞かせてもらっているけど……。

「それで……その式典の後に白の庭園を使ったパーティーがあるんだけど。兄さんを取り合う女の子達に取り囲まれて、身動きも出来なくなってて大変そうだったなぁ」

「前聞いたお話でも似たような事になってましたけど、昔からすごかったんですね……」

「うん、すごくモテるんだよね。まぁ見てたら分かるかな？　僕は、兄さんが大勢から好かれてるのはちょっと誇らしいんだけど、気の毒に思う事も多いかな」

「そうですね、確かに……」

「変な女が寄って来そうになったらリアナ君も気を付けてあげてね。君が横にいたら大体は諦めると思うから」

そう言われて、想像してみる。そうね、私も……例えば道を尋ねるために知らない人に声をかけなきゃいけないとなったら、二人組よりも一人でいる人に声をかけるだろう。

「分かりました……！　微力ながらフレドさんの力になりますね！」

「うーん、なんか勘違いしてそうだけど、まぁ結果は同じだからいいかな。そうそう、その式典の時に皇族と高位貴族の子供達で建国時を再現した短い劇をやるんだけどね……」

その劇でフレドさんは、帝国の祖となった王に加護を与えた神様の役をしたそうだ。

「当時はとてもきれいだなぁ、流石兄さんだって思ってたんだけど。大人になった今思い出すと可愛かったなぁって思っちゃうよね」

私が見られない、その幼少期の話を聞くたびに「いいなぁ」って思ってしまう。でもこんなの小さい子供の独占欲みたいで、恥ずかしいから誰にも言ってないけど。

第五十六話　とある秘密と決意

「リアナ様は本当に博識ですね。どの分野でもクロヴィス様と対等以上に会話が出来る方なんて初めてなので、毎回ひそかに驚いていています」

「そうですねぇ。私も、リアナ様の話について行けるクロヴィス様はさすがだな……といつも思っております」

運転席の方へと移った二人について、エディとアンナさんが興味深そうに話題に出す。

俺もそれには深く同意する。クロヴィスが天才だって事については誰よりも俺が知ってるし、そのクロヴィスを子供のころから知ってる俺でさえリアナちゃんの天才ぶりには何度も驚かされてるから。

「リアナ様は頭が良いので魔法や錬金術の事なんてさっぱり分からない私にも理解できるように話してくださいますけど、やはり天才同士の会話はすごいですねぇ」

「ああ、分かります。お二人の話している事は専門的すぎて、私はほとんど理解できてませんからね。あの天才のリアナ様の秘書をしていたなんて、アンナさんを尊敬しますよ」

「そんな！　私だってリアナ様がやってる事なんて全然分かりませんよ。リアナ様が私にも分かるように指示を出してくださるお陰です。後はスケジュール管理とか、本当に、やってる事について分からなくてもお支えできるものだけで」

確かに、俺も二人の話にはついていけない事が多い。聞いてるだけで面白い知らない知識がほとんどだからつい聞き入っちゃうのもあるし、琥珀が常にクロヴィスやリアナちゃんに「それは何でじゃ？」「どうしてそうなるのじゃ？」と質問しまくってるので俺が他に尋ねる事もないし。

リアナちゃんと、俺の唯一の肉親である弟が仲良くしてるのは嬉しい。

嬉しいけど、未だにちょっと信じられない時もある。クロヴィス、ちゃんと人に興味持てたんだ……って。何度か二人で話してる所を遠目に見た事があって、びっくりしたから。クロヴィス、あんな顔できたんだな。

何を話してるのかは聞こえなかったけど、リアナちゃんもすごく楽しそうだったし……。

クロヴィスには近くに置いている部下は何人かいたけど……何と言うか、リアナちゃんに対してみたいに個人として好意を向けてる顔なんて初めて見たから。

二人を見れば見る程、天才同士でお似合いだなぁって思う。

俺はつらつら考え事をしていた。クロヴィスは自分が天才だって自覚はあるけど、周りに求める能力もめちゃくちゃに高い。いや、クロヴィスからしたら「努力で実現可能な範囲」に収めてるらしいけど。

でもそのせいで皇太子になった今も、婚約者選びはとても難航していると聞いた。

そもそも、クロヴィスも幼い時に婚約を結ぶはずだったのだ。

しかし当時、今に輪をかけて人の気持ちを考えるのが苦手だったクロヴィス。何でも出来てしまう天才の立場から、自分の婚約者に求める能力が高すぎて……当時候補に挙がっていたご令嬢達は誰も残っていないのだ。

しかし俺は、子供の時から信じられないくらいに優秀だったクロヴィスが、身分のある婚約者を持つと兄である俺の立場を更に揺るがしかねないと理解してわざとそうしてた所もあるんじゃないかとも思っている。

しかし現在。クロヴィスはあらゆる分野で優秀だしあの見目だしで文官がさばききれないほど釣り書きは来るけど、釣り合う身分で近い年の未婚の令嬢なんていない。

将来皇帝の妃になれる器と言うとそれこそゼロだ。

でもリアナちゃんは外国の公爵家の娘さんだし、五歳差なら貴族には珍しくは……。

そこまで考えてやっと、俺は「何を勝手な事を」と我に返った。いやいや、本人に確認も取らずに何暴走してるんだよ。


「フレドさん、どうしたんですか？　さっきから黙り込んでしまって」

「ああいや、何でも……ちょっと考え事をしてたんです。帝都についたら忙しくなりそうだなって思ってたら憂鬱になっちゃって」

「病気療養していた事にするんでしたっけ？　身分のある方は大変ですねぇ」

俺は極力、いつも通りに見えるように表情を取り繕ってアンナさんに返答をした。理由ももっともだし百点満点の誤魔化し方だっただろう。

そう、実際そっちも憂鬱だ。社交界復帰を知らせる夜会を主催して、人脈を作るためにあちこち顔も出さなきゃいけないし。

当時クロヴィスの母親の実家であるハルモニア公爵家の力が強まり、命の危険を感じた俺は死にたくないばかりに身分や立場を無責任にも全て投げ出して逃げてしまった。

しかしクロヴィスのおかげで「第一皇子フレデリックはミドガラント帝国の公式発表では、病気を理由に皇位継承権を返上し、今まで田舎で療養していた」……という事になっている。このまま、当時第一皇子派閥だった貴族達も上手い事こっちに取り込んで波風を立てずにクロヴィスの改革を手伝いたい。

この件について実際何があったかを知ってる人なんて貴族に大勢いるけど。

あとは俺の仕事について……これについては、商会を立ち上げる事を考えていた。クロヴィスが言ってたみたいに、新しい事業を作ってそこの責任者にするとか、取り潰しにあって帝国が直接管理してる地域の領主に……なんて事は出来るなら避けたかったし。

それでは臣下になるにしても、あまりにもクロヴィスに頼りすぎだから。

俺は俺なりに、クロヴィスとは別の視点であいつの力になれる事がしたい。

いろんな土地で成功してる商売を見て来たから、生かせる事も多いと思う。商会としてだけの活躍ではなく、市井の情報でも力になれるかな。

それしか出来る事が思いつかないってのもある。まさか冒険者を続ける訳にはいかないし。

未だに全貌の把握できない目の能力はやっかいなので、そこは当然今まで以上に注意するとして。この体質は人脈を作って物を売る上では有利な事も多い。冒険者をやってる時と違って身分を使って立ち回れるし。

話を聞いていた限りでは新しい製造方法で今までより等級の大きい人工魔石を作るみたいだから、俺ならリアナちゃんの情報を守りつつ販路を作る役になってあげられる。

また冒険者として活動するかもしれないし、貴族に伝手を作ってサロンに出入りすればリアナちゃんなら芸術方面でも活躍するだろう。何をするにしても、俺が商会を経営してればリアナちゃんの力になれるし。

そうすれば、リアナちゃんが望むその時は、後援者として力を貸す事も出来るし。


「う～ん……ベルン、それは琥珀のクリームパンじゃぞ……」

「きゅ、きゅ～……」

何の夢を見てるのか、幸せそうな顔でむにゃむにゃしてるちびっこ組を視界の端におさめつつ、俺は終わりが見えてきたこのほのぼのとした時間を味わっていた。

「フレデリック様、お返事がなかったので失礼ですが入らせていただきました」

「ん？　ああ、ごめん。全然気付いてなかった」

明日の昼には城のある帝都に入る。そしたらこの楽しい旅行も終わりだな。

街の中で一番良い宿屋の、そこそこの部屋に入った俺はソファに座り込んでぼんやりしていた。

何か変に疲れてる時って、一回座り込むと動けなくなるよね……眠いわけではないんだけど……。

それにしても、エディが入って来たのに気付かないなんて余程ぼんやりしていたようだ。当然ノックもされただろうに、それも聞こえてなかったなんて。

ここまでと同じ、宿では俺達男三人は部屋を分けている。

クロヴィスは皇子として、寝る時も他人がすぐそばにいるのには慣れてるから平気だって主張して「兄弟水入らず（傍仕え付き）」で同じ部屋に宿泊しようとしてたけど……おはようからお休みまでクロヴィスと一緒ってのはエディが休めなくなってしまう。

俺は兄弟みたいに育ったからお互い遠慮はないが、エディにとっては上司だからね。寝台列車では部屋数の関係もあったので三人一部屋だったけど……。

やっぱりそういう所を想像するのちょっと苦手かな、クロヴィスは。もちろん、子供の時よりは成長してるし、説明したらすぐ引いてくれたが。

ちなみに、リアナちゃん達は望んで三人相部屋で過ごしている。

「半刻後に夕餉の時間ですので」

「ああ、そっか、もう夜か。手配ありがとう、エディ」

座り込んだままぼんやりしすぎて、外を出歩いた服のまま着替えてもいない。少し土埃っぽくなってるし、シャワーは……無理だけど着替えないとな。

ここの名産なんだったっけ、と頭の中で風化しかけてきた帝国の地理を引っ張り出す。確か、果物が有名か。主な商売相手は帝都で、果実酒の生産も盛んだと学んだ。

……いや、酒はダメだな。リアナちゃんが万が一飲んじゃったらマズイ事になるし。あんな姿をエディやクロヴィスに見せるわけには……と考えかけたついでにその時のふわふわ笑うリアナちゃんを思い出してしまって、邪念を追い払うために思い切り頭を振った。

「いかがなさいましたか？」

「い、いや、何でもない。晩御飯何かな～ってこの地域の名産を思い出してたら、その……このあたりの貴族のご令嬢に昔言い寄られて大変だったたの思い出しちゃって」

ちなみにこれ自体も嘘ではない。事実起きた事だ。またしても上手い誤魔化しが成功した俺は、本心を悟られずに済んだ安堵にホッと息をついていた。その瞬間。

「その件でも少々お伺いしたい事がありまして」

「どの件？」

「フレデリック様の、伴侶についてです」

「おぁ?!」

予想外の言葉が飛び出てきて、俺は悲鳴だか何だかよく分からない声を上げていた。

ぱ、と口を押さえてエディの顔を見上げる。その思いつめたような表情に、茶化す事は出来ずにそのまま話を聞く羽目になった。

「このまま帝都に戻ったら、誰かしらクロヴィス様に都合の良い方を娶る事になりますが、よろしいのですか？」

「クロヴィスはそんな事……」

「ええ、あの方はフレデリック様を尊重しているからなさらないでしょうね。でもフレデリック様は……あなたは、さもこれが自分の望みだというように振る舞って、クロヴィス様の利益になる相手を探すおつもりでしょう？　違いますか？」

「………ちが、」

違う、と言い切れなくて。俺は思わずエディから目を逸らしていた。これではその通りだと白状しているようなものだ。

「……クロヴィスの利益になる家の中から、事情とか理解した上で俺でいいよって言ってくれる人と結婚するのが一番うまく収まるから。実際それは、俺の望みだよ。俺の事を知ってるなら分かるだろ？　エディ」

「そうですね、フレデリック様が事なかれ主義で、なるべく平穏に生きていきたい方なのは存じ上げております」

「俺らしい望みだろ？」

クロヴィスが親戚関係になりたい家のうち、都合の良い婿を探してる人とか、何かの理由で本当の想い人と籍を入れる事が出来ない人とか……どこかしら需要はあるだろう。帝国は広いし、探せば何人か。

あとは神殿に入るくらいしか思いつかないけど……内部からクロヴィスの力になれる事もあるだろうが、かなり行動が制限されるしこれは最後の手段か。

ただいずれにしろ、この目の持つやっかいな力をどうにかする手段を確保してからにしたいな。

「五年前でしたら、賛成していたかもしれません。でも……リアナ様の事はどうなさるんですか？」

「……な、何言ってるんだよ、エディ。ちょっとよく分からないんだけど、どういう事？」

「誤魔化さないでください。貴方が彼女に特別な感情を持っているのなんて、見てたら分かります。いつからの付き合いだと思ってるんですか」

思わず口ごもってしまったが、それを気取らせるわけにはいかない。俺は極力平静に見えるように演技をする。

「……え、勘違いじゃない？　確かに俺に異性の友人が出来たのなんてエルカ以来だけど、だからって……なんかそういうアレがある訳じゃ……」

「勘違い？　女性が苦手なフレデリック様が、リアナ様が相手の時にはわざわざ自ら！　率先して声をかけ、気を配り、クロヴィス様と二人きりになる度に内心嫉妬するのが、勘違いですか？」

「え、そんな顔してた？　あ、違う。やっぱ今のなしで」

まずい。不自然にならないようにしようと思う程、自然に受け答えが出来ない。

「ただの友人だと思ってないのは、ご自分が一番分かっているでしょう」

「えっと、妹みたいな……」

「妹分に向ける感情と違うのも分かってますよね？　エルカや琥珀さんに対する態度と全然別物ですよ」

言い逃れしよう、と目をウロウロさせていた俺は、観念して大きく息を吐き出した。しょうがない、これ以上突っぱねても最終的には聞き出されちゃうか。

「……別に、ただの片思いだよ。何もするつもりはない」

「けれど、」

「困らせるだけだよ。大体、釣り合わないだろ。俺よりもっと素敵な相手がいくらでもいる」

例えば、同じ天才のクロヴィスとか。

そう、俺じゃなくて、リアナちゃんに相応しい相手が……いくらでもは言い過ぎか。少なくとも、両親に何の問題もない、皇位継承権とかでトラブルを抱えてない男の方が良い。いや、でもその条件だとクロヴィスもダメになっちゃうか。

「……私は、フレデリック様に幸せになって欲しいです。ご自分の身を犠牲にするような真似などなさらなくても、クロヴィス様なら」

「そうだね。クロヴィスなら……こんな事くらいしか思いつかない俺の手助けなんて無くても、改革をやり遂げられると思うよ。でも、あいつが優秀でそれが出来るからって……全部やらせるのは違うだろ？」

　クロヴィスに守ってもらって、俺だけ自分の幸せを追求するなんて出来ないよ。

　あの時逃げて全部押し付けてしまったから。今度は、出来る事を全部やりたい。今は命の危険はかなり遠くなったし、せめてこのくらいは役に立たないと。

「ホラ、俺一応お兄ちゃんだからさ」

　わざと明るくそう口にしたが、エディの表情は晴れなかった。

「……エディ、俺はね。あの母親の下で歪んで育った俺が、ちゃんと……恋愛の意味で人の事を好きになれるんだって、それを教えてもらえただけですごく幸せだなって思ってるんだよ」

「フレデリック様……」

「だから、この話はもう終わり。……エドワルド、誰にも言うなよ。クロヴィスにも、お前の家族にも。これは命令だ」

　かしこまりました、と中々言わなかったのは、エディなりの抵抗だったのだろうな。

第五十七話　実力を問われる

どうしてこんな事になったのだろうか。私は正面を見つめたまま、今一度考えていた。

そう、今日は新しい製法で作った人工魔石が形になったから、それを見せる……それだけの話だったはずだ。

周りには観衆まで集まっている。最初は琥珀とベルンちゃんだけだったのに、いつの間にこんなに増えてしまったのだろう。

訓練に使われている中庭でクロヴィスさんと向かい合った私は、内心この状況に怖気づきながら手汗の滲む木剣を握り直した。

……実際の武器に近付けるため、重りとして鉄芯が入っている。それこそ、まともに当たれば怪我をするのは確実だ。

なんでこんな、クロヴィスさんと模擬試合なんてする事になってしまったんだろう。

フレドさんの生まれ故郷であるミドガラント帝国の帝都にやってきた私達は、クロヴィスさんの所有する物件の一つに住まわせてもらっていた。

正確には、冒険者クラン『竜の咆哮』の所有する物件だ。私達三人は、クロヴィスさんのもう一つの顔である『聖銀級冒険者デリク』の知り合い……という事になっている。

帝都の中心部でもアクセスの良い、治安の良い区域の家族向けの集合住宅の一部屋。他の部屋の住民も管理人もクランの人なので、防犯面もバッチリ。心配性のアンナも即納得した条件だった。

私達はこうしてリンデメンの時以上にスムーズに新生活を始める事が出来たのだが、クロヴィスさん達はとても忙しそうにしていた。特に、フレドさんは帰国と言うか……かつてのフレドさんを知ってる人達の前に出る事自体が五年ぶりなので、余計に。

二人共、しばらくはちょっと顔を出してはすぐ帰るほどで。むしろそんな中私達に気を遣ってもらうのが申し訳ないなとすら思った。

生活に不便はないかとかは、エディさんがサポートしてくれたので全く問題なかったしね。

忙しそうなフレドさん達とは違って、私達の生活は順風満帆そのものと言って良い。

まず手配してもらった物件には、アンナが目を輝かせて喜んだ「システムキッチン」というタイプの炊事場が整えられていた。いくつもの魔道具が組み込まれて、コンロ、シンク、広々とした調理スペースに収納も確保したとても機能的な構造になっている。

確かに、使いやすいし掃除もしやすそうだなと私も感心した。

そこでアンナは毎日楽しそうに凝った料理を作るようになって、最近では拵えるお菓子の出来栄えがお店で売ってるようなものと遜色がなくなってきたくらいだ。

そして琥珀だが、クロヴィスさん……いや冒険者デリクのクランの仲間達が、琥珀に稽古をつけてくれるようになって、こちらも毎日思う存分体を動かす事が出来るようになって楽しそうにしている。

リンデメンに居た時は、一応私が相手になって毎日訓練はしていたけどあれでは物足りなかっただろうな。今ではほぼ毎日『竜の咆哮』に所属する冒険者達と一緒に基礎訓練をして、時には試合のような形で力比べをしているが、それでもまだ体力には余裕があるみたいだし。

一度私が同行した後は、問題ないとクランの幹部に判断されて、時々『竜の咆哮』の依頼に琥珀だけ連れて行ってもらったりもしている。

もちろん、帝都から日帰りで行ける依頼ばかりだが、琥珀は中々可愛がってもらっているらしい。

人の指示をちゃんと聞いて動けるようになったなんて、本当に琥珀は成長したなと思う。最初の時なんて、「どうして魔物を倒すだけじゃなくて討伐証明部位とやらを切り取って持って帰らないといけないのか」から説明してたもの。

むしろ今は、私が教える事が出来ない琥珀の怪力を生かした戦い方とか、琥珀の鋭い聴力や嗅覚を利用したより効率的な警戒の仕方などをクランに所属する優秀な冒険者の皆さまに教えてもらえているので、とても実力が上がったと思う。

身体強化が得意な前衛の人や、獣人の戦士から身のこなしと腕力を生かした立ち回りを教わってからはそれは特に顕著に感じた。

師として、追い抜かされないように私も精進しなければ。

ちなみに私だが、ここでも一応錬金術師として活動している。もう家族に知られているので、リンデメンに居た時のように隠れなくても良い。

現在使わせてもらっている工房は、『竜の咆哮』の所有する敷地内に宿舎棟と鍛冶工房と並んでいる大規模なもので、やはりクロヴィスさんの私物である。私以外の錬金術師はクロヴィスさんが個人的に支援している人達で、彼らの仕事は『竜の咆哮』の使う魔道具やポーションを製作する事だと聞いた。

それ以外の時間はクロヴィスさんの資金援助によってそれぞれ研究を行っているそうだ。なお、クロヴィスさん自身も「天才錬金術師でもあるクランマスターのデリク」としてたまにここで作業を行っている。機密にあたらない研究内容をちょっとだけ見せてもらったが、「皇太子として忙しくしながら、いったいどこにこんな物凄い研究をする余力が……?!」と驚くような内容だった。次に顔を合わせた時に研究について質問しようと考えていたのだが。

その『竜の咆哮』の所有する工房を間借りさせてもらう形で、私は新式人工魔石の研究をしている。

クランマスターのデリクさんがどこからか人を連れて来るのは珍しくないらしく、そういった存在は錬金術師に限らずたくさんいるみたいで、私と琥珀は何の障害も無くこのクランに受け入れていただいている。むしろ、私がちょっと「こんなにすぐ馴染んでいいのかな」と心配するくらいには。

工房で働く錬金術師たちのまとめ役であるニアレさんは「うちのクラマスは、優秀な人を見るとすぐスカウトして連れてきちゃうからなぁ。もう事後報告にも慣れたよ」なんておっしゃってて。その「天才にスカウトされてきた優秀な人」と最初は期待されてたせいで、ちょっと居心地が悪かったけど。

実力以上に期待されるのは心臓に悪い。でも弱音は吐いていられない。私はフレドさんの役に立てるとクロヴィスさんに示すために、何かしら成果を挙げなければいけないのだから。

それで、やっとクロヴィスさんに報告できるくらいの大きさの新式人工魔石が出来たとエディさん経由でお伝えして、「クランマスターのデリク」としてクロヴィスさんがここを訪れた訳なのだが。

クロヴィスさんは私の約束よりもかなり早い時間に到着していた……きっと他にもここでやる事があったのだろうな。その時はちょうど、私が琥珀に簡単な稽古をつけていた。

しかし琥珀と私がクランハウスの中庭で訓練をしているのを見て、クロヴィスさ……いやデリクさんが「僕とも手合わせしよう」だなんて言い始めたのである。

「デ、デリク様?! リアナさんは錬金術師でしょう！　何を無茶な事を……」

「いや、リアナ君は優秀な金級冒険者でもあるよ」

久々にクランハウスを訪れたクランマスターを大勢が囲んでいた中でそんな発言をされて、私にざぁっと人の目が集まった。

さっきまで、中庭に降り立った騎竜のベルンちゃんとクロヴィスさんに、英雄を見るみたいにキラキラした視線を向けていたのに……クロヴィスさんを尊敬しているらしい人達の、私に向ける感情には棘が交じっているのが分かる。

たしかに、こんな……組織のトップがこうしてポンと連れてきた新人を気にかけている様子は、気に食わないだろう。……私も実際、あの時新しく家族になったニナに対して似たような感情を抱いてしまった訳だし。

副クランマスターだと紹介された男性、たしかジェスさん……がぎょっとした顔で止めてくれていたが、クロヴィスさんは発言を引っ込める気はなさそうだった。

「琥珀君に稽古をつけたり指導してるのは見てたけど、十分僕とまともにやり合える腕は持ってると思うよ。ちょうど良かった、実力も確認したいし、最近肩がこる仕事ばっかりだったからさ。リアナ君、ひと試合しようよ」

「ええ……」

「ああもう……この人はほんと、人の気も知らずに勝手な事ばっかり言って……！」

わーっ、と頭を掻きむしりながら困った顔をするジェスさんは、しかしそれ以上「クランマスターのデリク」を無理に止めても無駄だと途中で失速して、私に「すいませんね」といった視線を向けてくる。

ここで私も、何が何でも辞退するという選択肢は諦めて、話に流されてしまったのだ。

こうして、私は『竜の咆哮』のクランハウスの中庭で、「クランマスターのデリク」と武器を構えて向かい合っている。

離れた所から無邪気に応援してくる琥珀、「リアナ、手加減せずに思い切り倒してしまって良いぞ！」なんて無責任な事を言うのはやめて欲しい。ホラ、私達を囲んでる、クランの人達の目が厳しくなっちゃってるじゃない！　私は正面を見据えたまま、周囲に一瞬だけ意識を向けて反応を感じて冷や汗をかいた。

当然、琥珀の応援通りになんて行かない。いくらなんでも実力差がありすぎる、全力でかかっても数回まともに打ち合うのがやっとだと思う。

しかし、別の考え方をするなら……ここでクロヴィスさんに、私がちゃんと使える駒だとアピールする機会が得られたのはある意味幸運ではないか。何か一つで抜きんでるという事は私には難しいと思う。なので、「色々な分野でそこそこ役に立つ」としっかり売り込んで、これからもフレドさんの仲間として有用だと認めてもらう……というのは良い案なのではないだろうか。

私は覚悟を決めて、模擬剣をしっかりと握り直した。

クランから貸し出された訓練用の防具を着けた私達二人に聞かせるように、審判をする事になった副クランマスターのジェスさんの口から簡単なルール説明が行われた。建物を破壊しない程度の魔法はあり、急所は避ける、金的は禁止、目潰しは可だが傷は付けない事。中級ポーションで治らない怪我は、させた方が負け。このクランのハウスルールらしく、制限は一応あるけどかなり実戦的な試合形式だ。私に出来るか……。

いや、気負っては体が硬くなる。クランマスターが何故か気にかけてる新人……と一部の人からあまり面白く思われてないけど……むしろそんな私が数合打ち合えれば見直してもらえるのではないか。

数合打ち合えたら上等、なら勝ちに行くしかない。最初から「良い勝負」なんて目指したらそれより下にしかなれないもの。本気で勝ちに行って、私はそこからいくつか拾う。

じゃり、と踏みしめた地面が音を立てる。……ああ、ここ、クロンへイムより乾いてるから、感触が軽いんだな。

「――――始め」

そう彼が言い切る前に、相対していた「聖銀級冒険者デリク」が動いた。

そこに居た。構えていたやや大ぶりな模擬剣を注視していたはずなのに、瞬きすらしていない私の視界から一瞬で消え失せたように見える。

姿を探す間も、考える猶予もなく答えが全身に突き刺さった。

――ガギィイイインッ!!

体を面で圧が襲う。ぶわっ、と剣戟によって叩きつけられた空気が辺りを敷いたのだ。模擬剣の鉄芯から響くような衝撃が耳をつんざく。

このクランの外の通りにまで響いただろう。息が、止まるような。

ほぼ本能で反応した手がたまたま上手く向こうの剣筋に当たっただけ。芯を捉えて衝撃に痺れる手に叱咤をして、前に踏み込む。

元々リーチでは負けている。魔法の発動も向こうの方が早い。距離を取っては不利になるだけ。

私は、忘れかけそうになっていた呼吸をする……口から浅く息を吸って腹に力を込めた。

常人が反応できない一瞬で、真正面から消えて意識の外から切りかかって来たクロヴィスさんは、その一撃を私が受け止めた事に対して少し驚いたように一瞬眉を上げた。

晴れた空のように鮮やかな青い瞳は、獲物を見つけた野生動物のように爛々《らんらん》と輝き始める。私はその感情の動きをじっくり観察する間もなくすぐさま攻勢に転じたが、それは容易くいなされてしまう。だが当然だ、これはクロヴィスさんを受け身に回らせて、全力の攻撃をさせないようにするただの悪あがきなのだから。

カァン、と高い音を立てて模擬剣を握る手を狙った切っ先が弾かれる。一度くらい意表を突ければ——そう思って、発動寸前で止めていた初級魔法を展開させた瞬間、クロヴィスさんは大きく後ろに跳んで私から距離を取った。

私の勢いを殺すために間をあけた、戸惑う程の一瞬の空白の後……テンポを乱す嫌な間隔で次の

攻撃が……！

クロヴィスさんの視線の先、そこに来る、と身構えた瞬間反対側の視界の端に影が見えて視線誘導に引っかかったのを悟って背中が冷たくなった。

しまった、と思う間も無い、もう回避は出来ない。ただ考えるより先に重心をずらして歩幅を変えていた。影の正体、単純な魔法で巻き上げられた砂が顔に当たるのを覚悟してほんの一瞬目をつむる。

目に映した映像のわずか先を予測して、ほぼ賭けで腕を振った。目を開ける前に瞬間ガン、と真芯をとらえた感触が腕に響く。武器を絡め取ろうとした模擬剣の腹が鈍い音を立てた——刹那、私が駆け抜けるはずだった地面を模擬剣の切っ先が抉った。

ガリリ、と中庭の砂っぽい表層を引っ掻いて勢いが死ぬ。今、と思った瞬間。模擬剣の腹を蹴って崩す。しかし偶然も重なってやっと得た隙だったのに。クロヴィスさんはすぐさま模擬剣から手を離していて、「一本」を取ろうと間合いを詰めた私の眼前に一瞬で魔法を発動させて、槍状の岩を浮かべていたのだ。

しかし、私の模擬剣の刃も、クロヴィスさんの喉を捉えている。……でも……この発動速度なら、私が先に倒れていただろうけど。この試合の形式上は引き分けになる……だろうか？　緊張で締め付けられていた喉から、私は絞るように息を吐き出した。

数合打ち合えれば上等、と思っていたが……思ったより善戦したのではないだろうか。

打ち合っていた私達が動かなくなった事で、しん、と音が止む。発動を途中でやめたせいで、崩壊が始まっている岩の槍からパリパリと石礫が剝がれ落ちる音だけがすぐ近くで小さく鳴っていた。

その空白の時間の後、ジェスさんが我に返ったように慌てた声色で「それまで！」と叫ぶ。

私は模擬剣を下ろした。クロヴィスさんも、槍を形成していた魔法を霧散させる。

終わった――？

「――すごいね！　一撃目、まともに反応できるなんて、良い目をしてる。しかも、ちゃんと合わせてしっかり防いだ。良いね。きちんと鍛錬していないとあそこまで完全に芯を捉える事は出来ない。その後の連撃もしっかりとした技術の裏打ちを感じたよ、あれはベセル宮廷剣術の型だよね？　すごい、あんな保守的な土地で好まれるガチガチの剣筋をあそこまで昇華して実戦で使いこなすなんて！　しかも、目潰しに反応されたのも！　驚いたなぁ！」

「わ、わぁ」

緊張から解放されて、ドッと背中に汗をかいた私が一息つく間もなく、畳みかけるようにクロヴィスさんが詰め寄って来る。

私はルールも利用して全力で、必死に食らいついて、運も拾ってやっとだったのに、この人息も切らしてないな……。

当然、本気の殺し合いだったら最初から勝負にすらならない。私が相殺出来ない威力で回避できない範囲魔法攻撃を発動すれば終わりだ。他にも、大怪我はさせられないと、足の甲を狙った一撃だったため何とか回避する事が出来た。あれが胴体や頭への攻撃だったら、完璧に避けきれず喰らっていただろう。回避行動のおかげで大怪我まではいかず、当然試合はそこで終わっていた。

目潰しだって、弱く加減されていたから目をつむっただけで防げた。最後だって、私を実際に攻撃するわけにいかないから、最初から「寸止め」にする前提で魔法を発動していたのでかなり遅かった。

その配慮がなければ、私が間合いを詰める前に射出されて、やはり試合の決着はついていたはずだ。

「デリク様、え、相打ち……手加減とかは……」

「ないよ。そんな失礼な事はしない。僕だってちゃんと今の試合は本気でやってたさ」

信じられない、というような顔で恐る恐るクロヴィスさん……デリクさんに尋ねるジェスさんは、なんだか足取りも乱れている。

「いえ！　あの、明らかに余力が残ってますよね？　……そもそも全力だったら開始直後に、私が相殺できない威力の魔法攻撃放てば終わりですし、大怪我を避けた攻撃を読んだからこそやっとまともに打ち合えただけで」

「リアナ君。定められたルールの中で運を摑んで価値を示したのは君の実力だよ」

私が言おうとした言葉を見透かされたような気がして、息を吞んだ。

そうだ……たしかに手は抜かれていなかった。それならば、私はルールの中でとはいえ、この人と引き分けたのだ。

「魔法の威力などに制限はあったが、それだけだ。むしろ僕は自分の魔術展開速度に甘えた強引な一手を打って、そこを崩された形だった。特にあの、思わず僕がひるんだやつ。僕の相殺が間に合わないくらい速かったし、顔に水を浴びたかと思って思わず硬直してしまったよ」

「えっとあれは……冷たい風なんです。人……というか動物なら体験した通りある程度効果があるので、目潰しとして好んで使ってます」

　無から何かを生み出す魔法を使える魔術師は限られる。魔力の消費も多いし複雑になり時間もかかる。元からそこにあるもの、地面や空気中の水分を利用するのが普通だ。野営時の飲み水などもそうやって確保している。さっきの岩の槍も、ここの地面の砂を使って作られたものだった。

　私がさっき使ったあれは、風を生み出したのではなく、「物質を動かす」本当に魔法の基礎を利用した技術である。

　技術と呼称するのもちょっとおこがましいか。あれは自分の魔力で囲んだ空気を動かして大きく薄く広げ、体積が大きくなった事によって急激に温度が下がった冷たい空気を顔めがけてぶつけたのだ。結構「水が顔にかかった」と頭が勘違いして目をつむるか怯むかするので、さっきのように運が良ければ隙が作れる。

　魔法が使用禁止になっている剣術の試合では使えない小手先の技だが、見ての通り水を生むよりも素早く発動出来て防ぎづらいので、初見なら結構効果がある。

「強大な魔物相手とは違う。あれはあれで楽しいのだけど、こうして磨き抜いた技術で勝ちを拾いに行くような、ヒリヒリする対人戦が一番僕は好きだな。ルールの中での僕の動きを予測した頭の良さも彼女の実力だ。これは久々の心躍る時間だったよ。なまってた体に活が入った」

ただ、私が思ってたよりクロヴィスさんの反応が……賞賛がすごすぎて、私はこの場から今すぐ消えたいような気持ちになっていた。う……注目される視線、居心地が悪いな……。

「クランマスターが……嘘だろ……?!」

「いや、あのままジェスさんの声がなければ、先に攻撃が届いてたのはクラマスだった」

「デリクさんが本気だったら引き分けになる訳が……きっと調子が、いややはり油断してたんじゃ……」

私達の手合わせを観戦していたクランの人達もざわつき始める。クロヴィスさんの存在はそれほど絶対視されているのだろう。

多少泥臭く立ち回ってでも、格上の実力者と数合打ち合えると見せられれば十分と思ってたのに、まさか引き分けに持ち込めると思ってなかった私も確かに自分でびっくりしてるけど。

「ねぇそれ、僕に対しても失礼だと思わない？」

今見た手合わせについて。観戦していた外野の言葉にクロヴィスさんが反応した。

「それとも、僕が手を抜いてたように見えたのか？　ならお前はさっきの攻防の最適解が見えていたんだろう。すごいな。じゃあ言ってみてくれないか」

「いえ……あの、」

「デ、デリクさん！　完成したものを見せるって約束してましたよね！」

自分が言われているのではないのに、胃がきゅっとなる。喉が詰まったような、鈍い痛み。

副クランマスターは運営業務がメインの人だが。戦闘員であるはずのクランメンバーの発言は許せなかったのだろう。

私はそれ以上やり取りを聞いている事すら耐えられそうになくて、気が付いたら会話に割って入っていた。

「お、お忙しいのですから、本来の目的を片付けてしまいましょう。ね？」

「……そうだね、そうするよ。君の研究の結果を見るのも楽しみにしていたからね」

失言をして詰められていた所を助けられた形になったクランメンバーの男性は、クロヴィスさんの視線が外れるとあからさまにホッとした顔になった。

しかし、原因になった私の事は気に食わないらしく、苦々し気な目を向けてくる。

他にも何人か、同じような目の人達がいて、ちょっと重たい気分になった。一目置いてくれた人も多いようだけど……。

「本当に良い試合だったよ。僕に——勝ちに来ていた。いい勝負をしよう、一矢報いよう、そんなレベルではない。この精神を削るような攻防の中、微かな勝ち筋すら見逃さないと目を凝らし、僕に勝つつもりでさえいて……！　食らいつかれた、見事だったよ」

私の目をまっすぐ見ているが、まるで周りに聞かせるような態度だ。いや、分かっていてやっているのだろう。

「あ、ありがとうございます……ご期待に応えられたみたいで……」

「おやおや、相変わらずとても謙虚だ」

「だって勝ちにいかないと、良い勝負にすらならないじゃないですか……そう思って……」

小声でもにょもにょ喋る私に、クロヴィスさんは愉快そうに声を上げて笑った。

何がそんなに面白かったのか分からない、混乱したままの私はクロヴィスさんに促される形でクランの錬金術工房の中に入った。

第五十八話　実力の証明

「いやぁ、普段の姿勢や脚運びを見ててもかなり戦える方だなとは思ってたけど、こんなに強かったなんて」

「そうじゃろう、琥珀が言った通りじゃろ？　でもそう言えば、お主たちが手合わせをするのはこれが初めてなんじゃなぁ」

「そうだね。もっと早くに付き合ってもらってれば良かったよ。そしたら道中ももっと楽しかったのに。さすが、兄さんが目をかけただけあるね」

　錬金術工房の中に移動してからもクロヴィスさんの賛辞は続いてしまう。琥珀まで一緒になって褒めちぎるのはやめて欲しいのだが。

「絶対勝てないなんて言って。しっかり良い勝負に持ち込んで引き分けとるじゃないか！」

「あのね、試合方法が私にも分があるものだったのと、運が良かったのが大部分だから、そんなに大げさに言われると私が恥ずかしいの」

「兄さんも気にしていたけど、やっぱりリアナ君は謙遜しすぎたなぁ」

「謙遜では……だって、実際あと二歩……いや三歩離れた位置から試合を開始してたら、私が負けてたじゃないですか」

「へぇ？」

どうにか違う方向に話を持っていけないかと苦心する私だったが、上手くいかない。話を逸らす、なんてテクニックは私には難しいようだ。

そしてポロリと口にした言葉に、クロヴィスさんが食いついた気配がして私はまた失敗を悟った。

「ねぇねぇ、それ何根拠で？」

「えっと……琥珀の訓練をしてもらった時の様子からした、ただの予測ですが。さっきより距離が開いてたら、先に魔法を使われて、その後の私の行動は全部防御と回避に徹する事になって絶対最終的に負けてただろうなと思って……」

「……すごいね、リアナ君。そこに気付いてもらえたのは嬉しいな」

「？　どういう事じゃ？」

「ああ、もちろん、琥珀君。君も優秀だよ？　まだ技術を磨く余地は大いにあるが、未だに君の能力の底が見えない。この先が楽しみだ」

「ん？　何か気にかかる言葉もあったが……今は褒めたのか？」

「そうだよ」

なら良し、とばかりに胸を張る琥珀とクロヴィスさんのやり取りをそっちのけで、私は今の言葉の意味を頭の中でぐるぐる考えていた。

……もしかして、わざと「最善手を取ればギリギリ私が勝てる勝負」を仕掛けてきたの？

引き分けになったけど、それなりに評価できる所もあったし、私が今指摘出来たからお眼鏡にかなった……という事？

私はクロヴィスさんに見せる人工魔石を用意しながら、背中がゾワッと冷える思いがした。

良かった……私、間違えなかったみたいで。でも同時に思うのは、「こんな選別を周りの人全員にやってるのかな」って事だった。

寝台列車の中で二人きりで聴取されたのとはまた違うけど……なんて言ったら良いんだろう。これでクロヴィスさんが考える最適解かそれ以上の成果が出せてなかったら、きっと静かに失望されてたんじゃないかって、そんな気がする。

今までは「自分にも他人にも厳しい人なんだな」ってふんわり感じていただけだったけど……フレドさんがクロヴィスさんについて心配してる事が、ちょっと分かった気がした。

しかし、今回の試合は……出来ればあんなに大勢の前でしたくなかったな。これだったら、ミドガラントに来る旅路の途中で誘われた時に手合わせをしておけば良かった。

私の事を「コネで入って来たんじゃないんだな」って思ってたけど見直してくれた人も、もちろんいただろう、でも余計に敵視してくる人も増えてしまった。

クロヴィスさんはそんな事予想してなかったんだろうけど……。

「……ええと、本題に入りますね。こちらが新しい製造方法で作った人工魔石です」

「……すごい、これが人工的に作れるなんて」

そして私の研究発表だと聞きつけて、この工房のまとめ役であるニアレさんも興味津々の顔でクロヴィスさんと一緒に並んでいる。

ちなみにニアレさんもクロヴィスさんのスカウトで加入した人で、今では起動するための動力がおいそれと確保できない古代の大規模魔導装置の研究をしている。「君の研究でもっと大きな等級の魔石を作れるようになったら、私の研究が捗るから頑張ってくれ！」と色々手を貸してくれた。

いや、クロヴィスさんは手紙とかで報告してただけだけど、ニアレさんは私の研究内容なんて知ってるはずなのにどうしてわざわざ改めて、そんなに楽しそうに聞くのだろう……まぁいいか。

ちなみに、琥珀は私の研究発表には興味が無いらしく、他の人が相手をしてくれるというのでまた中庭に戻って行った。

「ええと、今回一応形になった新しい人工魔石ですけど、ロイエンタールのリンデメンで製造されているものとは全く違った作り方です。大雑把に言うとあちらは、魔石を細かく砕いて固め直して大きい魔石にしているのですが……その方法ではどんなに頑張っても二十等級程度のものを作るので精一杯でした」

「あれはあれで大変興味深いですけど、固めるのに必要な成分がどうしても無駄な抵抗を生んでしまいますからねぇ、多少配合を変えてもあまり変わらないでしょうね」

二人共、とっくに分かっている事だとは承知しているが一応確認のために説明していく。

「新式の人工魔石は……スライムの体内に魔石の核となるものを入れて、魔石を育てさせて作ります。なので、人工魔石と言うか、自然物を材料とする従来の製法とは別に、類似物を人工的に作り出しているので……人造魔石とでも呼ぶべきでしょうか」

拳大の、新しい製法で作り出した人工魔石……いや人造魔石を手のひらの上で転がすクロヴィスさんが楽し気にニヤリと笑う。この話を聞かせた時からとてもワクワクした顔をしていて、最初はとても興奮した様子で色々聞かれたが、今でも興味は薄れていないようだ。

具体的な作り方を記した紙を二人の前に並べて、実物を前に話を始める。

簡単に説明すると、魔物の卵……ここではレッドマンティスの卵。そこから魔石の核になるごく小さい粒を取り出し、その粒を特殊な処理をしたスライムに植え付けて、スライムに魔石を育てさせる……というものだ。

「興味深い……スライムにこんな可能性があったとは」

「……皇《スメラギ》で、スライムに神珠《しんじゅ》の養殖をさせる研究がありまして。それを参考にしたんです」

神珠とは、一見美しい宝石だが高等級の光属性の魔術触媒になる素材として知られている。しかし神珠をその身の中に生み出すキサカイウムギという貝の姿の魔物は金級冒険者でも手こずる上に、全部の個体に神珠が入ってる訳ではないと言えば、どれだけ貴重なものか分かるだろう。

まだ魔術的な素材としての価値があるものを作り出すまでには至っていないが、その貴重な素材を人工的に作り出すとは、すごい技術が開発された。……現在あまりニュースにはなっていないが。

これを知って「この技術を使って、スライムに他の魔物の魔石を造らせる事が出来るのでは」と考えたのがきっかけだった。

毒沼にはその毒に耐性を持ったスライムが発生するし、火山の火口付近のスライムは熱耐性を持っている。そんな、他の生き物にはない速さで新しい特性を獲得する事を利用して、求める素質を持ったスライムを生み出す事に成功した。

「神珠の養殖の話自体は聞き覚えがあるけど……そこからこんな新規技術を思いつくなんてすごいなぁ」

いやいや、皇太子としての仕事もしながら、この話題について知ってるだけで十分だと思うのですが。

あまりにも一人で何でも知ってて何でも出来てしまうの、やっぱり周りの人はやりづらそうだな……。

「皇では亜種が発生しやすい種類のスライムに、ひたすらキサカイウムギの肉を大量に食べさせる事でキサカイウムギの特性を獲得したスライムを得たと公表されています」

「わぁ、すごいね。とてもじゃないが真似できない方法だ」

「よく予算がおりましたねぇその研究……」

ニアレさんも同意するのを見ながら、私も内心頷く。キサカイウムギの身は上級ポーションの材料になる上に、とても美味しいのだ。高級食材としても干物が輸出されたりしてて高値が付く。

しかも読んだ論文では、身を食べさせても全てのスライムが確実にキサカイウムギの特性を得ている訳ではなかった。さらに、キサカイウムギの身を与えずに時間が経つとスライムは段々その特性を失ってしまうのだ。ぞっとするくらいこの研究にはお金がかかってると思う。

それを参考にした私も最初、魔物の肉をスライムに与えていたがそれだけではまったく「魔石を作る」という特性は得られず、色々試行錯誤をした。

当然だが、普通のスライムに魔石はない。つまり魔石を作る器官を持ってないので、出来るかどうかすらあてもないまま実験をしていて……正直全然上手くいかなかった。しかし「神珠を作る特性は得られたんだから」と諦めずに続けていた。

魔物の体をそのまま与えるのではなく色々な部位に分けて与えてみたり、それらをすり潰してペースト状にして直接スライムの中に注入してみたり……。

最終的に、何とか研究成果として紹介できる程度のものが得られたので、こうして報告をする事が出来るまでになったのだ。

「スライムが持っていた特性をすべて失わせる……なるべくまっさらな状態にするために、特殊な処理を行い、極力刺激や変化を省いた環境で数代繁殖させています。ほぼ新種ですね」

「野生のｃーミック種はたしか茶色っぽい核だったけど……この水槽の中のは真っ赤だね。これがまっさらな状態って事か……」

具体的な「特殊な処理」の内容については私が秘匿する許可を得ている。

便宜上、私はこのスライムを「ミミックスライム」と呼んでいる。自然に起きない操作をいくつも行うためかなり負担がかかるみたいで、ミミックスライムになる前に九割ほどのスライムが死んでしまう。しかしミミックスライムにする所までいったら、狙い通りの特性を与える成功率もかなり高くなる。

「そして、卵から採取した魔石の核に、成体のレッドマンティスの魔石付近の体組織を付着させたものを、レッドマンティスの特性を得たミミックスライムの体の中に直接入れて……運が良ければ、こうして魔石が大きく育つわけです」

「体組織を付着させる理由は何故ですか？」

「魔石の核だけよりも、魔石に成長する確率が上がるんです」

「なるほど」

レッドマンティスの特性を得ても、魔石を作ってくれるミミックスライムは三割程度。その魔石も、本来のレッドマンティスの魔石である十五等級以上の大きさになるものは少ない。

百体のスライムから十体ミミックスライムになってくれれば運が良い、その内魔石を作るようになってくれるのは三体程。そうして研究を繰り返して、得られた二〇等級以上の人造魔石はまだ八個だけ。

とても収率が悪いように見えるが、今回クロヴィスさんに渡した……三十三等級の人造魔石一つで結構なおつりが出るくらいの利益が回収できる見込みだ。

そのくらい、大きな等級の魔石の価格が高騰しているという事でもある。国や都市の防衛に使われる大規模魔導装置を動かすには必須なので、国レベルで取り合いが起きている状況だ。もし「三十三等級の魔石」として使える人造魔石が今後も作れるなら、とても大きい事業になる。

もうちょっと効率上げるだけでも、利益率が大きく改善しそうだし。

これならクロヴィスさんも、文句なしに私をフレドさんの陣営の一員として認めてくれるだろう。

まるで新しいおもちゃを手に入れたみたいに、とても楽しそうに人造魔石についての説明を聞いていたクロヴィスさんの反応を見て私はホッと胸を撫でおろすことが出来た。

「よし、さっそく僕が作った飛行船を動かしてみよう。動力の魔石が確保出来なくて試運転したきりだったからな……」

「!!　デリクさん！　それはズルいですよ！　今後の魔道具の発展のため、私の持ってる古代遺跡の魔道具が動くか先に試すべきで……」

「いやいや、ニアレ。こういうのはクランマスターの僕に決定権がある訳だからさ」

「そ、そんな貴重なものにいきなり使うのはやめてください！」

魔石を持ったまま椅子から立ち上がったクロヴィスさんと、一緒について行ってしまうニアレさんを慌てて追いかける。替えの利かないものに試して、何かあっても私に責任は取れないのに……！

「え、ちゃんと確認試験してるんでしょ？　あはは、リアナ君は心配性だな」と全然取り合ってもらえず。

クロヴィスさん達が作ったという飛行船がちゃんと動くまで、ハラハラしながら見守る羽目になるのだった。

「一通り人造魔石の性能確認が終わったので、話をもうちょっと詰めていこうか」

「……はい」

ご自分の作った魔導飛行船が動く事を確認出来てツヤツヤした顔のクロヴィスさんと、クランマスターの部屋に移動する事になった。当然、魔導飛行船を動かすのもクランの人達大勢が見守る中でやったので大変目立ってしまって……注目を浴びるのが苦手な私はちょっと疲れてしまっていた。

ここからは、月にどのくらい生産できそうかとか、本格的に生産するとしてそれにいくら初期費用が必要か、など細かい話をする事になる、と聞いている。そのために私も根拠となる金額を提示できるように準備してきた。

「リアナさん、次に三〇等級以上の人造魔石が作れたら絶対私に売ってくださいね?!　約束ですよ?!」と大げさに嘆くニアレさんは錬金術工房に戻って行った。代わりに、副クランマスターのジエスさんがやってくる。彼はクランマスターのデリクが皇太子クロヴィスであると知っている。

部屋に入って来た途端に「クロヴィス様、聞いてない事を色々とやるのはおやめください」と本名を口にしてお説教を始めたので、ここではデリクさんと呼ばなくて大丈夫みたいだ。

一応、冒険者デリクは「デリク・クロバイスル」と名乗っているので、うっかりにもある程度対応できるだろうが。

「だってジェス。こんなすごい発明、興奮しない方がおかしいだろう？」

「素晴らしい研究だとは私も分かりますけど……」

やれやれ、といった顔のジェスさんは早々に諦めてしまったようで、クランマスターのものと並んだ執務机に向かうと書面を広げた。

「まずは安全確保だね。あの人造魔石の生産には生きた魔物を利用するけど、それらが逃げ出さないかとか……ミミックスライムは特別、新たな能力を獲得しやすい品種なんだろう？　未知の能力を得て、我々が制御できない事態になる危険はどのくらいある？」

真っ先に気にするところがそこなのか、とちょっと意外に感じる。

天才の人って、ご自分は出来てしまうから「余裕」を含めた安全面を軽視する傾向があると思っていたから。

例えばウィルフレッドお兄様は、グリフォンの討伐に「ミスをしなければ三人で一体討伐出来るのに、凡人がしくじる事を考えて配備しなければならないなんて」と嫌そうにしていた。

実力者でも、もしもの事があったら命を失う事もあるから、と考える私はいつも「リリアーヌは臆病だな」と笑われていた。

「まぁ、俺のように強くないからな、そうやって慎重になった方がいいだろう」なんて言われたのも思い出して、ちょっと憂鬱な気持ちになってしまう。

……だって、準備が足りなかったと後悔するよりは良いから。

「今までは上手く魔石が育ってる個体が一度に数体のみだったので私だけで管理出来てましたが、今後は人を複数人雇って交代で一日中監視させる予定です。また、ミミックスライムを大量に繁殖させる事でどんな例外が生まれるか正直予測出来ないのでそこはちょっと……」

「リアナさん、問題が起きると竜の咆哮の責任になるのは理解してますよね？　非公式とはいえ、ここはミドガラント皇太子クロヴィス様のクランです。危険があるなら事業としては……」

「まぁまぁ、待ちなよジェス。僕はそのリスク、慎重なリアナ君なら問題にはならないと思ってるよ」

「そんな無責任な」

「僕だって賭けをしてる訳では無い。ジェス、君は魔導車に乗るだろう？」

「それとこれに何の関係が」

「魔導車で事故が起きて死ぬ人もいる、それが分かってても魔導車は便利だ。運転に注意を払って、交通事故を警戒すればそのリスクはかなり減らせると理解してるからこそ魔導車に乗るだろう？」

「…………」

かなり暴論寄りの例え話だったが、ジェスさんは難しい顔をしたものの反対の声を上げるのを一旦やめた。

「これも同じだよ。このミミックスライムがいつか変異して、伝承に残るような……国を一つ飲み込んだ黒く覆うもの《ギガススライム》みたいなものになる可能性はあるのだろう。砂漠に落とした針を一年後に見つけるくらいの確率でね。あるいは、この研究をする者が功績目当ての無茶を通す者だったら、比べ物にならないくらい危険になるけど……僕は、リアナ君はそんな愚か者じゃないと思う」

「ね？」とジェスさんから視線を外して私に笑いかけるクロヴィスさんに、ちょっと気圧されそうになって仰け反る。

「も、もちろんです。危険について論じたら可能性は絶対ゼロにはなりませんけど、限りなく低くする事は出来来ます」

「期待してるよ」

咄嗟に、臆さず言い返せて良かった……。

その後は、人造魔石を生産するために必要な専用の広い工房の設備についてや、生産するために集める人員の話、私の権利関係の話……あと私は「第一皇子フレデリックの部下」になるので、将来的にちょっとややこしい事になる立ち位置についても。

私はクランの正式なメンバーではないし、今後正式に所属する予定もない。「フレデリック皇子が後援してる人造魔石を発明した錬金術師」に、竜の咆哮《ドラゴン・ロア》が協力する代わりに人造魔石を優先的に販売する……という取引をした事になっている。

これからも魔物を捕まえて生きたまま連れてきて欲しいとか、そういった依頼をする事になるだろう。

「じゃあこれは、資金提供者である僕からの依頼ね。今から半年以内に、遠距離共振器に使える人造魔石を開発して欲しい」

「それは……」

「もちろん、動力じゃないよ。共振器の核に出来る品質の人造魔石の事だ」

私自身はまったくその可能性に気付いていなかったが、たしかに……この技術なら、意図してまったく「同じもの」と言える人造魔石を作り出すことが出来る。

リンデメンで作っていた人工魔石は魔道具の核に出来る程の品質ではなかったけど、こちらなら……。

もし可能になったら……クロヴィスさんが使っている双頭竜の魔石ほどとは言わないが、普通の双子の魔物の魔石を使った遠距離共振器より確実に短い時間で同期出来るものが作れるだろう。

「わ、分かりました。まずは三〇等級以上の人造魔石が育つ条件を探す事と、遠距離共振器に使える人造魔石の開発を目指します」

「遠距離共振器の方は可能ならでいい。達成できなくてもペナルティはないから、でも本気で取り組んで欲しいな」

「承知しました」

フランクに喋っているクロヴィスさんだが、指示を出す時はなんだか、こちらの背筋が伸びるような威光を感じる。また硬くなってると笑われたけど、この時のクロヴィスさんはとてもじゃないが……ただの友人の弟さんとして接する事なんて出来そうにない。

「あと、この人造魔石はレッドマンティス以外の魔物でも作れるのかな」

「ミミックスライムに多少の調整は必要になりますが、他の卵生の魔物でも恐らく可能だと思います」

レッドマンティスを選んだのは、一定の品質の卵がこの地域でまとめて得やすかったのが理由だ。魔石を大きく育てるにはスライムを魔力が豊富な餌で飼育する必要があるが、これは他の魔物の肉などで構わない。

このスライムの餌を確保するため、魔物を解体して出た素材や食肉として利用できない部分を買い取る契約をここのクランと、この地域の冒険者ギルドと結んでいる。

「可能なら今後は魚系の魔物を使って欲しいなと思って。岩桂魔魚とかはどうかな」

「そう……ですね。それで作れるか試すことも出来ますが……でもどうしてですか？」

「これから人造魔石をたくさん作るとなると、魔物の養殖も必要になると思うんだよね」

「かなり先の話ですけど、その可能性はありますね。やはり魔物の生態系が突然崩れるのは怖いですから」

討伐対象とは言え、特に最近私が高値で買い取っているので、割の良い素材としてとても人気の依頼になっている。このままでは来年の春、この地域のレッドマンティスの数は激減してしまうだろう。

なので魔石の核として他の魔物が使えないかは元々試すつもりでいたが、なるほど養殖という手もあるか。

「ああ、その心配もあるけど……レッドマンティスはさ、空を飛べちゃうでしょ？　生まれてすぐは普通の虫くらいに小さいし」

確かに飛ぶ。人より大きい体なので飛行距離はあまり長くないが、脚力で跳ぶだけではなく翅でしっかり飛ぶ。

孵ってすぐはとても小さく、野生だと四％ほどしか成体になれないらしい。養殖するなら……確かに小さな虫の飼育は難しいかもしれないな。

「空を飛ばれると安全に管理するコストがバカ高くなるから。魚系なら陸地に作った生け簀からは逃げられないし、何か起きて殺す時も生け簀の水を抜くだけでいい。素人でも安全に管理できるだろう？」

「た、たしかに……」

まったくの盲点だった。確かに、将来素材になるレッドマンティスを養殖する……となると頑丈で屋根のある広い部屋が必要になってしまう。生け簀の方がお金はかかるが、どちらがより確実に安全に管理できるかと言ったら魚系の魔物だろう。

今ならまだ方向転換も可能だ。私は頭の中で、魚系の魔物の卵を効率的に手に入れて飼育する方法を考え始めた。

「今日は想像以上の収穫があったよ。条件については話した通りで……物件の選定や採用する人員についてはジェスと詳しく詰めておいてくれ」

「はい、かしこまりました」

「だから、硬いってば」

愉快そうに笑うクロヴィスさんは、上機嫌のままクランマスター用の個室から出て行く。私はその背中を見ながら、期待に沿える成果を出せた事にホッとして息を吐き出した。

第五十九話　解明の手掛かり

「ただいま帰ったぞ～」

「あらリアナ様、琥珀ちゃん……お帰りなさい。クロヴィス様とのお話はいかがでしたか？」

「ただいま……アンナ。そうね、お眼鏡にかなう成果は出せたみたいで、明日からあの新しい魔石をもっと安定して作れるよう動く予定なの」

「あら、なら今夜はお祝いですね！　晩御飯豪華にしておいて良かったです」

「おぉ――――！　御馳走じゃ！」

ミドガラントで借りている戸建ての中に入ると、美味しそうな匂いが漂ってきた。広いキッチンがあるこの家で暮らすようになってから、元々料理上手だったアンナはさらに料理に凝るようになって、毎日手の込んだ食事を作ってくれている。

大変なのではと思うが、本人からは「料理は趣味として心から楽しんでますので」と言われているので、私や琥珀がするのは自分の部屋の掃除と管理などに留めている。

アンナには今日クロヴィスさんに報告する事を少し前に伝えていた。つまり私の研究が気に入ってもらえると最初から確信してて、こうしてお祝いを用意してくれていたという事だ。

その信頼がとても嬉しい。

今日はクロヴィスさんと手合わせをしたせいで服や髪も埃っぽくなってるから、夕食は琥珀と私がシャワーを浴びてからになった。

琥珀が浴室に行った後、アンナと今日あった事を他にもお互い話す。近々帝都の市場で祭りがあるらしく、その準備であちこち忙しそうにしていたらしい。お祭りかぁ……楽しそうだな。

「あと、そうそう。リアナ様にお手紙が来てましたよ」

「手紙が？」

何の変哲もない、よくあるクリーム色の封筒を手に取ってちょっと考える。普通の配達で来たなら、クロヴィスさんではないだろう。第一、用があったなら今日言ってるはずだ。わざわざ同じ内容の手紙を出す人ではない。

くるりと封筒をひっくり返すと、見覚えのない男の人の名前が差出人として書かれていた。

「リック・フェルド……あ、これフレドさんの手紙よ、アンナ」

「フレドさんが使ってた偽名ですか？」

「初めて見るけど、フレデリック、の綴りを並べ替えたら出来る名前だから多分そうだと思う」

連絡役はエディさんが務めていたけど、今はフレドさんと一緒にミドガラントの地方の神殿に行っている。フレドさんの目について調べものがあって現地に向かったのだ。

正確には、「関係があるかもしれない」だが。それも確かめるために、直接確認しに行ったので先々週から会っていない。

……家を出てからもう一年経つけど、フレドさんとこんなに顔を合わせないって初めてだから何だか違和感がある。ちょっと寂しいな……寂しいって、私何言ってるんだろう。

いや……だって、実家にいた時に家族と過ごす時間よりも長かったから……。ア、アンナと離れてた時も寂しいって思ってたし。

一瞬思い浮かんだ感情を忘れようとするように、手紙の内容に改めて視線を向ける。やはりフレドさんからの手紙で間違いなかったようだ。

フレドさんはまだこの国の貴族を警戒しているのだろう。エディさんを挟めない時はこうして手紙を出すのにも偽名を使うくらいだし、第一皇子が病気療養から復帰するという表向きの話もまだ公表されていない。

実際、本当に病気療養からの復帰なら、ごく親しい人だけが快癒した事を知っている状況もおかしくない。買い物に出かけたり身内だけの社交の場に出たりはするけど、その後実際ちゃんと健康になったと確信が持ててから発表するとかね。

後からそう説明できる状況を使って、第一皇子に戻るための立場や資金をしっかり準備しているのだと言っていた。

また、社交界に出るにはフレドさんの目について、せめて制御できるようにならないとフレドさんの身が危ない、と皆の意見が一致したのもある。

目についてはフレドさんの身の安全だけではなく、クロヴィスさんが求める「ミドガラント帝国の改革」のためにも必要な事だ。フレドさんの母親の取り巻きを含めた、あちらの派閥を切り崩すために。

この方について……私は直接見た事は無いが、クロヴィスさんがおかしいと思うような変な求心力のある人だそうだ。フレドさんの目と同じか、それより強い力があるのではないかとフレドさんも予想していた。

この不思議な力がその原因なら、制御する方法を見つけておかないとこの派閥を円満に解散させる事が難しくなってしまう。

「道理の合わない強固な抵抗に出られたら、無血で改革は出来ないからね」と何でもない事のように呟いたクロヴィスさんの事を思い出して私はため息をつく。絶対そんな手段を取らせるわけにはいかない、何としてでもいい解決策を見つけないと。私も出来る限り協力するつもりだ。

フレドさんの警戒心は依然強いようで、手紙にも詳しい事は書いてなかったけど、訪れた先……つまり地方の神殿で有用な情報が得られた、そう受け取れる内容が書いてあった。

状況が良い方向に変わりそうだ、とも。

「えーと……あ、明日には帝都に帰ってくるんだって。それで、空いてる日にここに来たいって……」

「かしこまりました。明日以降に受け入れられるよう準備はしておきますが、いつを指定なさりますか？」

「日付が決まってる予定は特に無いから……明後日で返事しておいてくれる？」

「承りました」

「……あ、待って。やっぱり、私が自分で手紙書くから、明日手配してもらっていい？」

そう言った私を、アンナが何だか生暖かい目で見て来る。

「うふふ、分かりました」

「な、何だか変な勘違いしてない？　私はただ、この手紙がフレドさんの直筆だから、私も礼儀として自分で書こうと思っただけで……」

「え？　勘違いなんてしてませんよぉ」

何だか含みのある言い方が気になったが、ちょうどそのタイミングで琥珀がシャワーから出て来たのでこの話は有耶無耶になってしまったのだった。


「お邪魔します～」

「いらっしゃいませ、フレドさん。お久しぶりです」

約束していた日、予定通りの時刻にフレドさんがやってきた。もちろんエディさんも一緒で。話が終わった後は一緒に夕飯を食べる事になっている。

「おう、よく来たな二人共。まぁ座ると良い」

「あはは。ありがと」

なんだか偉そうな物言いの琥珀と、それを自然に受け入れてるフレドさんにちょっと笑ってしまう。

久しぶりに会うな……とちょっとそわそわしていたけど、おかげで肩の力が抜けた。お土産にと持ってきてくれたお菓子と一緒に、焼き立てのアップルパイが切り分けられてお茶会が始まる。

「はい、これ三人にお土産。俺とエディから」

「あら、気を遣っていただいてありがとうございます」

「ちょっとしたものですけど、良かったら使ってください」

調べものに行ったのにお土産をくれるなんて。でも嬉しいし、ありがたく使わせてもらおう。

フレドさん達が訪れた地方の街ではハーブや香料に使う植物の栽培が盛んで、私には入浴剤のセット、アンナには手荒れによく効くハーブの入ったハンドクリームだった。

「琥珀は匂いのきついもんは好かんぞ」

「そうそう、琥珀でも使えそうなものをと悩んでね、だからこれ……あの街にしか咲かない花の蜂蜜なんだって」

においを確かめるように、瓶の蓋を開けた琥珀が鼻をヒクヒクと動かす。食卓に、ふわりと甘く優しい花の香りが漂った。

「おお、変わった匂いじゃが美味そうなのじゃ」

「クッキーに塗ったり、ホットミルクに入れたり、ああ、紅茶に入れてもいいらしいぞ。砂糖よりも優しい甘さになるってお店の人が言ってた」

「やってみるのじゃ！」

キッチンの方に、新しいスプーンを取りに行く琥珀。

私とアンナも、もらった物の香りを確かめがてらちょっと楽しませてもらう。

「どれもすごく良い匂いで、お風呂の時が楽しみです。ありがとうございます」

「私がいただいたハンドクリームも、爽やかな香りで使い心地が良さそうですね。ありがたく使わせていただきます」

ほのぼのとお土産についての話が終わって、本題に移る。「有用な情報が得られた」という、手紙に書いていた事についてだ。

琥珀はお茶と一緒に出ていたお土産のお菓子を食べた後は退屈そうにしていたので、外に遊びに行く許可を出した。四人になった所で話が再開する。

最初フレドさんは、その特殊な力を持った人が過去にいなかったかや、そんな力を与える神様などの存在について調べていた。文献で探せる限りの神様や精霊の話から、地方のお伽話から言い伝えまで。

聞いていた限り調べ物はかなり難航していたのは知っている。その対象の「異常に人から好かれてしまう能力」っていうのが、フレドさんの能力だと人に知られる訳にもいかないので当然だが。

今回の調査も関係がありそうな話を辿ってやっと見つけた手がかりだが、正直現地で調べてみないとどこまで分かるかも分からないと言っていた。でも遠くまで足を運んだかいがあったみたいで良かった。

「そのうちの一人、五十年前に亡くなったドラシェル聖教の聖女が晩年を過ごした修道院を調べて、直接彼女を知る人から話を聞けたんだ」

ドラシェル聖教において「聖女」は神のお告げによって見いだされる、特別な力を持った乙女……とされているらしい。

三百年ほど前までは、旧ミドガラント王家に国家元首を任命し王位に正当性と神秘性を与えていた国教だったが、現在ではそれほどの力はない。

政治に介入する力を持ち莫大な富を抱え込んでいたドラシェル聖教の力を削ぐために、当時周辺の国を吸収する形で成り立ったミドガラント帝国の初代皇帝が国教を定めなかったからだと学んだ記憶がある。

それはさておきこの特別な力とは聖女によってかなりバラバラで、強い癒しの力を持っていたとされる人もいれば、動物の言葉が分かる人や、かなりの精度で未来の天気が予測できる人など様々な力の聖女が記録に残っていたそうだ。

男性については記録にないが、フレドさんとお母様のと似た力を持っていた人が居たかもしれない、そう思って調べ始めたのだと言っていた。

「調べた限りでは似た話ってのはなかったんだ。ただドラシェル聖教で聖女は『常に黒いベールを被っている』ってのと『神に見いだされた乙女は一目で分かる』ってされていて……その目印って、この目の事かもしれないって思ったのは正直半分くらい勘だったけど」

この模様入りのピンク色の目が「一目でわかる聖女の証」で、その特徴を隠すように常にベールを被っているのなら確かに辻褄が合う。

フレドさん達の力は「異常に人から好かれる能力」って事になるのかな。

「本当は聖教の関係者に『聖女の目印って、もしかしてこれと同じ目じゃないですか？』って直接確認したかったんだけどね」

しかしその「神に見いだされた乙女の見分け方」というのは、ドラシェル聖教内で高い地位にいないと知らない事らしい。

ただ、身近で世話をしていた立場なら知らず知らずのうちにその目印を見ていてもおかしくない。また、五十年前の故人の事なら多少話も聞きやすくなる。そのために現職の聖女の周辺を調べるのは避けて、地方まで足を運んだのだ。

「それで、当時引退した聖女の身の回りの世話をしていたっていう修道女がいて、俺とエディは学者だって名乗って話を聞いて来たんだ。結構詳しく教えてもらえたと思う」

「それじゃぁ……！」

「うん。その修道女……エリシルダさんから世間話のついでに、ピンク色の目をしてたって聞き出せたよ。色の見本を見せて……あ、俺は変装して色眼鏡かけてたからね。その修道女は、それが聖女の目印かどうかなんてもちろん知らなかったけど……」

ちなみに、かつてそこにいた聖女は「植物の成長を促し、最適な育て方が分かる」という力を持っていたらしい。だからその地域では、その聖女の協力のお陰でハーブと薬草が有名なのだとか。

「色の見本ねぇ……」

「どうしたんですか？　エディさん」

いきさつを説明するフレドさんの横で、やれやれといった風に首を振るエディさんにアンナが話しかける。ややわざとらしくため息を吐いた後、エディさんはエディさん視点の「フレドさんによる修道女への取材」について話し始めた。

「あからさまな袖の下を渡したんですよ。エリシルダさんだけではなく、そこにいた修道女全員に……可愛らしい包装がされた帝都のお菓子を手渡されて、若い人なんかまたフレデリック様をポーッと見つめたりして……神に嫁いだ女性をたぶらかすなんて、なんて罰当たりなのでしょう」

「まぁ」

「ちょ!!　違うって……聖女の容姿についてそのまま尋ねたらあからさますぎるでしょ？　目の色を聞き出すために、お菓子の包装の色を選んでもらったんだよ。良かったら聖女様に関して思い出深い色を選んでくださいって誘導して……話が終わった後に、他の人達に余りを配っただけで」

その教会の責任者である、教導師という役職のおじいさんにも渡した、とフレドさんは慌てて釈明する。

「話を聞くために教会に結構な額の寄進もしたじゃないですか」

「いやいや、それぞれに渡すああいう小さな贈り物は別だよ。教会への寄進なんて、普段の生活の足しになって、建物の修理して、後は何かの時の備えに……ってなるんだから」

ドラシェル聖教の宗教施設での詳しい生活様式は知らないけど、ああいった場では普通個人の財産は持てない。話を聞いたお礼に、全員にちょっとしたお菓子を配るのがちょうど良かったのだろう。

「と、とりあえず！　本題に戻るとして……その教会の責任者が、教会への寄進に気を良くしてくれて、『研究の資料になるなら』って言ってその聖女様の使ってた装飾だとかを見せてくれたんだよ」

「何か参考になるものがあったんですか？」

「うん……聖女様が常に頭に被ってたっていう黒いベールが残っててね、それを手に取って見る事が出来たんだ」

ごくり……。

私は次に続く言葉を待つ。何かそこに手がかりがあったのだろうか。特に、フレドさんと同じ色の目を、常に隠していたというベールについてはかなり気にしていた。これに何か意味があった可能性が高い。

「貴重なものですねぇ。何か分かった事はありましたか？」

「ううん、さっぱり。普通のベールじゃないのは分かったし、裏側に何か黒っぽい糸で刺繍がされてたのも見たけど、俺もエディもあまり詳しくなくて」

やっぱり、人造魔石の開発は一旦置いておいて、私もついて行けばよかったな。何か分かる事が一つでも増えたかもしれない。待てよ。見ただけという事は無いはず。

「……その刺繍を模写したりとかは……」

「ううん、他にもリアナちゃんやクロヴィスに見せたら何か分かりそうだなって思ってね。買い取ってきたんだ」

「買い取って……?!」

続いた言葉のあまりの豪気さに、私は驚いてポカンとした顔を晒してしまった。アンナも「思いきりましたねぇ」と感心している。

「よ、よく売ってくれましたね……」

「うーん、元々あの中の何かしらは売ってくれるつもりだったと思うんだよね。なぁ？」

「そうですね、聖女様が使ってたという食器や、古びた文房具まで並べてた割には礼拝用の水杯や聖書なんかはありませんでしたし。多分、ある程度見栄えのするそれらはもう売り払ってしまっていたのでしょうね」

追加の寄進に加え、教会で必要になる物資を直接寄付する形で色々手配したらとても感謝されて、食器や文房具まで渡されそうになったのでそちらは丁重に断ったらしい。

「ベールが売り払われてなくて良かったよ。正直見物料取るだけで売るつもりは無かったと思うんだけど、そこにつけ込めるくらいお金に困ってたみたいだったからなぁ……」

「善行が積めて良かったじゃないですか」

弱みにつけ込んだ、と落ち込んでいるフレドさんの横でエディさんはあっけらかんと言う。

「で、今日はリアナちゃんにもそのベールを見て欲しくて持ってきたんだけど、大分古いものだし、食事をする場所で広げたくないから場所を移動しようか」

「なら玄関の横の作業部屋に行きましょうか」

この家に住んでいたのは冒険者の夫がいる一家で、その旦那さんが帰ってきて装備を外して保管しておく物置を兼ねた作業部屋がある。そこで武器防具の整備をしたり、時にはちょっとした大工仕事も出来るような。

今は私と琥珀の野営道具などが置いてある。

「それでは……この作業台の上に広げますね」

美術品を扱うように、白い手袋をしたエディさんが取りだした薄い木箱の中から、畳まれた黒いベールを広げる。畳まれた時の折り目は格子状に色が薄くなっていて、わずかに倉庫みたいな古い

臭いが立ち上った。

ベールと呼ぶには厚い、結構しっかりした布地だ。縁にはささやかだが上品なレースが縫い付けられている。色褪せて茶色になっているが、多分元はベールと同じ黒い色味だったのだろう。

「……これ、被ったら全然見えなくなっちゃうんじゃないですか？」

「一応、光がさしてる方向と……明るい場所だとシルエットくらいは見えると思うんだけど、まぁ貴婦人のファッション用のベールって訳じゃなさそうだよね」

聖女の容姿を隠すとか、神秘性のためにやるにしては不都合が多すぎるように見える。

確かに、このベールに何かあるかも……と感じる。多少の無理をしてでも買い取った理由もよく分かる。

エディさんが持ち上げたベールは、室内を照らす明かりが透けて見えるくらいで、多分被ってしまうと目の前の人の顔の判別も難しくなるだろうな、と感じた。

「そうそう、それで……裏側に変な刺繍があるんだよね。被ったら顔に来るあたりかな？　魔法陣とかには見えないんだけど、リアナちゃんの意見を聞きたくて」

どれどれ……と覗き込むと、確かに裏側には、布地と同じような黒っぽい糸で刺繍がされていた。しかしそれは私の目には何かの図案には見えず、ただ縫い目をびっしりと隙間なく並べているだけに見える。

顔を近付けて見ていた私は、ある事に気付いてちょっと身を引いてしまった。

「……フレドさん、これ糸じゃないですよ……」

「え？　何かの素材って事？」

「魔術的要素があるとも言えますね……これ、人の髪の毛です……」

「……………えっ!!」

フレドさんの声を合図にしたように、私達三人はベールから思わず距離を取っていた。広げるように持っていたエディさんも、そっと作業台に置いて手を離す。二人とも気付いていなかったようだ。

「……フレデリック様、試しに被ってみようかとおっしゃってましたが……」

「え……フレドさん、これをもしかして……?!」

「被ってない！　アンナさん、誤解です。何か分かるならと思って口にしたけど、未遂ですから！」

ちょっとびっくりしたけど、ただの髪の毛だ。持ち主を設定する古い魔道具にもたまに使われている。私は自分にそう言い聞かせて気を取り直すと、ルーペを持ってきてじっくり観察を始めた。

「……黒い糸と撚《よ》り合わせた髪の毛を縫い付けてるみたいですね。表面がちょっと白っぽくなってますけど……」

という事は、この髪の毛の持ち主は黒髪。

聖女自身の髪だろうか？　そうするとフレドさんと同じ色の目に、同じ色の髪。偶然だと片付けるにはちょっと不自然過ぎる。

でもこの黒い布に一面刺繍してしまったら、本当に前なんて見えなかっただろうな。

「この刺繍については私も、何の意味があるかはちょっと分からないですね……」

「そっかぁ。ありがとう。とりあえず見てすぐ分かるようなものじゃないって分かったから、調べ方を変えてみるよ。刺繍だけ描き写すか……」

髪の毛、と言われてちょっと後ずさっていたアンナだったが、もう平気になったのか、ベールをまじまじと眺めていた。何か気になる事でもあったのかなと意見を聞いてみる。

「いえいえ。素人考えですが……刺繍と言うよりかは、ダーニングみたいだな、と思って」

「ダーニング？」

「ああ、お二人は繕った服を着る機会がないですもんね。糸を細かく縫い付けて、肘とか膝などの薄くなった生地を補修する技術があるんですよ。平民はそうやって服を長く使うんです」

そう聞いて、私も「たしかに」と思う。知識として知っていたけど、それは思い浮かばなかったな。

裁縫仕事が得意なアンナが手振りを交えて二人に説明しているのを聞きながら、私はふと思った事を口にしていた。

「もしかしたらこれも、刺繍の形に意味はなくて……補強というか、この髪の毛を撚り合わせた糸でこうして顔を覆う事自体が目的なのかもしれないですね」

私がアンナの言葉を基に何気なく口にしたこの言葉がたまたまきっかけとなって、この後フレドさんの「目の不思議な力を封じ込める」という研究は一気に進捗を見せるのだった。

フレドさんの目について。私の言葉をきっかけに、あの不思議な力を封じ込めるための試行錯誤が始まった。

おそらく、フレドさんとその母親はドラシェル聖教の「聖女」と呼ばれている存在なのではないか、という事だ。聖女が使っていた黒いベールに縫い込まれていた髪の毛……常に身に着けていただけあって、何か理由があったのだろうとは思ったが、それは意外と早く判明した。

確実に、とは言えないがほぼ「こうだろう」という仮説が出来ている。結論から言うと、それは「聖女本人の髪の毛で目を覆うと、力が抑えられる」というものだった。当然、こんな意味があるのではないか……と仮定して、検証して……を繰り返して辿り着いた説だ。

上手くいけば、フレドさんが厄介だと悩んでいる体質もどうにかなるし、「隠居に追い込まれてないとおかしい事を何度もしでかしてるのに、未だに熱狂的な支持者も多くて下手に手を出せない」と苦い顔をしていた問題も解決できるかもしれない。

全ては偶然と推測から見つけた道筋だが、パズルのピースがはまるように答え合わせが出来ている状況なので、行き詰まるまではこのまま試していくつもりだとフレドさん達は言っていた。

これでもまだ「多分」の域なので、この仮定が正しいかどうかも常に確かめつつ進めているようだ。

今は時々クロヴィスさんも参加しながら、まず完璧に力を封じる方法を探しているらしい。

私が作る人造魔石を販売する窓口になる商会も立ち上げつつ、自分の目についても時間があれば研究をしていて、フレドさんはとても忙しそうだった。

商会を立ち上げるというフレドさんに、資金から土地から人から何から全面的に援助したかったらしいクロヴィスさんはとても寂しがっていたけど、「弟に全部甘えてたら兄として情けないから」って自力でやってのけてしまったフレドさんの事を自慢に思ってる様にも見えた。

「明かりがついてると思ったら、リアナちゃんもまだいたんだ。いや帰る所かな？」

「フレドさんは……これから研究ですか？」

「うん、朝セットした結果が見たくてね」

「……あの、ちゃんと寝てますか？　朝は私より早く来てるし、夜いる時は私が帰った後も残ってますよね」

「え～大丈夫だよ。昼に仮眠もとってるし、そもそも指示して終わる仕事が多いからそんなに疲れてないんだ。エディ以外の新しい人達も優秀だし……それに、今日いち段落したって言うか、商会のメインにする建物の内装工事が終わるまでしばらくゆっくり出来るから」

私が帰り支度をしているような時間に、フレドさんが錬金術工房の中に入って来た。

現在私達が使っているのは、竜の咆哮の錬金術工房の一画。ここではフレドさんは、クロヴィスさんがスカウトして連れてきた謎の錬金術師……という事になっている。

ここに出入りする時は試作品の、目ごと顔の上半分を完全に覆う黒い仮面を着けてエディさんに先導されている。背が高くてスタイルの良いフレドさんがそんな物を着けていると、何かの演劇の役みたいで相当目立つのだが……フレドさんは全然気にならないらしい。

曰く、「素顔に向けられる視線の方が嫌な感じがするから、こっちの方が快適」という事だった。今までどんなに不便な日常だったか少し分かってしまう一言だ。

現在の仮面では影響がかなり小さくなるけどまだ完璧に消えてないというのと、着けてると当然ほぼ何も見えなくなるので現在改良をしている最中である。

クロヴィスさんは「変な人を惹きつけてしまう力が残ってる状態なのに周囲が見えないのは危ない」と言っていた。私もそう思う。

なのでこの仮面は、エディさんかクロヴィスさんが一緒じゃない時は使わない事になっている。

「せめて、効果を完璧に消すか……同じくらいの効果でも良いから、ちゃんと視界が確保できるものが作りたいんだよね～……切実に……」

口調は軽いものの、表情はあまりに真剣で。体調をないがしろにする方がダメですよ、なんて優等生みたいな言葉はかけられなかった。

あ、今まで茶化してる所しか見た事無かったけど、フレドさん本当は大分参ってたんだなって改めて気付いてしまって。こんな、無理をしてまでどうにかしたいと思うくらいには。

「……せめてご飯はちゃんと食べてくださいね。えっと、ポーションに頼るのも本当は良くないですけど……体に負担がかからないものがあるので、それを余分に作っておきますね」

「てことはリアナちゃんも使ってるやつ？　リアナちゃんも、ポーション飲んでまで無理しちゃダメだよ」

「実家にいた時によく飲んでたんです。いまはほとんど使ってませんけど……アンナには内緒でお願いします」

「じゃあ俺も、クロヴィスには内緒にしておいてもらおうっと」

お互い笑いながら口止めをして、何となく今日起きた事を報告していた。私の手は帰り支度をするのをやめて、コーヒーまで淹れ始めていた。

いや、その……もう夜なのにこれから頑張るって言ってるから、飲み物を用意するくらいしてから帰ろうかなって思って……。

「わーありがとう。そういえば喉渇いてたから助かるよ」

「いえ、あの、私も帰る前に一休みしながら今日の成果を頭の中で整理しようと思ってたので。えっと……エディさんはいないんですか？」

「晩御飯取りに行ってくれてるんだ」

なるほど、と私は窓の外のクラン の宿舎の方を見た。クランに所属する人のうち半数以上があそこで暮らしていて、食事も提供されている。

錬金術師や武器職人、事務方の人達、私も琥珀と一緒に日中クランの食堂を利用した事もある。エディさんはそこに二人分の夕飯を取りに行っているみたいだ。ちなみに、私はこれから帰宅したらアンナの手料理が待っている。

「既に人造魔石の問い合わせがたくさん来始めてすごいよ。でもクロヴィスも言ってたけど、無理して増産しなくて良いからね。当分は貴重なものとして慎重に取り扱う予定だし」

「はい。需要が予想よりも多いですけど、人造魔石の生産数は急に増やすつもりはなくて……けど作る時に発生するスライムの廃液の処理に想定よりも手間がかかって、全然追いついていないんです。それを何とかしないとこのまま作り続けるのも難しくて……」

人造魔石を作る時に出るスライムの廃液は魔物廃棄物に当たる。生きている魔物だけではなく魔物の死体にも当然瘴気が残っていて、必要な処理をしないと新たな魔物の発生源になってしまう。

しかし全ての魔物廃棄物に特別な処理が要る訳ではない。

錬金術工房からはスライム廃液も含めて毎日魔物廃棄物が出るけど、そのほとんどは冒険者ギルドに依頼して、廃棄する量に合わせて料金を払い、帝都から離れた場所にある廃棄場所に捨ててもらうだけで問題ない。

ただ、スライム廃液とはいえここまで量が多すぎると、自然に分解されるよりも発生する瘴気の量が多くなってしまう。「スライム廃液だから廃棄場所に捨てるだけで良い」とお金だけ払って知らんぷりする訳にはいかない。

魔物の死体は燃やすと無害になるが、スライム廃液では難しい。煮詰めて水分を飛ばした後なら燃やす事も出来るだろうが、それにかかる燃料費と時間を考えると現実的ではないし。

なので最近はずっと、どうにかしてスライム廃液をコンパクトに捨てる方法を模索していて……それが何とか形になってきた所だった。

「へぇ、これがスライム廃液なんだ」

「はい。人造魔石を作るのに使っているミミックスライムのなりそこない、そのスライム廃液の水分を抜いて固めたものになります」

廃液ブロック、と呼んでいる。不思議な事に、他のスライム廃液に同じ処理をすると白っぽい灰のような塵になるだけでこうはならない。

フレドさんは、手のひらくらいの大きさの塊を持って室内の明かりに透かした。白く濁っていて、光はある程度透過するものの、向こう側は見えないのを確認している。

次にフレドさんは表面を軽く爪でひっかいた。更に端の方を指先でつまんで、机の縁に打ち付けてコッコッと鈍い音を鳴らす。それだけで簡単に跡が付いてしまったのを見て「面白い素材だね」と口にした。

「五〇タンタルのスライム廃液がこの大きさになります。この状態で火の中に放り込めば、他の魔物廃棄物と同じように燃やせるので……何とか廃棄物の処理問題は解決した形です。やっと人造魔石の生産に本腰を入れられます」

「ねえねえ、これ素材として売れそうじゃない？」

「え、何かに使えます？」

「うーん……」

　フレドさんはちょっと悩んだ後、「実験してみるね」と言って、机の上に鉄板を敷いて更にその上に廃液ブロックを置いた。

　研究室の備品として置いてあるナイフを一本手に取ると、肘から先の力だけでトントン、と軽く先端をあてた後、大きく振りかぶって力いっぱい振り下ろした。

　ダンッ、と大きな音が研究室に響く。……ちょっとびっくりした。

「……やっぱり。見た目より軽いし、結構簡単に傷は付くけど弾力があるから割れないし、これで入れ物が作れたら便利そうじゃない？」

「え？　あ……すごい、全然刺さってない……」

　フレドさんが突き立てたはずのナイフは、ほんの少し食い込んだだけで全くブロックに刺さらなかった。傷が付いて白くなっているけど、割れる気配もない。

　確かに、ポーションの容器などをこれで作れたらとても便利かもしれない。この素材に害がないかとかは調べる必要があるけど……。

「フレドさん、よくそんな発想出てきましたね。私、そんな使い道全然思いつかなかったです」

「たまたまだよ」

「リンデメンで、人工魔石を売り物にしようって提案してくれたのもフレドさんじゃないですか」

「いやぁ、リアナちゃんは自分がすごすぎて、足元にあるものが見えてないだけだって。探し物だってさ、違う人が見るとすぐ見つかったりするじゃん？　それと同じだよ」

すごい、と言う私にフレドさんは困ったように否定する。フレドさんは私の事を自己評価が低いって言うけど、フレドさんは人の事を言えないと思う。

「アイディアを思いつくのも才能ですよ」

「それを言うならそのすごいものが作れちゃう方がすごいって」

「私は既存の知識を組み合わせただけで、ゼロから作り出した訳じゃないですし……」

「色んな事知っててその知識を組み合わせて使えるのは十分すごいって。そうだ、このスライム廃液の塊ってどうやって作るの？」

何だか上手く話を逸らされてしまった。

ひょいとかわされた話を掘り返して話題にする技術がない私は、そのまま廃液ブロックの作り方の説明を続ける。エディさんが二人分の夕飯を持ってきた所で我に返った私は、そこでやっと帰ろうとしていたのを思い出して、慌てて帰り支度をしたのだった。

第六十話　もう手が届く

「お酒が飲みたい」というリクエストがクロヴィスから出たために、フレデリックの屋敷にクロヴィスが身分を隠して訪れささやかな酒宴を開催していた。

リアナが酒に弱いと知ってから、フレデリックは決して同じ卓で酒を口にしようとしない。エドワルドとクロヴィスも、その話を知っているため、酒を飲もうとなると必然的に女性三人のいない場でとなる。

他の使用人を全て下げて、クロヴィスの事情を知るエドワルドが給仕をしていたが、「ミドガラントまで旅をした仲じゃないか」と同じ卓を囲むよう請われる。

親友の弟とは言え相手は皇太子、やはり慣れる事はないな、と思いつつエドワルドは遠慮がちに椅子に腰を下ろした。

仕切り直すように、フレデリックが話を振る。

「商会の目玉になる新製品がいくつもあるから、売り出し方は考えないとだなぁ……しばらくは店頭に見本を出しておいて、注文を受ける形になると思う」

「この弾力性のある不思議な素材は『ポリムステル』と名付けて売り出すそうですね。フレデリック様が、人造魔石の副産物に優れた特性を見出したのだとリアナ様が自慢されてましたよ」

「さすが兄さんだよね。廃棄物を商品に変えるなんて。兄さんは僕が使い物にならないって言った人材も拾い上げて、適所に配置するのが上手かったからな。見る目があるんだよね」

「たまたまだって。リアナちゃんの功績なのにそんなに持ち上げられると恥ずかしいだろ。……それに、クロヴィスのお眼鏡にかなわなかった人達だって、世間一般から見たら十分に優秀だったぞ」

フレデリックの事を大げさに褒めていたクロヴィスが、机の上に広げてあった布を持ち上げる。

今までにない、表面がつやつやと輝くその布は先ほど「ポリムステル」と呼ばれた素材が塗りつけられている。残念ながらスライム廃液から生み出された半透明の素材は、安全性の問題からポーションや食品の容器とする事は叶わなかったが、他にいくつもの優れた使い道が考え出された。

そのうちの一つがこの「防水加工布」である。

今まで「防水布」というと水をはじく性質を持った魔物の毛織物や革を使うのが一般的で、そのほかは布に油を染み込ませたものくらいしか存在しなかった。

一応他にもヘベアという木の樹液を布に塗りつける事でも防水機能は得られるが、生地が硬く重くなってしまうのと、また独特の臭いがある事や、柔軟性に乏しく剥がれやすいという特徴から荷車の幌などに使われるのがせいぜいだった。

外套《がいとう》や鞄や靴を使う、冒険者から商人、肉体労働者まで、水を通さない布地は常に求められていた。しかし供給は完全に需要に追いついておらず、もっと簡単に大量に生産出来る防水布が求められていた。

それを可能にしたのが今回スライム廃液から生み出された「ポリムステル」だ。

例のブロック状態になる前のとろみのある液体を、布だけではなく傘や靴や鞄に塗る事で、後から防水性能を持たせることも出来る。

流通に使われる木箱に塗れば湿気やカビから荷物を守れて、さらに弱いとはいえ魔物由来の素材であるため、普通のネズミや虫は寄って来ない。

食品に直接触れるような使い方は出来ないが、防水加工以外にも様々な用途が考えられている。

さらにクロヴィスは「ガラスよりも強度があるなら魔導車の窓に使いたい」「ある程度厚みを持たせればそこそこ頑丈な盾としても使えるのでは」と期待していた。

さすがに金貨何十枚レベルのものとは比べる事は出来ないが、街の警備兵に支給する装備としては十分だ。金属より軽く、同じくらい頑丈な素材と比べるとはるかに安い。

「盾越しに視界が確保できるくらい透明だとなお良いんだけど」

「おいおい、リアナちゃんは人造魔石の製造でも忙しいんだから、あんまりほいほいリクエストするなよ」

「ごめんごめん。だってさぁ、こっちが言った事出来ちゃうから、つい……」

「そりゃあ……初めて同レベルの人を見つけてはしゃいでるのは分かるけど、出来るからって全部させるのはダメだぞ」

「……うん、分かった」

かつて、自分が同じ事を言われて、「天才」ではなく一人の弟として扱ってもらえた事を思い出したのか、クロヴィスは普段の凜とした顔には似合わない、少々幼い笑みを浮かべた。

「兄さんこそ、商会の立ち上げ業務も人員の手配もしながら、人造魔石の窓口もやってるなんて。もうちょっと人を使わないとダメだよ」

「うーん、でもなぁ。俺が雇って、普通に働いてくれる人かどうかって……顔合わせないと分からないし……」

フレドは昔から、異常なほどに異性に言い寄られるという難儀な体質だった。兄贔屓のクロヴィスでさえも「確かに兄さんはかっこいいし優しいし勤勉で優秀で魅力的だが、流石におかしい」と感じるほど。

全ての女性がそうなる訳では無いが、一度「おかしくなる」と暗黙の了解やマナーすら守れないようになり、時には犯罪に手を染めたり、寝台に潜り込もうとしてくる者まで出た。

フレドに懸想した者同士が勝手に周りで争いを繰り広げたり、誘いを断ると激昂されたり。その上、同性からも同じ目を向けられた経験まで何度か。冒険者として生きる中、身の危険から逃げるために活動拠点を数回変える頃にはフレドはすっかり人と深く関わらず生きるようになっていた。

逆にこの異常な体質を上手く使えばそれだけで生きていく事も出来そうだったが。

そういった事情もあって、フレデリック第一皇子が立ち上げる予定の商会の運営には男性しかいない。それも、既婚者がほとんどだった。

一般客と接する従業員には女性もいるが、フレデリックが顔を合わせる予定はない。一応この厄介な体質を制御する目途はついていたが、安全策を取るにこしたことは無い。

「人造魔石もね、今情報摑んで連絡してくるのは貴族がほとんどだから、何を話すにしても俺が入らないとトラブルに発展しかねないから必要だったんだよね」

来週から貴族出身の元文官を二人雇うから、下級貴族からの問い合わせは自分が直接対応しなくても大丈夫になるし、と兄の身を心配するクロヴィスを宥める。

「でも兄さんが、女性に怯えずに過ごせるようになるかもしれない。本当に良かったよ」

「い、いや、怯えてはなかったし……これを作ったのはクロヴィスの力がほとんどだろ？　俺がやったのは、あの教会から黒いベールを持って帰った事くらいだよ」

「フレデリック様、そんなっ……」

「エドワルドの言う通り。兄さんが基礎になる研究を丁寧に進めておいてくれたからこれが作れたんだよ」

エドワルドが否定しようとした言葉を引き継ぐようにクロヴィスが続ける。これ、と口にした時の三人の視線の先には、机の真ん中に置かれた黒い装具があった。

クロヴィスが「お酒を飲みたい」と言い出した理由でもある。今日の酒宴は「これがひとまず完成したお祝い」だった。目元も含めて、一切の隙間なく頭を覆う形をしている。眉間のあたりに一つ、目の代わりになるレンズが取り付けられたものだ。

フレドの目については、ごくごく身内の中だけの事だが便宜上「魔眼」と呼んでいる。伝承から取ったものだ。

あの黒いベールが聖女達の力を抑えるためのものだったのでは、と仮定してから魔眼の検証は勢い付いた。フレデリックが仮面の形で作った魔眼の力を抑えるためのこの装具は、クロヴィスの手によって欠点を補う改良が施されて、ひとまずひな形が完成した。

仮面から変更されて、まるで重装騎士のヘルムのようだが、実証で得られた効果はかなり高いものになっている。エドワルドは「顔を完全に隠したからでは？」と最初は言っていたが、何も効果のない仮面や兜だと、顔が見えなくても魔眼の力が発揮されてしまう光景を見て考えを改めていた。

黒いベールから発展させたこの装具の検証のために、何度も女性に囲まれる羽目になったフレデリックがそれを思い出したのか若干遠い目をしているが……。

魔眼については「その目の中の魔法陣を人が視認する」ではなく「その魔眼で見る」という行為が発動条件に関わっている、という事まで突き止めている。神話で神を見たものではなく、神に見つめられた者が石になるのと同じ。

今までフードや帽子で顔を隠して俯いても問題が解決しなかった理由がこれで分かった。どんなにうっすらとでも、フレデリックから見えていたら防げない。

しかしまだ分かっていない事の方が多い。何故こんな力が存在するのか。見ただけでどうして効果が出るのか。どうやってその現象が起きているのか。

話題に挙げたそれを手に取って、クロヴィスが頭から被る。顔の横辺りについている装置を弄ると、一切外が見えない暗闇の内側に、周囲の光景が白黒で映し出されていた。

「視界を確保すると効果が落ちてしまうなら、完全に塞いで、別で視界を確保すればいいじゃないか」とばかりの強引な解決手段を取って辿り着いたものだ。

黒いベールと同じ、いやはるかに強く魔眼の効果を遮断する力がある。フレデリックの髪を使った素材に透過性を持たせる事はなから諦めて作った。魔道具で撮影した周囲の映像を内側に投影する事で、魔眼で直接人を見る事を回避して視界を確保している。

厳密には映像にまばたき程度の遅れはあるが、日常生活で周囲を視認するのに十分だ。しかしそのわずかな遅延も解消したい、と次の改良点を決めたクロヴィスは黒いヘルムを脱いだ。

「そもそもの……自分の髪で目を塞ぐと魔眼の力を抑える効果があるって事は兄さんが見付けてたでしょ？　僕はそれを着けても周りが見えるような方法を考えてくっつけただけだから。言うなれば、僕と兄さんが力を合わせたからこそ出来たんだよ」

「まぁ、そうかもな……とにかく、俺のために忙しいクロヴィスが力を貸してくれて助かったよ」

「もう、何度も言ってるじゃないか。僕の目的のためだって」

これもここまでに数回繰り返したやり取りだった。

「今の体制を改革するために、皇后の派閥を切り崩さないとならない。魔眼由来だろうけど、謎の求心力を持つあの人と対峙するために、無力化する方法を見つけ出す。そのために兄さんに帰ってきてもらったんだ。むしろ僕がメインでやるべきだったくらいなのに」

「……俺の母親の事だから、本当ならそれこそ俺がやるべきだったたろ？　あの人の取り巻きだって、五年の間にクロヴィスが対応してくれたみたいだし……」

「兄さんが残しておいてくれた手紙のお陰だよ。それに僕は、こうして兄さんが生きるために逃げてくれて良かったと思ってる」

「あはは、ありがとう。良い弟を持ったなぁ俺は」

酒のせいか、いつにも増して恥ずかしい台詞を堂々と口にするクロヴィスに、フレデリックは誤魔化すように目を逸らして笑った。

「でもこれをあの人が、大人しくそのまま被っててくれる訳がないからな。永続的に魔眼の力を奪う方法についてはここからまた別に考えないと」

「技術的には可能だって分かってるんだから、別の手段を考えるだけで……最悪、幽閉後に自分で外せないよう……て……」

「ああほら、クロヴィスはあまり酒に強くないんだから無理するなって。ペース早すぎるぞ」

「んん……」

「もう水にしとけ。横になっとくか？」

「んー」

話してる途中で、自分の体を支えきれずずるずると椅子から滑り落ちそうになったクロヴィスの体をフレデリックが支える。完全無欠の天才の皇太子が、こうして酒に酔って無防備な姿を晒しているなんて、彼の支持者には想像もできないだろう。

普段の夜会では乾杯の後、酒精の入っていないドリンクをそうと分からないように飲んで過ごしていると言っていたが、今夜のクロヴィスはもう三杯目の途中だった。

人目を避けるため他の使用人のいない場だったので、二人がかりで何とかぐにゃぐにゃになってしまった成人男性をソファに寝かせる。

リアナほどではないが、クロヴィスも結構酒に弱い。血縁であるが、フレデリックは母親が違うためかそこそこ強い。ちなみにエドワルドは酒豪だった。酔っている姿をフレデリックは見た事がない。

「うーん……お忍びで来てるし、自分の足で歩いて帰れるようになるまで寝かせとくしかないか」

「帰れるよぉ、問題ない、大丈夫……」

「大丈夫じゃないだろ。エディ、水取ってくれる？　ありがと」

兄が酔った弟の世話を焼いてやる、そのごく普通の光景を見ながらエドワルドは思う。

どうしてこの二人にはこれが「当たり前」にならなかったのだろう、と。誰も何もしなければ、仲の良い兄弟として助け合い素晴らしい治政を築けただろう。なのに周りの大人達の思惑に歪められて、勝手に対立を描かれてしまっている。

本人達がどう思っていようと、もうどちらかの派閥が修復不可能なまでに壊滅しない限り政争は終わらない。

「もうすぐだね……」

「何が？」

「これが終われば、少しだけど兄さんに返せるから」

クロヴィスにかけるブランケットを用意するために一旦部屋を出たエドワルドには、小さくつぶやいた今の言葉は聞こえなかっただろう。

フレデリックは何となく、「今の言葉が言いたかったから酒なんて持ち出したのかな」とぼんやり考えていた。

酒宴の発起人が寝てしまった後、残った二人はクロヴィスの目が覚めるまでゆっくり酒盛りを続けていた。

「今のままでは一人で街中を歩くのは流石に無理ですが、フレデリック様に執着する女性の問題は解決が見えてきて良かったです。眼鏡くらいのものに出来ると良いのですが……まぁそちらは追々でしょうか」

「今でも十分俺は感動してるけどねぇ。普通ってこんなに快適だったのか、って」

「その言葉、世の男性達が聞いたら殴りかかって来るでしょうね。フレデリック様、人のいる場所で言っちゃだめですよ」

「分かってるよ、嫌味に聞こえるんだろうね」

　フレデリックが本気で嫌がって困って、時に酷い目に遭っている現場を何度も見ている幼馴染は、反論せずに頷いて返した。エドワルドも、一方的な恋愛感情によって起きたトラブルを見すぎたせいで羨ましいとはかけらも思った事は無いが。

「でも……フレデリック様のその目、制御する手段が見つかったのは喜ばしい事ですが、よく今まで異常に気づきませんでしたね」

「いや、だって俺は生まれた時からこうだったし……。それにエディだって、おかしいのが俺の普通で、そこに何か特別な原因があるなんて思いもしなかっただろ？」

「それはまぁ、確かに」

　また苦い思い出がよみがえってきたフレデリックは、クロヴィスが持ち込んだ、自分の金ではとても買おうと思えないような高価な酒を一口あおった。

「俺の経験上、おかしくなっちゃったのがコミュニティに一人なら、そこまで大した事にはならないんだよね。せいぜい付きまとわれたり、しつこく言い寄られたりするくらいで、ひたすら断っていれば勝手に怒って離れてくから」

「それで大した事がないと言えるフレデリック様の過去、とんでもなく物騒ですね」

冗談を聞いて呆れたように笑うエドワルド。本気でこれらを「大した事じゃない」と思っていたフレデリックは、それを誤魔化すように軽く咳払いをして続けた。

「ごほっ……えっと、二人以上出た時が危なくて。何かライバルと言うか張り合う相手がいたせいで過熱しちゃうとこ何度も見たんだよなぁ。あと、一方的に敵認定する相手がいた時も、大きなトラブルに発展しやすい。話しただろ？　リンデメンでも、リアナちゃんを目の敵にした人がいたってやつ」

「ああ。アンナさんをリンデメンにお連れした時もあまり友好的ではなかったそうですね」

「そうなんだよね。直接的な事はなかったけど……」

フレデリックは何度か、「あれ、今の気のせいじゃないよね？」程度の悪意がアンナに向けられている現場を見ていた。移動中の宿で、覚えたばかりの言葉で挨拶をするアンナにミセルが返事をしなかったり、新しい言語を習得中のアンナの発音の拙さを、視線を向けた後口の端だけで笑っていたり。

そういったささやかな、しかし周囲には分かりづらい悪意を度々目撃していた。

本人が「この移動だけのお付き合いの方達ですから」と割り切っていて、問題を顕在化させる事を望まなかったのでそこで一応終わった話だったが。

フレデリックは、机の上に置かれた黒い兜を見て、「これがあればその後でリアナちゃんに迷惑かけずに済んだのにな」とぼんやり考えてみたりもする。全ては結果論だが。

「ほんとにすごいよね、クロヴィスは。俺のこの、目についての研究だって。俺が一人でやってた時より多くの事が短い期間で出てきてさ」

「設備の違いもありますが、まぁクロヴィス様は天才ですし」

しみじみと、事実を確認するだけの言葉。羨ましいとか、目標にしようとすら思えない。

「なぁ……クロヴィス。失っただなんて思ってないよ。最初から俺のものじゃなかったし」

結局その夜クロヴィスが目を覚ますことはなく、「酔いつぶれたフレデリックの友人」という説明で客室に運ばれた金髪の美青年は、翌日目が覚めると「どうせなら兄さんの部屋でお泊まりしたかった」と嘆いたとか。

第六十一話　また新発見

「これがリアナ様の作った、ポリムステル素材の布なんですね。薄くてとってもしなやかですねぇ」

魔物廃棄物として捨てる予定だったスライム廃液に、商品としての価値が生まれるなんて思ってもみなかった。

あの時ヒントをくれたフレドさんには感謝だなぁ。廃液の処理にお金をかけるどころか、新しい価値を生み出してしまうなんて。

アンナは、半透明の布を持ち上げて、明かりに透かしたりして興味深げに見ている。表面には光沢があって、光の加減によってうっすら色味が変わるのを見ているようだ。

ポリムステルと名付けたこの素材からは、既に色々な商品が生まれている。布だけでなく、ポリムステル加工の方も「手持ちの鞄や靴、外套を後から防水加工出来る」という手軽さもあって、主に冒険者や商人に大人気となっていた。作業自体は比較的簡単なはずなのに、提携している工房が防水加工の予約でギッシリだと言えば、どれだけ需要が大きいか分かるだろうか。

クロヴィスさん経由で、軍が使うテントや背嚢などへの防水加工の依頼まで来ているがさすがにそれはちょっと待ってもらった。長期間使って布を傷めたりしないかがどうしても不安で。

高温・高湿度下での加速劣化試験はしたけど、せめてもう一か月は調べさせてほしい。

同じ理由で、盾の実用化も待ってもらっている。「必要な試験は済んでるんだから、実験運用はしてもいいんじゃないかな」とクロヴィスさんは気軽に言うけど、私は心配性なので確信が持てるまでは遠慮したい。

生産体制もまだ全然整ってないし。

しかし、透明化に成功したポリムステル素材の板を魔導車の窓ガラスの代わりに使うという話は現在試しに導入している。

クロヴィスさんの所有する魔導車と、魔導飛行船の窓と入れ替えたのだが、ガラスよりも丈夫なので好評だ。

交通事故の時、割れたガラスで大怪我をする話は聞いた事がある。ポリムステルは衝撃に強いし、もし割れるとしても、割れ目から白くポロポロとした破片が多少出るだけで人に怪我をさせる危険はほぼない。

特に魔導飛行船では、ガラスよりも結露がしにくいという思わぬ長所も見つかった。

この布も、そういった新商品開発の途中で発明された。防水加工をしていた際、ポリムステル液が垂れてそのまま固まって糸のようになっていたのをフレドさんが見て「ヤママユの糸よりも釣り糸に良さそう」と言った事から開発されたのだ。

ここでも、新商品のアイディアにフレドさんが関わっている訳なのだが、本当に人に出来ない発想が出て来る人ってすごいなぁと思う。

フレドさんの「魔眼」についての研究もかなり進んで、現在は効果を抑えるための装具が「ちょっと大きめの黒いゴーグル」くらいのものになっていた。例の、教会から持ち帰った黒いベールを参考にして作った……魔眼の力を遮断しつつ周りが見えるよう作られた装具だ。

最初は重装騎士の兜みたいなサイズの魔道具だったため、かなり異様な光景に感じたが……フレドさん自身はあの状態で「人が声をかけてこないから楽」だと高評価していたのが信じられない。

さすがに見る度ぎょっとしてしまっていたので、今のサイズに改良してくれたクロヴィスさんにはとても感謝している。

今後、フレドさんは表向きには「病気の後遺症で目が光に弱くなった」という口実を使うらしい。五年間病気で療養していた事になっているので都合が良いからだそうだが。

実はフレドさんの着けてる魔眼封じの装具には、私の作った人造魔石が使われているので、見るたびに「あそこに使われてるんだな」って思ってしまい、ちょっとくすぐったくなる。

作ったのはクロヴィスさんで、映像を送る魔道具の仕組みを応用する事で周りの光景が見えるようになっている。

その魔道具の核にするための、「同じものが二つ」と言える品質の人造魔石を私が提供したのだ。

クロヴィスさんが使っているような、双頭竜の魔石なんてものは国宝級としても、普通の双子の魔物も十分珍しい。野生では、小さく生まれがちな双子はすぐ死んでしまう事が多いし、双子だったとしても、私達には倒す魔物に双子の兄弟がいたとしても分からないもの。

でもこうして人工的に作れるようになるなんて、自分がやった事ながらまだ驚いている。

まだ公表はされてないけど、クロヴィスさんから「作れるだけ作って欲しい」と直接依頼を受けて毎週のようにこの人造魔石のペアを納品している。でもこれが広まったら、今までと段違いに情報が飛び交うようになるだろう。

クロヴィスさんに出されていた課題がクリア出来たのもあって、完成した時にはかなりの充足感があって、珍しく自分で自分に対して「これってすごい事なのでは？」と素直に褒められたもの。

しかも天然の双子魔石のものより、明らかに品質が良い。多分、野生の魔物は双子として生まれても、その後どの土地で過ごすか、何を食べるかは個体によって変わっていくから魔石にも違いが出てしまうのだろう。

この人造魔石なら、ミミックスライムに与える餌まで完璧に管理して、「ほぼ同一」と呼べる魔石が作れる。

こうして、生産に時間がかかるとはいえ、双子魔石を手に入れられるようになったので、私達は遠距離共振器を個人的にも利用していた。

クロヴィスさんやフレドさんと連絡が取れるものの他、自宅に置いておいてアンナと「今日は何時頃帰るね」「今日の晩ご飯はシチューですよ」なんてやり取りもしている。

しかし便利は便利だけど、連絡を取る相手が増えると共振器の数も増えて不便だな……。

一つの共振器で複数人と連絡が取れれば便利なのに。そんな事をふと思った。

人造魔石の製作について思いを馳せていた意識を手元に戻す。

ついでに釣り糸だけではなく、こうして面白い使い方が出来る布もついでに作ってみたのだ。

「でもこんなスケスケの布、何に使うんじゃ？　服を作っても着れないじゃろう」

真剣に心配してくれている琥珀の言ってる内容がちょっと面白くて、つい笑いそうになってしまう。

「これ一枚で作る訳じゃないのよ。ほら、こうやって他の布の上に重ねてみたりすると、今までにない見た目の服が作れるでしょう？」

私は琥珀の前に、試作品として作ったスカートを見せた。青い布の上に、半透明のポリムステル生地がふわりと重なっている。この透け感がとても可愛いと思うのだが、実用的な物を好む琥珀に分かってもらえるだろうか。

「そうじゃのぉ。動く時にひっかけて破きそうじゃが、リアナには似合うじゃろ」

自分で着る気はなさそうな返事に、ちょっとがっかりしてしまった。子供の夏服のワンピース、スカートにこの布を重ねて、袖にもこの布を使ってパフスリーブにすれば……とても可愛いと思ったんだけど。

「あら、こうして形になるともっと素敵ですね。それにここ……リアナ様、縫い糸にわざと目立つ色を使ってるんですか？」

「そうね。白い糸を使っても縫い目が目立つから、いっその事縫い目もデザインに見えるようにしたの」

「面白いですねぇ……この布ってちょっともらってもいいでしょうか？」

「もちろんよ。どのくらいあればいい？　アンナは何を作るの？」

木の板に巻き付けてあったポリムステル布をぱたぱたと解く。アンナはちょっと考えた後、自分の裁縫箱から作りかけのコサージュを取り出して私に見せた。

布で作られたお花とリボンの髪飾りだ。……最近昼間、暇だからと作っているものらしい。

「これを作る布にポリムステルを使ったら面白いと思いまして」

「これもとっても素敵ね……完成したら売り物に出来るわよ」

「リアナ様にそう言っていただけると嬉しいですねぇ。あと他にも、この生地に刺繍をしたら面白いと思いませんか？　例えばスカートに重ねているここの縁にぐるっと一周、刺繍の絵柄だけ浮いてる様な感じで……」

「え、それ絶対可愛いじゃない。想像しただけで分かるわ」

私はアンナと二人、新しい布を目の前にキャッキャとファッション談義をして過ごした。琥珀は途中まであまり興味が無さそうにしていたけど、ポリムステル生地を触っていてふと何かに気付いたような顔をしている。

「リアナ、この布ちょっともらってもよいか？」

「いいよ。どれくらい使う？」

「端切れで良いぞ。ハンカチにも出来んくらいので」

工作に使うのかな、と思いつつ、私はスカートを作った時に出た端切れを取り出して琥珀に渡した。

それを両手でピンと張って興味深そうに見ていた琥珀は、私を窺うように視線を上げる。

「リアナ、これで実験していいかの」

「いいよ。琥珀にあげたものだから、どう使っても」

何をするんだろう、と興味津々に見ていると、琥珀は作業部屋からとことこ出て行った。

どこに向かうのだろう。私とアンナも何となくその後を追う。キッチンまで来ると、琥珀はポリムステル布を魔導コンロの上に置いて、なんと火を付けたのだ。

「わっ」

「わぁあ?!　琥珀ちゃん、いきなり何を！　火事になっちゃいま……あれ……？」

慌てて止めようとしたアンナは面食らったような顔で中途半端に手を上げた格好で固まった。

「……燃えてない……？」

「やっぱりなぁ。ホラ見ろリアナ、焦げ目すら付いてないぞ。この布、ちょっとやそっとじゃ燃え

ぬぞ」

コンロの火を消した琥珀は、火を付ける前と何も変化のないポリムステル布を摘まみ上げた。熱くないの、と慌てそうになったけど、全然平気な顔をしているし多分大丈夫なのだろう。

「燃えない素材だってどうして分かったの？」

「分かるから分かるのじゃ」

「？　どういう事？」

「琥珀の狐火があるじゃろ？　あれはな、まぁ大体のもんは燃せるんじゃ。どのくらい力を込めれば良いとかも見れば琥珀にはピンと分かるんじゃが。で、この布はかなり巫力を込めないと燃せなそうだったからな。琥珀の狐火でそうなのじゃから、普通の火で燃せる訳がなかろう」

私が聞きたかったのは、その「どうして燃やせるかどうかを見ただけで分かったのか」なのだが。まぁ、天才肌の琥珀は自分でもよく理解せず力を使ってるから、説明してもらうのは諦めよう。

それに、どうせ理解できる説明が聞けたところで私にその力は使えないと思うし。

「改良したポリムステル布に、こんな力があったなんて……これ、ちょっと調べてみようか。今のままでも火事の時とかに役立ちそうだけど、攻撃魔法でも燃えないのかとか、もっと高温でも大丈夫かなとか気になるし」

「まぁ、またリアナ様の研究の虫が出てきましたね」

「リアナ、また調べものか？」

「うん。でも気付いてくれた琥珀のおかげだよ。この布にまた新しい価値が生まれそうなの」

「……なるほど？　つまり、琥珀のお手柄という訳だな？」

「そうだよ！　これはもう大発見よ」

鼻高々の琥珀を、二人ですごいすごいと褒めそやした。

ちょっと考えるだけでも色々な使い道が思いつく。耐火性の装備とか、火に近付く仕事の作業服とか。これからどのくらい燃えにくいか具体的に調べる必要はあるけど。

「今度、ポリムステルで作る防水布の方も燃えないのか、どのくらいまでの温度を耐えるのかとか調べたいな」

「！　その時は琥珀も一緒にやるぞ！」

予期せず、また新しい商品価値を見出したみたいだ。……とりあえず、フレドさんの商会に置く見本だけ作って、どうやって防火布として作って販売するかはまた周りに相談しないと。

人造魔石のための最高レベルセキュリティの錬金術工房と、ミミックスライムの飼育場に、餌にする魔物の繁殖用生け簀、防水布の生産についても持ち込んだばかりのフレドさん……もっと忙しくなっちゃうな……。なのに私は仕事でとは言えフレドさんと顔を合わせるのは楽しみだなとか思っちゃって、ちょっと罪悪感を抱いてしまった。

第六十二話　開店前日

「本当に僕の支援一切入れずに商会作っちゃうんだもんなぁ。寂しいよ……」

「全部皇太子殿下の援助の力でやって、俺が完全に傘下に入ったたって示すって手も考えたんだけどね」

明日はいよいよフレドさんが立ち上げた商会のお店がオープンする。

商会自体はかなり前から動いていて、他の商会や貴族達とも取引をしていたが、一般のお客さん向けの実店舗はここが初めてだ。

今日は商会の関係者に、取引先や出資者達を招いたオープニングレセプションになる。ちなみに昨日は商会の運営側と、スタッフに、その家族を招いて開催されていた。

私とアンナ、琥珀も、今日は関係者として招かれていた。城での晩餐会のような本格的な夜会ではないので、この場には私達以外にも貴族ではない参加者が多い。もちろん招待された貴族達もその辺りは承知の上だが。

ちなみにクロヴィスさんは「フレデリック第一皇子と個人的に親交がある、聖銀級冒険者デリク」として参加している。

　大丈夫かな……貴族なら皇太子殿下のお顔を知ってる人も多いだろう。変装しているとはいえ、聖銀級冒険者デリクの正体に気付く人が出るのではないかとちょっとヒヤヒヤしてしまう。

　フレドさんは、この商会の出資者でもあるいくつかの貴族家の人達に囲まれながら会話をしていた。

　今日が初対面の人もいるみたいで、「療養していた病気はほぼ治ったんですけど、その後遺症で目に問題が残ってしまって」と表向きの説明をしているのが聞こえた。

　ゴーグルのような形の装具を着けたフレドさんだが、概ね「ちょっと変わった眼鏡をかけた人」くらいの受け入れられ方をされているみたい。

　改めて、あの黒いヘルム型の装具が改良出来て本当に良かったなぁと思う。

　高く開放的に作られた天井に、豪華だが貴族が使うものよりかは格を落としたシャンデリア型の魔導灯が煌めいていた。

　この上のフロアには個室が並んでいて、貴族の来客はそちらで個別に対応する造りになっている。外商部も設けたそうなので、ある程度の高位貴族への対応もバッチリだろう。ちなみに、最上階は商会の本部として使う区画の他は倉庫になっている。

　この建物は元々この帝都で老舗と呼ばれていた「カノン商会」が所有していた店舗を、そのままフレドさんが買い上げた形らしい。店舗で実際に働く従業員にも、その老舗で働いていた人を大勢再雇用している、という話もエディさんから聞いた。

今では第一皇子フレデリックの経営する「白翼商会」として生まれ変わっている。ちなみに、私は白翼商会の後援を受ける工房に所属している。

現在私達が立食形式のパーティーを楽しんでいるこの場所は、明日からは商品が陳列されて人々が買い物を楽しむ空間になる。

私も店内に視線を向けた。ほとんどのテーブルは料理を並べるために使われているが、壁面の棚には既に商品が入っている。それを、パーティーに参加している招待客達が興味深そうに眺めていた。当然私が納品した商品もそこに交じっているので、彼らの反応がちょっと気になってしまうのだ。

中でも皆さんの目を集めているのはこの商会の目玉扱いされている、三〇等級相当の人造魔石だろうか。店のほぼ中央にある、防犯結界のついた展示ケースの中に恭しく飾られている様はまるで宝石扱いされているみたいで、ちょっと大げさじゃないかなとも感じてしまうが。

あそこには「こうして三〇等級の魔石を人工的に作れますよ」という見本の意味で飾ってあるだけで、人造魔石はこの店に来てもすぐ買って帰れないが……こうして話題になるなら客寄せにもなってくれそうだ。

他にも、ポリムステルを使って防水加工した鞄に、魔導車の窓などとの交換に使われるポリムステル板の見本。独特の質感のポリムステル生地の、半透明の特性を生かしたデザインの服も展示してある。

服については、店に並んでいるものならば買って帰ることも出来るし、布だけ買うことも出来るし、提携してるテーラーで採寸してオーダーする事も出来る。

デザイン見本の中から好きなものを選んで、自分の体形に合わせて作ってもらえるようにしたのだが、実はその見本も私が描いたり、物によっては作る所にも参加させてもらった。

半透明の生地を生かしたデザインを考えるのが面白かったな。私が作ったのは女性ものばかりになったけど、今度は男性ものの服も作ってみたいな。

ちなみに、今日着ているのも自分でデザインして、ポリムステル素材を取り入れて仕立てた服だ。晩餐会のドレス程ではないが、お祝い事なのでちょっと華やかな見た目になるように意識して、細部やスカートの裾からビーズを縫い付けたポリムステルが覗く一品になっている。ちなみに、アンナと琥珀も同じテイストで作った服をお揃いで着ている。

「あら、お嬢さん。そのワンピースの布……あの展示されているのと同じ生地かしら？　まだ注文は受け付けてないのにどうやって手に入れたの？」

「こんにちは、マダム。ポリムステルを使った服については、私がデザインに関わっているのです。今日のこの装いも、広告を兼ねております」

甘いものが置いてあるテーブルの方に行った琥珀とアンナの帰りを待っていた所で、年配のご婦人に話しかけられた。

社交なんて久しぶりで、言葉の選び方に慎重になってしまう。

「じゃあ、貴女なのね？　あの透き通った布を使った斬新なデザインのドレスをいくつも考え出した天才デザイナーというのは。まぁまぁこんなに綺麗なお嬢さんだったなんて」

「……天才だなんて、お褒めいただき光栄です」

ミドガラント帝国内のマナーに則って、目上の方に行う礼をする。正式な夜会ではないので、あえて略式のもので。

婦人はそれに気付いたようで、お褒めの言葉を重ねていただいた。

「実は夫がこの『白翼商会』の出資者の一人なのよ」

そう語るこの方はジェスロン伯爵夫人。名前を教えていただいた私も名乗り返して、挨拶を続ける。

ジェスロン伯爵は……西にある領地が交通の要所で、港を持っている裕福な貴族だったはず。単なる出資者ではなく、この白翼商会で扱っている商品の中にもジェスロン伯爵の領地を通って運ばれている物がたくさんある。正体を隠しているクロヴィスさんを除けば、この場にいる貴族の中では一番身分の高い招待客だ。

私はより気合を入れてジェスロン伯爵夫人と言葉を交わす。

フレドさんの方針で、私はこの店に展示もしている、ポリムステル布を生かしたデザインの服を考え出したデザイナーの「リアナ」……とだけ名乗る事になっている。

防水・防火機能のあるポリムステル加工や、ポリムステル布を開発した事は隠している。もちろん、人造魔石の開発者であることも。人造魔石の情報についてはまだ厳重に管理しているので分かるけど。

　フレドさん曰く「普通の人にリアナちゃんの多才ぶりは刺激が強すぎるから」らしい。

「新しくて、とても素敵な生地ね。それに、見本で置いてある服も。透明である事を生かした斬新なデザインで、初めて見る意匠だけどどれも素晴らしいわ」

「そのような過分なお言葉をいただけて光栄です」

「素敵すぎて。私があと二〇歳若かったら着こなせたのに、残念だわ」

　おっと、ここで答え方を間違ってはいけない。私は高速で次の返答をどう言葉にするか頭で弾き出して、ゆっくりとそれを口にする。

「ジェスロン伯爵夫人でしたら、十分に今でも美しく着こなせると思いますけど、是非私にジェスロン伯爵夫人のための特別なドレスをデザインさせてください」

「まぁ、いいの？　催促したみたいで悪いわ」

「いいえ、ジェスロン伯爵夫人のような、常に最高の物に囲まれて過ごしていらっしゃる審美眼のある方に、私のデザインしたドレスをお召しになっていただけるなんて光栄です。後日良き日をお伺いさせていただいてから、デザイン案をいくつか持って訪問いたします」

「嬉しい。楽しみにしてるわね」

よし……これはなかなか、社交として成功したのではないだろうか。

そうとなれば、今夜にでもいくつか提案できるようなデザインを考えておこう。確かに、今の所私が作ったデザインって、「新しいもの好き」の人……若い人を想定したものばかりだったから、もっと上の年代の人にもこの素材を楽しんでもらえるようにした方がいいわね。

例えば……。

「リアナ君、楽しんでる?」

「あ……デリクさん。はい、自分の関わっている商品以外をまとめて見るのは今日が初めてなので、大変興味深いです」

「あはは、硬い答え。僕は一介の冒険者なんだからさ? もっとくだけて喋ってよ」

新しいデザインについて頭の中でちょっと考えていると、クロヴィスさんに話しかけられた。

くだけて、って……そう言われてさっとこの場で対応できるほど私が器用じゃないって知ってるのに……。クロヴィスさんの無茶ぶりに内心肩をすくめてしまう。

「良い交流は出来た?」

「はい……私のデザインした服に興味を持っていただけたみたいで」

「仕事抜きの交友関係はどう? 今日はリアナ君くらいの年の女性も結構来てるよ」

「…………」

「あはは」

クロヴィスさんに笑われたけど、私は何も言えなくなってしまった。対人能力がなさ過ぎて情けなくなる……。

他にも関係者の家族として来ている子供も結構いて、琥珀はデザートが置いてあるテーブルの周辺で友達が出来たみたいで楽しそうにしている。小さい子のコミュニケーション能力ってすごいなぁ。

……いや、私は小さい頃、茶会とかに連れて行かれても別に友達作れたりはしなかったから……これは琥珀が特別すごいのよね。

友達を作るというのとはちょっと違うけど、フレドさんはやっぱりすごい。人から好かれやすい……ううん、違うな。これは体質とかではなく、接した人を味方に付ける能力がすごく高いのよね。

人造魔石関連の施設を作る時にもたくさんお世話になった。特に、ミミックスライムに食べさせる「魔力を含んだ餌」として、岩桂魔魚の養殖プラントを建設する際。その養殖の技術責任者になっていただいてるセドさんを招くのは、……フレドさんでなければ出来なかっただろう。

過去に港町で海産物の養殖の指揮を執っていた方で、魚系の魔物にも詳しい。岩桂魔魚の生け簀での養殖は初めての試みだったので、セドさんの存在なしでは養殖は成功しなかっただろう。

現役を引退して息子さんに家業を譲ったセドさん、私が話をしに行った時は「俺ももう年だから、今から大きな仕事をするつもりはなくて……」と、そんな事を言っていたのに。フレドさんが話をしに行ったら……あっと言う間に技術責任者を引き受けてくださることが決まってしまい、びっくりした。

どんな魔法を使ったのか、気が付いたらセドさんに「是非やらせて欲しい」と言わせるような仲になっていたのだ。

フレドさんは何と言うか……人の懐に入るのがとても上手いと思う。気が付くと誰もが、スルリと懐に入ってしまっているように見える。あの話術は真似しようと思っても無理なものだ。

いくら「事前に好みとかを調べたから」と言っても。細やかに集めた情報から、本人も言語化できていなかった本当の望みを浮かび上がらせた上に、それを全部解決する提案が出来るというのはやはりフレドさんだからこそだと思う。

「俺には一発逆転する能力はないから、一緒に仕事したいなって思ってもらえるようにこうして出来る事の中で全力を出すんだよ」

その言葉を聞いた時、その考え方ってすごく素敵だな、と思った。

もちろん、貴族の社交のマナーでも、心配りはさりげなく行うのが普通だったけど。それを貴族として招待客を楽しませる力や情報を集めて使いこなす力を顕示するために行う人がほとんどだった。

だから、フレドさんの接待とか社交についての考え方が……これから先機会があるなら、私もそんな風に考えておもてなししたいなって……。

当のフレドさんは、そうした積み重ねで力を貸してくれる事になった出資者の皆さんに未だ囲まれていた。

　身分だけじゃなくて、フレドさん自身が魅力的な人だからこうして力を貸したい、貸して欲しいって人が集まるんだと思う。「同じ物を売る」なら、ただ儲かるだけじゃなくて信用出来る人に任せたいって考える気持ちは分かるから。

　クロヴィスさんと交わす会話も思いつかなかった私は、ついフレドさん達の会話に耳をそばだててしまっていた。

　そこで気付いた。多分クロヴィスさんも、私と話してるフリをしてフレドさんの会話を聞きに来てるんじゃないかな。この人ならあり得る……。

「フレデリック殿下はどちらで療養されていたんですか？」

「腕の良い医者の話を聞いて移り住んだり、時には外国で治療を受けたりしていたので、あまり長い間ひと所にいなかったので何処という訳では……。少々問題は残りましたが、こうして普通に過ごせるようになったので運が良かったです」

「そちらの目元を覆う仮面が代償ですの？　それほど酷い痕が残ってらっしゃるのかしら」

　私がフレドさん側として聞いているからだろうか、その質問は何だかとても気になってしまった。フレドさんのアイマスクは怪我のせいではないけど、だからと言って良いという訳では無い。ちょっと失礼な聞き方じゃないだろうか。

「目に見える痕ではないのですけど、光にとても弱くなってしまって。これを着けていないとまともに目を開けていられないんです」

「まぁ、お可哀そう。不便でしょうね」

「これ、失礼だぞ。申し訳ない、年が行ってから出来た末娘で、甘やかしてしまいまして」

「……いえ、私の病に心を砕いていただきありがとうございます」

これもまた、私が気にしすぎなのだろうか。「可哀そう」と口にした貴族令嬢に対してもやっとしてしまった。病気を克服した人にその言い方って……もちろん、フレドさんは本当に患っていた訳では無いけど……なんて考えてしまう。フレドさん本人は全然気にしてなそうなのに、私が勝手に……こんな事考えるのは良くない、と分かっていてももやもやした気持ちはなくなってくれなかった。


「……フレド、それ壊れてるんじゃないのか？」

来客者達が帰った後、フレドさんは憔悴した表情をしていた。椅子に座って大きくため息を吐いている所に琥珀がフレドさんの顔を……正確にはフレドさんがずっと着けている黒い装具を指さす。

「ええ？　……そもそも力を抑える方は、原動力が必要なものでもないし、ちゃんと機能してるはずなんだけどなぁ」

「だってこの変な眼鏡があれば、女が変に寄って来ないって言ってたじゃろう。全然効いてないようにしか見えんぞ」

「いやいや、俺からすると効果覿面で快適だったけどなぁ」

「あれでか？　難儀じゃなぁ」

労わるように肩をぽんと叩く琥珀にフレドさんがちょっと笑った。

でもこうして改めて見ると、フレドさんってすごく人から……好かれちゃうんだなって思う。もちろん、ミドガラントに来るまでの道中の方が、何も防ぐ手段が無かったからすごかったけど。

フレドさんは「この厄介な目のせいで」と言うが、見ていて「目の力だけではないのでは」と思う事も結構多い。フレドさんはスタイルが良くて背も高くて、あんなに親切で紳士的なんだから。魔眼の力を打ち消してもこうして目元が見えないくらいでは、全然フレドさんの長所が隠せてないと思う。

「でも、失礼な女が結構目立ったね。体に勝手に触れた奴まで……もういっその事……」

「だめだめ！　クロヴィスが出てくると話が大きくなりすぎる！　だいたい、何の名目で？　クロヴィス殿下は今日ここにいなかったはずだろ？」

「そんな、僕だって分からないように手を回すに決まってるじゃないか」

「却下」

ぴしゃりとはねのけられたクロヴィスさんが若干面白くなさそうな顔をする。

そんなやり取りを見て、モヤモヤしていた私も何とか冷静になれた。

「でも兄さん、実際どうするの？　ジンプキンス子爵令嬢だけじゃなくて、今日来てた令嬢達に言い寄られたら。どう見ても兄さんの婚約者の座目当てで連れて来てたよね」

「ジンプキンス子爵は良識のある方だから、中途半端な立場の俺相手といえど本気で皇子に婚約を申し込むなんてしないさ。あわよくば、くらいは思ってただろうけど。流石に爵位が低すぎる。他の家も……その辺も一応考えて、強引な手を取られないように、この商会作るのに高位貴族は頼ってないし」

「それはまぁ……でも令嬢本人達が暴走する可能性もあるじゃないか」

「接触するのに取れる手段なんてこの店に通い詰めるか外商呼ぶくらいだろ？　でも俺は普段はここに居ないし、居留守も使えるから大丈夫だよ」

フレドさんのその発言に、クロヴィスさんは渋々危険性を訴えるのを一旦止めた。本当に渋々。

そう言えば、商会の関係者に、夫人ではなく未婚の娘さんを連れてきている人、多かったな。

でも……そうか。フレドさんはそのうち、身分のある女性と結婚するんだよね。そう思うとすごく寂しくなってしまった。

どうしてだろう……本物のお兄様が結婚する時だってこんなに心細く思ったりしなかったのに。

ジェルマンお兄様は、違う棟だったけど同じ敷地内で生活するって分かってたからかな……。

「ちょうどいいって言ったら何だけど、ちょっとここを離れる予定があって。まぁしばらく帝都から離れてれば冷めるでしょ」

「あ！　そう言えば兄さん、ポリムステル用の新しい紡績工場の候補地の話してたよね。今日の感触だともっと人気出そうだから、今のうちに増産体制整えた方が良いし。自分で見に行くの？　ノルバディッドだっけ。視察って名目で僕も一緒に行きたいなぁ」

「いや、クロヴィスは流石に執務が立て込んでるだろ？」

「言ってみただけだよ」

元々本気じゃなかったらしいクロヴィスさんは、フレドさんに釘を刺されてあっさり引いた。

「ノルバディッドって……、帝都から西にある領地ですよね？」

「うん。候補じゃなくて選定済みで、そこはもう決まりかな。開拓してない平地がいくつかあるから、工場に都合良さそうなんだ。リアナちゃんは早速ポリムステルを使ったドレスの注文受けてたよね。後で誰から受けたのか教えてくれる？　一応、俺が把握してる限りの好みとか伝えられるから」

「あ、ありがとうございます」

そうだ、注文があるのに何考えてたんだろう。私もついて行きたい、って考えちゃうなんて。どうしてこんな無計画な事をしようと思ったのか、自分でも分からない。でも口に出してなくて良かった……。

「でも、今日の兄さんも相変わらずすごかったなぁ。互いに競わせるようにして出資者から更に融資を取り付ける手腕なんて、やっぱり僕の執務室にこそ欲しいよ」

「クロヴィスは正面から資金引っ張れるだろ。俺みたいに話術でごまかすようなやり方は、それこそ高位貴族には通用しないだろうし」

「いや、十分いけると思うけどなぁ」

フレドさんは、クロヴィスさんとの会話に意識がいっていて、私の様子が変だったのには気が付いてないみたいだ。

女性に囲まれてたフレドさんを見てからやっぱりモヤモヤが完全に晴れなくて、私はこれ以上変な事を言わないうちにアンナと琥珀を連れて私達の家に帰る事にしたのだけれど。

第六十三話
認識外の感情の対峙

クロンヘイム国内において、名門アジェット公爵家から王太子に嫁いだアンジェリカにとって、人生とは「自分の大好きなもので満たされている幸せな日々」の事だった。

裕福で高貴な家に生まれ、家族仲は良好で、夫とも婚約者時代から愛し合っている。

後々この国で一番尊い女性になる王太子妃という身分のかたわら行っている画家としての活動も大成功しており、この美的センスを生かしてデザイナーとして立ち上げたドレスメーカー事業は半年先まで予約待ちの大人気ブランドに成長した。国内外から常に注目されており、ここ数年の社交界の流行を作り上げたのは私だと言っても過言ではない。

子供の時からその才覚は抜きんでていた自覚がある、多少不得手な事もあるが、上に立つ者としてそれを補う方法はいくらでもある。

子供達もとても可愛く優秀で、今から将来が楽しみなほど。王太子妃として取り仕切っている事業も全て順調だ。

なのに。何故……どうしてこんな事になってしまったんだろう。

「アンジェリカ、入るよ」

侍女も全て下げていた室内に誰かが入って来る。

いや、名乗らなくても分かる。こうして王太子妃である私の私室に入って来られる者なんて一人しかいない。

「アレク……」

「食事をまたほとんど摂らなかったんだね。体を壊してしまうよ」

部屋の中、給仕された時からほぼ変わっていないワゴンの上。

アトリエとして使われている城の一室には上手く構想が練れなかった描きかけのキャンバスとスケッチがぽつぽつと散らばり、絵の具の臭いが充満している。

「ルイスとミアもお母様とあまり過ごせないと寂しそうにしていた」

「それは……ごめんなさい。シャディール王国の王太后殿下からの依頼で根を詰めてて……」

私は、ここしばらく朝餉の時にしか顔を合わせる事が出来ていない可愛い子供達の顔を思い浮かべた。

二人共まだ幼いのにとても賢く、王族として責務を負う父と母の事をよくよく理解してくれているが、自分の子供時代と比べて寂しい思いをさせてしまっているのは確かだ。

「今日はもう寝た方が良い。エカチェーテ王太后殿下からの依頼は、私の……王太子アレクサンドルの名前で延期を願っておいたから……」

「まぁ！　どうしてそんな勝手な事を……次の会談で外務官に渡すと約束していたのに……」

「悪いとは思ったが、仕方ないだろう。まだ下絵すら出来上がっていないじゃないか。私は自分では絵は描かないけど、一枚の絵を完成させるのに必要な時間くらいは分かる」

それは、自分でも分かっていた。

今完成させても絵の具を乾燥させる時間すらない。それに、今更何日か延びてもこの大きなキャンバスを埋める絵を完成させるのは無理だろう。何しろ、何を描くかすら決まっていないのだから。

「体調不良でと説明しておいた。実際偽りではないだろう？　それに、リリアーヌ君がいなくなってからずっと絵もスランプじゃないか。一枚も完成させてないし、君のドレスブランドにもデザインを渡していない」

「リリアーヌ……」

考えないようにしたかったのに、アレクのせいでしっかりと意識してしまってまた涙が溢れた。

頬を濡らす私を宥めるように、アレクがそっと隣に立って私を抱き寄せる。一番可愛がってた妹をあの養子のせいで失う事になった私に対してほんの少し無神経に感じる言葉だったが、私を労わろうとしてくれる気持ちは素直に受け取った。

「しばらく休むと良い。今受けてる絵の依頼は全部体調不良と説明して待ってもらって、ドレスブランドも……他にもデザイナーはいるんだろう？　しばらく任せて、アンジェリカはアーティストの活動を休んだらどうかな」

「そんな訳にはいかないわ。私の作品を待ち望んでるファンが世界中にいるし……私が目を通していないデザインを商品として世に出す訳にはいかないもの」

「だからだよ」

どうしてそこで「だからだよ」という言葉に繋がるのか理解できず、私はアレクの胸に抱かれたまま彼の顔を見上げた。……私の作品は、外交に使う武器になると応援してくれたのは貴方なのに……。

「アーティストの『アンジェリカ』として仕事が出来ないなら、王太子妃として仕事をしてくれないかな」

優しく、いつものような慈愛に満ちた微笑みを向けるアレクの言葉に、私は固まってしまった。

「……だって、それは……婚約時代から、私が芸術家として過ごして良いって、アレクが……」

「あの時は、政務も出来る優秀なリリアーヌ君が王太子妃の執務をサポートするという話だったろう？　ライノルドの妃となった後に……でももう、あの話の通りに進めるのは流石に出来ないよ、アンジェリカ。分かってるよね？」

違う、……リリアーヌは家族の中で一番私の事が大好きで、いつも私の背中を追いかけて……アンジェリカお姉様みたいな絵が描けるようになりたい、って……。だから幼馴染のライノルド殿下と結ばれた後も、リリアーヌが私の隣に居るのは当たり前で。喜んで私の補佐についてくれるはずだったからで。

「でも、でも……ちゃんと誤解が解けたら、リリアーヌは家に帰って来るはずなの！　そしたら今まで通りに……」

「うん、じゃあリリアーヌ君が帰って来るまででいいから、王太子妃の執務をちゃんとアンジェリカが自分でこなせるようになろう。行事や社交の場の最低限の事だけじゃなくて」

「それは……だって、私がそういった事が苦手なの、アレクは知ってるでしょう？　苦手な事を無理にやるより、得意な事で飛びぬけた成果を出せば良いって貴方だって……」

昔から、「勉強」と名の付くものは全て苦手だった。王族の婚約者として成績優秀な優等生と思われていたけど、学園の試験も実は及第点ギリギリ。皇妃様のように男に交じって会議に参加するなんて絶対無理だ。

ライノルド殿下の想いを知って、そういった頭を使う仕事は将来的にリリアーヌに任せられると正直安心した。

リリアーヌが居た時は……私から絵の指導を受けに来る時に、執務室に溜まっていた書類をサッと半分くらい片付けてくれていたのに。

同じ事を自分で……？　リリアーヌはそういう事は得意だったからいいけど、私がやるなら丸一日、いやそれ以上かかってしまう。

書類仕事はそれが得意な人に任せて、私は私にしか出来ない、アーティストとしての活躍をした方がメリットが大きいってアレクも言ってたのに。

「そ、そうだわ。リリの代わりに私の補佐をする人を入れれば……」

これはとても良いアイディアに思えた。リリアーヌが帰って来るまでの間だけだけど、王太子妃付きの女官になれると聞けばすぐに代わりは見付かるだろう。

「それは……無理だよ。リリアーヌ君は優秀だったんだ。判断に必要な資料も自分で調べて、時には問題点を見つけ出して完璧な代替案まで用意して……彼女の穴を埋められる優秀な人材がいたとして今の部署が手放してくれるはずがない。普通の文官なら代わりをするのに何人必要になるか。それに、リリアーヌ君は君の実妹だから、王太子妃の補佐として代わりを任せる事も出来たんだが……」

「アジェット家の親戚筋の文官を……それか、今いる王太子妃付きの者から教育すれば」

「アンジェリカ。いずれにせよ時間がかかりすぎる。それに、君の側近は芸術家ばかりだよね？執務を代行出来る女官に教育し直すのはやはり難しいと思うよ」

私が傍に置いているのは、確かに芸術家としての側近ばかりだ。半分弟子のような存在だけではなく、ドレスブランドの経営や私の作品に入る注文を管理するために経理が得意な子もいるけど……信頼は出来るが、王太子妃業務を任せられる能力があるかと問われると肯定は出来ない。

「だって、得手不得手があるのは仕方がないじゃない」

「責任がある立場なら、苦手だからと改善する気がないのはおかしいよね。それに、リリアーヌ君はあらゆる分野で天才と呼ばれているけど、幼い頃の彼女が最初から得意だった事なんて一つもなかったよ。どれも努力して習得していた……出来る人がいるから任せてしまうなんて、私も楽な道に賛同してしまったのを後悔している」

何よ。出来る人に任せるのがどうしていけないの？　だって他の人には私のような素晴らしい芸術作品を生み出せないじゃない。

勉強も音楽も芸術も武術も、確かにあの子は、他の家族と違って生まれつき得意な物なんて一つもなかった。でも、出来るようになったんだから、家族として苦手な事を助けるのは当然じゃない。

それは、例えば護衛を頼むならウィルフレッドやお父様に話をする……ジェルマンお兄様やアルフォンスには頼まないのと一緒の事で。

「君の武器だったドレスブランドが振るわないのとは別に……ドーベルニュ公爵家が最近力を付け過ぎているんだ。実際、彼らが言うようにリリアーヌ君をこの国が失った事で、我が国は『人造魔石』を発明する素晴らしい才能の持ち主を失ってしまった」

「リリアーヌは戻って来るわ！　……リリアーヌがイミテーションの魔石を作ったくらいで、どうして半年以上も非難され続けなければならないの？」

「半年前？　ロイエンタールで発表したものとは別物じゃないか、それに偽物ではなくて、三〇等級相当の魔石を人工的に作り出すとんでもない技術だよ。前に説明したし、あんなに話題になってるだろう」

「錬金術は詳しくないからそんな難しい話分からないわ。それに……そのくらいの大きさならクロンヘイムの魔石鉱脈からもよく出て来るじゃない。何がそんなに貴重なのよ」

もちろん、高価な物だとは分かっている。でも、それらは他に代替の利かない唯一無二のものではないのに、それが作れるようになった所で何故そんなに騒がれているのか分からない。

アジェット家の失敗を大きく見せるために、ドーベルニュ公爵家がわざと騒いでいるだけでしょう。

私がそう言うと、アレクはしばらく黙ってしまった。沈黙が居心地悪くて、つい目を逸らしてしまう。……どうしてそんな、失望したような顔をしているの？

優しく肩に回されていた腕がそっと外される。離れる体温に焦燥感を抱いて、私はキャンバスの前から立ち上がってアレクの腕を取った。

「……アンジェリカの作品達は確かに……外交に使えるくらい魅力的だよ。君のデザインするドレスは貴婦人達の心を摑んでいたからね。けど、リリアーヌ君が外国で生み出した発明の利益がそれを上回っているだけで。アーティストとして国に利益をもたらせない間、アンジェリカには、王太子妃として学んで隣に立って欲しい」

「でも……」

だって、私には向いていないから。

自分の得意分野ではない事で非効率に時間を浪費して、なのにそれで周りから低い評価を付けられるなんて私には耐えられない。

「アンジェリカがスランプになって、アンジェ・ロゼが新作のドレスの発表が出来ていなかった間に……新しいブランドが外国から入ってきたんだよ。それがかなり評判になっていて」

「え？　何……それ、聞いてないわ……私」

「最近君は城の外の者と会話する余裕も無くアトリエに籠っていたからね。アンジェリカの側近は……知っていたと思うけど、作品と向き合っている君の邪魔をしないようにしていたんじゃないかな」

何？　それ……じゃあ私が気にしかねないから黙っていたって事？

しかしどうして、そんな話題になっていたのに私の耳に入っていなかったのかしら。確かにここしばらくはアトリエに籠っていたけど……。

そう考えていて、ふと思い当たる事があった。お母様が伏せているからだわ。

リリアーヌが見つかっても、家に帰らないと宣言して外国で暮らし始めたせいで、ショックを受けたお母様はすっかり心が弱ってしまい一日の大半を寝室に閉じこもって過ごしている。

前は社交界などで役立つ話題をお母様が教えてくれていたが、今はそれがない。あれだけ機会を見つけて帰っていた実家に、私もすっかり遠ざかってしまっているし……。

アレクが言うには、そのブランドが台頭してきた関係で私のデザインしたドレスの需要が落ちているらしい。そんな……ブランドの経営は人に任せてるから、そんな事が起きてたなんて知らなかった。

たしかに、大分長いことデザインを描いていない……、注文が減っていたからだったなんて……。

「日常使いのデイドレスから夜会向けのものまで、庶民向けの余所行きのものもすごく売れているみたいだよ。メンズ部門もあって王都中、そこがデザインした服で溢れている。アンジェ・ロゼはオートクチュールだけど、これは」

「これは……！　……新作を出していなかったと言い訳も出来なくなるわ。私の作るドレスとは全く違う……けど、どれも同じくらい素敵」

「男の僕から見ても素敵だと思ったけど、やっぱりプロのアンジェリカから見ても素晴らしいデザインなんだね」

アレクが持ってきたクリスタル・リリーのパンフレットに載っていたデイドレスは、同じデザイナーとして見てもどれもハッと息を呑む程美しい。今までにない斬新さがありつつも、奇抜にはならない洗練された美を感じる。

しかもカタログでは襟や袖、スカートのデザインにそれぞれ番号が振ってあって、自分の好きな組み合わせで注文出来るようになっていた。そこに色も指定すれば、ほぼ自分だけの一着が気軽に作れる。

……こんな注文の仕方をするドレス、初めて見たわ。

何よりこの……特徴的なデザインと、それに映える見た事のない布。不思議な光沢のある透明な……これはミドガラントで開発された、綿や絹ではない全く新しい素材で作られた布だそうだ。デザイナーとして、強く興味が湧いた。

でも今無理にドレスブランドの仕事を再開させたら、目新しさもあって注目を集めているこのクリスタル・リリーと比べられる事になってしまう。

確かに良いデザインだと思うけど、だからこそ……ただのタイミングの問題で、審美眼のない素人達にどちらが上だ下だと評価されるのは嫌だ。

今はデザイナーの仕事をセーブして王太子妃として活躍して、頃合いを見て本来の私の仕事に戻れば良い。

「このブランド、リリアーヌ君がミドガラントで立ち上げたそうだよ。これをきっかけに、同じデザイナーとして手紙でも書いてみたらどうかな。一応君達は家族なんだから、人造魔石についていくらか我が国専用の枠を設けるよう頼んでみて欲しいんだけど」

だからこそ、内心自分と対等な存在として評価しそうになったクリスタル・リリーのデザイナーがリリアーヌだと告げられた私は我が耳を疑った。

「……何それ？　このブランドのデザイナーがリリアーヌだなんて、何かの冗談？」

「ああ。魔石を人工的に生み出す技術を発表した錬金術師というだけじゃなく、素晴らしいデザイナーだったんだね。アンジェリカもいつも彼女の作品を自慢していたし」

「嘘よ、だってそんな話私は聞いてなんて……ブランドの名前だってリリに何も関係がないモチーフだし。あの子だったら白薔薇に関連した名前を付けたはずよ」

そう、あの子はいつも白薔薇を取り入れた装いをしていた。ドレスの意匠やアクセサリー、ファブリックの柄や日常使いの小物まで。

だから、リリのはずがない。しかし確信をもって断言した私の言葉を、アレクは否定した。

「え……？　彼女は百合の花が好きだったじゃないか。それも、珍しい水晶百合が」

「そんな訳ないじゃない。あの子はいつも白薔薇を身に着けていたわ」

「……白薔薇は……君がリリアーヌ君に似合うと好んでデザインに入れていたからだろう？　リリアーヌ君は、モチーフの指定がない時は度々水晶百合を描いていた。森の中にしか生えない、摘み取ったら一刻程で透明な花びらが白く濁るから私も本物を見た事はないが……わざわざ実物もないのに描いているなんてよほど好きなんだなと、私でも覚えていたのに」

アレクが示したのはリリアーヌが残していった最後の作品になる、描きかけのキャンバスだった。私と子供達が遊ぶ王宮の中庭の花壇の中……アレクが指さす場所に、確かに見覚えのない花が咲いていた。宝石のように輝く花びらの……これの事？

じゃあブランド名のクリスタル・リリーとは、本当に……リリアーヌの好きな花の名前から取った、リリアーヌの作ったブランドだと言うの？

「ほら、このカタログのドレスもさ。前にリリアーヌ君が描いていた挿絵の、お姫様が着ていた物に似てるよ」

「………あ、」

言われて初めて気が付いた。見た事のない素材が使われた布に意識が行っていたが……確かに、このデザインはアルフォンスが自分の本の挿絵としてリリアーヌに描かせたヒロインが着ていたものとよく似ている。

アルフォンスから、「評判が良いからこれと同じドレスを作って売りたい」と相談されたのを思い出した。「アルフォンスの書いたお話が良いからヒロインの着ているドレスが素敵に見えるだけで、このドレスを売り物にしても絶対売れないわよ」と断言した……その時のドレスとそっくりだった。

「……別に、このブランドをリリアーヌが作ったからって何なの？　大衆に迎合した、芸術とは言えない半分量産品の服じゃない。私の作品と比べるものではないわ。奇抜で目は引くけど、それだけね」

「なに、を急に……さっきまでここのデザインを好意的に見ていたじゃないか。リリアーヌ君が作ったものだと知った途端にこんな……」

「ち、違うわ。見てるうちに……そう、よく見たら欠点が出て来たの。……アレク、何か言いたい事でもあるの？」

「おかしいよ、君の態度……」

「何が？　違うわ、勘違いしてる。身内だからこそ、厳しい目で評価してるだけ。……そ、その辺のデザイナーならともかく……私の弟子ならもっと上を目指してもらわないと」

「いや、実際リリアーヌ君にだけおかしい。普段私達の前では褒めているけど本人には厳しい言葉をかけてる所しか見た事がないし。私も……今気付いたけど……自覚してないのか？」

その目をやめて！

何でそんな事を言われなきゃいけないの。リリが、家族から一度も褒められなかった事を苦に家を出たと言っていた事は伝えてないのに、どうして。

いや、違う。私だけは違う、本当にリリのためを思って厳しくしていたけど、他の家族達が正当に評価しなかったから……そのせいでこうして家族がバラバラになってしまっただけで。

「違う……私はリリのためを思って……」

「いや、今見ていて確信したよ。前にも違和感があったんだ、他の貴族からリリアーヌ君が褒められた時、『いずれはアンジェリカ妃をしのぐ芸術家になれるかもしれませんね』と世間話の一環として言われた時。無理だありえないと強く否定していたよね」

「……何が？　私は事実を言っただけよ。それに、褒める時はちゃんと……リリの才能をきちんと他家にアピールする場では、褒めていたわ」

そ、う……私は、今のレベルで満足して欲しくなかっただけ。師としては当然の事だ。

それに、あの子が私の上を行く芸術家になれないのもただの事実でしかない。

そうきちんと説明しただけの私に、アレクは呆然とした表情で言葉を続けた。

「……優秀な妹として自慢したいけど、自分より下じゃないと許せないって……それは、十分おかしいよ」

「何言ってるの、私はそんな事……」

違う、と言いたかった。けど反射的に言葉が出てこなかった。

指摘されたその言葉が、あまりにしっくりきすぎていて。

私は言葉にならない声を出そうと、せめてはくはくと唇を震わせる。

「……思ってないって本当に言える？　クリスタル・リリーは既に、わが国だけでも去年度のアンジェ・ロゼの売り上げを大幅に超えている。そのくらい成功したブランドを作ったリリアーヌ君に称賛の言葉を贈ろうよ」

「あんな!!　庶民向けのドレスをメインに数だけ売りさばいていれば儲かるけど、それだけじゃない！　私が作ってるドレスは作品なの！　芸術よ！　一緒にしないで！」

「ほら」

量産品と芸術を比べるなと言っただけなのに、アレクからの失望の色は濃くなった。

私が触れていた腕をそっと解いて、アレクは数歩離れた所に立つと私と向かい合った。

「私も優秀な弟を持つ身だから、気持ちは少し分かるよ。私が勝《まさ》ってる事もあるけど、全体で見ればライノルドの方が優秀だと断ずる者の方が多いだろう。王族には必要ないと言えど、特に私は武術はからっきしだったから……誇らしいけど、妬む気持ちもある」

「何を……言ってるの？」

「ずっと同じ、私達の家族の話だよ」

いつの間にか、体調が優れない妻を気遣う優しい夫の声は、冷たく硬くなっていた。

「だけど私はそんな……劣等感の裏返しで弟につらく当たったりはしない」

「は……私がいつ、リリアーヌに劣等感なんて……」

「勉学では常に学年首席、研究者として発明もして、魔術師としても優秀で、剣術大会でも同い年の男よりも強くて、音楽の才能にも恵まれている。全てにおいて優秀なリリアーヌ君に、唯一勝てる事で必死に優位を保とうとしてわざと認めないようにしか見えない」

違う……違う、私はそんな理由でリリアーヌの事を褒めなかったわけじゃなくて。

「彼女が家を出た原因が少し見えたよ。養子が起こした事件は、ただのきっかけだったんじゃないかな」

「そんな訳ない！」

「じゃあどうしてリリアーヌ君は、所在が明らかになったのに今も一時的な帰国すら拒否するんだ？」

それだけは違う。

違う、私達は……私は悪くない。あの子は昔から気難しい所があったから。実際同性の友達も全然いなかったし。

父はミドガラントは実力主義という家訓の下でかなりの無茶をしているから、利用されているのではと言っていた。向こうで洗脳されているのではないかとも。

私もそうなのではと思うけど、今それを言ったらもっと悪いことが起きる予感がするので口をつぐむ。

「……アジェット家は天才の集まりだと言われているけど、本当に天才なのはリリアーヌ君だけだったな。飛びぬけた長所があるのは素晴らしい事だが、それ以外で出来ない事が多すぎる」

「何よそれ……」

「貴族にとって確かに芸術も大事な教養のひとつだけど、絵の良し悪しが分からなくても優秀な者なんて溢れる程いるのに……。君は芸術について要求する基準に達しない者を全て下に見るよね。今後そんな傲慢な基準で評価を下さないように」

結婚して城に来た当初、センスがないからと王太子妃周りの使用人や女官をかなり入れ替えた。その時は皇妃様からも苦言を呈されたけど……まだ根に持っていたのかしら。

その後も家族間のことについて的外れな事を言われて、私が否定しても聞いてくれない。

最後は諦めたように「頭を冷やして一晩考えてくれ」と言い残して私のアトリエを出て行って、アレクはその晩私達夫婦の寝室にも現れる事はなかった。

第六十四話　遺してきたもの

その日は朝起きてすぐ、ライノルド殿下との連絡に使っている遠距離共振器の画面を見て私は酷く動揺した。

あまりに挙動不審になり過ぎて、朝食の時にすぐアンナから何があったのか聞かれてしまったくらいだ。余程変な態度だったらしい。

アンナに隠し事をするつもりのなかった私は、素直にどんな内容の連絡が来たのかをつまびらかに見せた。

「……これが、殿下から来た文面ですか……」

「うん。朝起きたら連絡が来てたから、多少の時差を考えてもライノルド殿下がこれを書いたのは夜の間だと思うの。それで、返事はこう書いて……今は次の連絡が来るのを待ってる状態」

クロヴィス殿下が持っている天然の双頭竜の魔石や、人為的に作った全く同じと言える人造魔石で製作した共振器では画面の同期にかかる時間はほとんど無視できる。目の前の人と手紙を書いてやり取りするくらいの感覚だ。

最近はそっちを使う事に慣れてしまったせいか、普通の遠距離共振器で遠い国にいる人とやり取りする時のジワ～ッと画面が同期するのを待つのがとてももどかしく感じるようになってしまっていた。

いや、連絡された内容が内容だからかもしれない。

「……リアナ様が外国でこうして発明した商品が生んだ利益を、『アジェット家が不当に扱ったせいで天才を逃して発生した損失』としてアジェット家が糾弾されているとは……人造魔石にポリムステル布に、ドレスブランドのクリスタル・リリー……実際クロンヘイムにとってとんでもない損失なのは間違いありませんけど……」

「て、天才って事にして大ごとにしたいだけだと思うけどね？　それを、大部分はニナのせいって責任を押し付けられてしまうかもしれないのが心配で……」

人造魔石や、その他私がクロンヘイムを出てから生み出した商品達の利益。ドーベルニュ公爵家は、それを計上して「これだけ発生するはずだった国の利益を奪った」……つまり「国に損害を与えた」としてアジェット家を訴えたというのだ。

これは政争の一部でもある。アジェット家はアンジェリカお姉様が王家に嫁いだ事もあって、外国に対抗するために国内の様々な制度を改新する主張をする王太子派に属する。

しかし貴族たちの既得権益を脅かす改新に、反対する貴族は当然多かった。ドーベルニュ公爵家は、その保守的な貴族派閥のトップだった。

ライノルド殿下は、改新には賛成しているが、王太子殿下の提案の通りに改新を進めてしまうと経済や一般の国民への影響が大きすぎるので、もっとゆっくり慎重に行うべきだと主張していた。

政治の話について、クロンヘイムに居た時は直接話し合った事はないけど、ライノルド殿下の議会での発言はチェックしていたので大体把握している。

私も改新はした方が良いけど、ライノルド殿下と同じく進め方についてはもっと協議する必要があると考えていた。確かに現在の官僚制度や地方の貴族領には汚職が蔓延していて、改善は必要だ。けどすぐに全てを変えてしまったら、その下にいるたくさんの人達の生活に大きな影響が出てしまうのが分かっていたから。職を失う人もかなりの数が出てしまうのは予測されていたくらいで、場所によっては暴動が起きる事も懸念されていた。

王太子殿下は、税金を取った貴族がため込んで領地へ還元しない状態は「早急な治療を施す必要がある」ため、こういった「多少の出血と痛みが伴うのも仕方がない」と主張していたけど……。

私が家出した後ドーベルニュ公爵家の発言力が増して、王太子殿下が強引に進めていた革新の行い方について再考される事になったと聞いた時は正直ホッとした。あのまま実行されていたら弱い立場の人がたくさんつらい目に遭っていたと思うから。

たしかに、クロンヘイムには変えるべき事も多い。貴族の権力と特権が強すぎる事もそうだが……まだ平民が活躍するにはかなりの運と人脈が必要で、優秀な平民が外国に流出していると私が子供の頃から言われているし。

これから外国と競い合うためにも色々な所に変化が必要だが……そこで働いていた罪のない人達の新しい勤め先を用意したり、革新によって起こる予想外の事態に備えて様子を見ながら行うべきだとライノルド殿下は言っていた。

ライノルド殿下の学友や、新興貴族が多いが、この意見にはそこそこ賛同者がいる。

こうした共振器でのやり取りで初めて知ったけど、ライノルド殿下は文面だと随分饒舌なんだな、と思った。……いや、そうでもないかも。誕生日には一応顔見知りという事でプレゼントと直筆のカードをいただいていたけど、書いてあるのは一言か二言だったたし。

……顔を合わせるといつも会話がなくなって、無言になってしまうので苦手意識を持ってたけど……もっと色々会話をしておけば良かったな、と思った。

とにかく、ニナはその二つの派閥の政争に巻き込まれてしまっている。ドーベルニュ公爵家は何でもいいから王太子派閥のアジェット家を攻撃する名目が欲しかった。攻撃されたアジェット家はその矛先を逸らすためにニナを生け贄にしようとしている。

ニナがやった事はたしかに悪い事だったけど、あの時彼女は十四歳だったのに。その上光属性の魔力が発現して学園に編入する事になったので、教育も十分とは言えない状況だった。とはいえ、忠告を無視して森の奥に進み、私が怪我をした件について嘘を吐いた理由にはならないが。

けど、こんなとてつもない額の損失の全ての原因にされてしまう程の罪は犯していない。それは断言出来る。

この事件で、怪我をした被害者は私なのに。私がちょっとどうかと思う程の罰を与えるのはやめて欲しい。

「そうですね……私も、嘘が暴かれて、きちんと罪を償うべきだとは思いましたけど……この状況は……彼女一人の責任にしてしまうなんて、周りの大人達はなんて酷いんでしょう」

「攻撃の口実にしてるだけだから、未成年のニナに実際に刑を与える事にはならないと思うけど……こんな話が出てしまったら、卒業後の進路にも影響しちゃう」

働く先を決めるという時に、こうして生け贄にしようとしているアジェット家が後援者としてまともな対応をしてくれるか。そもそも、ニナ一人に責任を被せて終わりにしようとしたがっているのすら見える、このままあの家で生活する事自体がかなり辛いのではないか。

「あと、お父様が……私の所在は分かっているから、連れ戻そうと動いているみたいで」

「そっちの方が重大事項じゃないですか！」

リンデメンで「リアナ」として活動を始めた時と違って、ミドガラントでは積極的に身を隠そうとはしていない。

堂々と公言している訳ではないが、その気になって調べれば私が今ミドガラントの皇族の庇護を受けて何かやっているというのはすぐ分かる事だった。

もちろん、調べても私が生活している住居が帝都のどこにあるとか、そういった詳細はしっかり隠してあるから分からないけど。連絡を取ろうと思ったら、仲介者にはすぐ辿り着けると思う。

人造魔石はフレドさんの白翼商会でしか取り扱ってない。人造魔石を開発したのがリンデメンで発表された人工魔石の発明者と同一人物である事は隠されてないし、ここに縁があるのはちょっと調べれば分かるから。

ライノルド殿下から来た連絡では、「連れ戻すために申し入れをしようとしている」という話だった。なので、接触があるとしたらフレドさんからになる。先にどう対応するかなどについて話し合っておきたい。

「文字でやり取りするには長くなるよね……お店で私が関わってる商品の売れ行きとかを確認するついでにフレドさんに直接会って来ようと思うの」

「そうですね。一週間程フレドさんとは顔を合わせてないですからね。是非会いに行ってみてください。きっとフレドさんも喜びますから」

何だか含みのある言い方ね。それに、よ、喜ぶって……何を根拠に。

変な事を言い出したアンナの真意を聞いて正そうとしたが、ちょうどそこで琥珀が起きて来たので……不本意ながらさっきの「喜ぶ」発言について聞くタイミングを失ってしまったのだった。

「ほんとありがとう、琥珀。作るの手伝ってくれて」

「他ならぬリアナの頼みじゃからな」

「琥珀のお陰で良い品質のものが安定して作れるから、すごく助かってるよ」

「ふふーん」

フレドさんに相談に行くために所在を確かめたら、今日は竜の咆哮の錬金術工房にいるそうだ。なので私も相談の後、注文が山ほど来ている人造魔石を少しでも作ろう……と考えて琥珀と一緒に来ている。

実は、高品質の人造魔石を作るのに、琥珀が大活躍しているのだ。

現在岩桂魔魚の卵から得た魔石の核を使って作る人造魔石は、ほとんどが十八等級相当にしかならず……三〇等級相当を超えるほど大きい魔石が得られる事は珍しかった。ある程度の大きさになると、いくら魔石のもととなる魔力を含んだ餌をふんだんに与えても大きくならなくて、安定して三〇等級以上の人造魔石が作れずにいた。

そして、これは天然の岩桂魔魚の魔石とほとんど同じなのだ。岩桂魔魚の魔石も、成体なら大体十八等級……そして、たまに岩桂魔魚にしては大きく、強大に成長して魚群を形成するものもいるのだが、この個体の魔石が大体三〇等級より少し上になる。

卵の中の魔石の核……この時点で、将来成長する魔石の等級が決まっているのでは……そう推測を立てるのは自然な事だった。

ただ、「じゃあどうやって、将来特別大きく育つ魔石の核を見分けるのか？」という問題が残るのだけど……ここで琥珀が大活躍するのだ。

琥珀は本人自身も良く理解していないが、魔力（琥珀は巫力と呼んでいる）の扱いに長けている。

「妖狐」という琥珀の種族も関わっているだろうが、「望むものだけを燃やして、それ以外は熱も感じさせない」というとんでもなく複雑ですごい操作を必要とする技能を持ち、それを感覚だけでやっている。

その繊細で説明できない技能を使って、琥珀が「この粒は他のと違う」と拾い上げた魔石の核は、必ず三〇等級以上の人造魔石になる事が分かっている。今の所百発百中だ。

なので琥珀にはアルバイト代を払って、ミミックスライムに入れる魔石の核の選別をしてもらっている。

他に代わりのいない技能なので、高額な報酬を用意しているが……ほとんどは貯金しておいて、琥珀にはお小遣い程度の額を手渡している。大金を渡すのはまだちょっと心配なので……。

ちょっと前、竜の咆哮の人達に誘われて金級冒険者として手を貸した時に、報酬としてもらった金貨を全部使ってお菓子を買って来ちゃったので……。

一個の値段は平民の子供がお小遣いで買えるようなものだったんだけど。それを全種類数百個お店にあっただけ全部……それ以来大金は持たせないようにしている。

こんなに買って、腐っちゃう前に全部食べ切れないでしょう！　とアンナに叱られて耳がぺしょっとしてる琥珀を思い出した。ちなみに、大量のお菓子は私が買い取って、人造魔石を作るために必要な単純作業部分を行っている工場で働いてもらっている人達に配って、無事全て美味しい内に消費出来た。

「じゃあリアナ、琥珀は先にリアナの研究室で仕分けしとるぞ。いいか？」

「うん、お願いね」

フレドさんの居場所を聞くと、飼育室だと教えてもらえたので私は錬金術師工房の一階で一旦琥珀と別れた。私の研究室には、岩桂魔魚の卵から取り出した魔石の核をまとめて届けてもらっている。琥珀はそれを少量シャーレに取り出して、じっと見つめて「これだ」という核を別のシャーレに移す……というのをひたすら繰り返すことになる。

より分けた数によって手にするお小遣いの額が変わるので、大変熱心に手伝ってくれるのだ。

飼育室には錬金術に使うミミナガネズミなどの実験動物がいる。何か生き物を使う実験をしているのだろう。その後で相談に乗ってもらうのだし、内容によっては手伝おうと考えて私も飼育室に入った。

あ、いたいた。

「フレドさん、何の操作やってるんですか？」

「………………」

「フレドさん？」

あれ、珍しいな。声が聞こえないくらい没頭しているみたいだ。

肩を叩いてびっくりさせて、何か間違いが起きたら大変だし……私はフレドさんが作業している斜め後ろに立って、作業を見ながら少し待つことにした。いち段落して緊張の糸が緩んだところで改めて声をかけよう。

フレドさんの手元には、解剖台にうつ伏せで固定されたミミナガネズミがいた。魔眼の魔法陣が描かれているが……いや、不自然に魔法陣が欠けていて、その部分は真新しい薄ピンク色の皮膚になっている。

麻酔で眠っているらしいミミナガネズミを見下ろして、フレドさんは机に両手をついて思い詰めた顔をしていた。

「はぁ――――…………っ?!　リアナちゃん?!」

「ぴゃ……ッご、ごめんなさい！　声はかけたんですけど、集中してたみたいで、何の作業してるのかなって気になっちゃって……」

「いや、俺こそ気付かなかったみたいでごめん」

ふと私に気付いてとてもビックリしてしまったフレドさんと、二人で謝罪合戦のようになっていた。一通り謝罪とあいさつが終わった所で、仕切り直す。改めて、私はフレドさんに何の実験をしていたのか尋ねた。

「……この魔眼の魔法陣ってさ、これだけ色々調べてるけど……完全に効果を消す方法ってまだ見つけられてないじゃん？」

「そうですね。目を覆っても周りを見る装具はクロヴィスさんが作ってくれましたし、これで魔眼の力を完璧に遮る物質があればひとまず安心なんですけど」

何せ、一度魔法陣を描いてしまうと、魔法陣を描いた魔術触媒を皮膚ごと取り除いても効果が消えない。どういう原理かこれまた分からないが。

クロヴィスさんはこれまでに色々な物でフレドさんの眼鏡型装具を作り直している。「財政破綻した国の宝物庫にあった、呪いを封じる聖遺物を買い取ったんだよ。あ、気にしちゃうから兄さんには内緒ね」なんて物も使われていて、総額でいくらかかっているかは私も怖くて聞けない。

魔眼の魔法陣と同じ紋様を魔術触媒でミミナガネズミの皮膚に描くと、ある程度同じ力を持つみたいだが、やはり完全な再現にはならない。人とは違う生き物だし。

知性が低い分、ミミナガネズミへの方が効果が高いみたいだし。例えば、人の皮膚に同じものを描いても何も起こらない。

「ミミナガネズミのこの背中、ドラシェル聖教の聖剣……のかけらだって伝えられてるもので魔法陣を切り取ったんだよ。勇者が戦った地に残ってた……なんて伝承、作り話かと思ったけど」

小さな金属片を先端に付けたペンのようなものをフレドさんが指さした。その口ぶりでは、まさか本物なのだろうか……？

手元の眠ってるミミナガネズミを他のケージに入っているミミナガネズミ達に近付けた。ごく普通に、他の個体の臭いがした……くらいの反応で、今までの魔眼の魔法陣に対するような、興奮した様子は見られない。

という事は……魔法陣を描いた後に、その聖剣のかけらでミミナガネズミの皮膚を切り取って……？

「!!　ダメです……それで効果があるとしても絶対ダメですよ?!」

「わ、分かってるって。描いたのには効果あったけど、生まれつきの俺の目にも効くのか確証ないし……」

フレドさんの目に同じ事を当てはめて、やっと何をしようと考えてるのか察した私は思わずフレドさんの腕を掴んでいた。

「……大丈夫、自分に試すつもりはないよ」

「フレドさん……」

「ただ、あの人の力を削ぐために……もしかしたら効くかもって手段でも、必要になるかもしれないからさ」

「…………」

言ってる事は分かる。だからそんなのダメですなんて安易に言えない。でも納得もしたくなくて……私は何も言えなくなってしまった。

フレドさんの思い詰めた表情が頭から離れない。

すぐいつもみたいに笑って「もちろんまともな解決方法も探し続けるよ」って言ってたけど、明らかにやせ我慢していたように見える。

私だけ飼育室から出た後、やっと「クロンヘイムからの連絡について相談しようと思ってたんだ」と思い出したけど……フレドさん、すごく悩んでたし、私の事で煩わせたくないな……。

「リアナ君！　待ってたよ。居場所を聞かれたってエドワルドが言ってたから、来ると思ってた。君の研究室でいいかな?」

「あ……デリクさん」

危ない、考え事をしていたせいで、周りにクランの人がいるのにうっかり本名で呼びそうになっていた。

「リアナ君……今出て来た飼育室で何かあった?」

「っ！　えっと……」

口ごもった私に、クロヴィスさんは人当たりの良さそうな余所行きの笑顔を引っ込めて真面目な表情になる。

それ以上通路で深掘りされる事なく、私達は個室へと移動した。

「おお！　リアナ、見ろ、もうこんなに選別が終わ……何じゃ、珍しいな、フレド抜きでクロヴィスがいるなんて」

「あはは。お邪魔するよ琥珀君」

「ちょっとクロヴィスさんと話があるから奥の部屋にいるね」

「おう」

錬金術操作を行う器具が並んだ机の間を通り抜けて、執務室のような内装の個室に招き入れる。クロヴィスさんは私が何か言う前にローテーブルを挟んでソファに腰を下ろすと、魔道具を卓の上に置いた。寝台列車でも使った、盗聴防止の結界を展開する物だ。

「それで、何があったの？」

「……その………」

移動中、気の利いた雑談が出来る程の余裕はなかった私もここまで無言だった。普段から、別に気の利いた雑談なんて出来ていないでしょう、という事実は置いておいて。

口にしようとしてふと思い留まる。……これ、話してしまってもいいのだろうか？

さっきフレドさんからは口止めとかはされていないけど、そもそも……あの場で私が偶然見てしまっていなければ、私にも黙っていたんじゃないか……そう思う。

質問をされているのに答えられない私を見て、クロヴィスさんが面白くなさそうに片方の眉を上げると、座っていたソファの背もたれにドスンと寄りかかった。

正面に座っているだけなのに、高い所から見下ろされているような気持ちになってしまう。

「……兄さんの事だね？」

「そ……うなんですけど……」

「なるほど。……口止めされた？」

「口止めは……されてません」

「でも、僕とはいえ口外していいかを迷うような状況だった、か」

この少ない情報だけで言い当てられて内心びっくりしてしまう。いつもはクロヴィスさん、私ですら驚くような鈍さを発揮するのに……フレドさんの事に関してだけ察しが良すぎる……！

「出て来たのは飼育室か。そこに兄さんもいたなら……魔眼の事かな？　何か進展があった？　けど……それは望ましくない発見だった……当たってるかな」

「えっと、怖いくらいに」

頭が良い人が、人の心の機微にまで気が付くようになるとここまで推理出来てしまうのか。

ちょっと恐ろしさすら感じる。

「いったい何が判明したのか」

「ま、待ってくださいクロヴィスさん！」

「……何？」

「こうして、私が偶然知ってしまった事を『聞き出されてしまったから』って形で話してしまうの、ズルいと思うんです。弟であるクロヴィスさんに尋ねられたから、仕方がないって体で話すなんて……」

「それってまさか……僕には教えないって事？」

背中に冷たいものを感じるような威圧だった。さっきまでの、兄の友人への親しげな態度は一瞬で消えて、部屋の温度が下がったような錯覚すらする程。

「……違います。仕方がないって体で話すのはズルいので……フレドさんは秘密にしたがってたな、って事を承知の上で、クロヴィスさんには共有するべき事だと判断して私の意思で話します」

一言一言、間違えないようにしっかりと目を見て話す。

私が冷や汗を流しながらもそう言うと、いつも通りのクロヴィスさんの顔に戻っていた。……こ、怖かった……。

「ごめんごめん！　早とちりしちゃったよ。じゃあ聞かせてもらうね」

「は、はい。えっと……飼育室で見た事なんですけど……」

そうして私は、さっき見た事をなるべく細かく、私の主観が入らないように説明する。

「うーん、皇妃の魔眼を無力化できるかもしれない方法が見つかった……のは良いニュースだけど、おいそれと試すわけにはいかないのが悩ましい所だ」

当初の予定では、フレドさんが自分の体で試しつつ、魔眼を封じる方法を突き止めて、それをフレドさんのお母様に使う予定だった。

しかしこれでは本当に無力化できるかまず試せないのもそうだが、私としてはもう少し穏便な方法でなんとか出来ないかな、と思っている。

「ドラシェル聖教の聖剣のかけらかぁ、どうやってそこに行きついたんだろう。何で出来てるのかな？　でも聞いた限りの大きさでは分析に使ったらそれだけでなくなってしまいそうで……それにしても、聖女のベールと言いこうして正解と思われるものを次々探し当ててしまうなんてさすが兄さんだなぁ」

考え事を始めたクロヴィスさんは立ち上がると、私とローテーブルを挟んで向かい合って座っていたソファの周りを大きくグルグル回り始めた。

これはクロヴィスさんが余程難しい事を考える時に出るクセだ……というのはしばらく一緒に過ごしていて気付いた。

「皇妃に使うのは最終手段だな。これで取り巻き達の熱狂が本当に冷めるのか確信がないし、失敗したら余計面倒な事になる。せめて宰相が取り込まれていなければなぁ、多少強引な手段を取る選択肢もあったんだけど」

声はかけずに、そのまま独り言を口にするクロヴィスさんを放っておく。この時は話しかけない方が良いのも知っている私は、今のうちに飲み物でも用意しようか、と部屋の隅のミニキッチンに向かった。

クロヴィスさんが、皇妃派と呼ばれている派閥を切り崩しあぐねているのは、宰相の存在のせいだと聞いている。そのメドホルミ侯爵は、自分にも他人にも厳しいクロヴィスさんが「皇妃に惑わされてなければ有能な宰相なんだけどね」と言う程の人物らしい。

単純にメドホルミ侯爵自身が優秀で、皇妃の失敗を表に出さないように巧妙に立ち回っているというのもあるが、今のミドガラントが宰相を失うと国の運営に支障を来してしまうので出来るだけ罷免や失脚させるのは避けたい意図もあるそうだ。

そのメドホルミ侯爵は、フレドさんのお母様がお輿入りなさって以来、貴族なら知らぬものはいないと言われる程熱心に心を捧げている……という事なのだが。

それが公然の秘密と言われているなんて、初めて聞かされた時にはびっくりしてしまった。貴族には妾や愛人がいる人もいるけど、それがここまで有名な話になってしまっているなんて。

メドホルミ侯爵の細君は納得されてるらしいが、これは異常だと思う。当然、このような大きな噂になっているのでミドガラントの皇帝の耳にまで届いている。

それなのに、二十年以上も何の対処もされてない。こんな事をしてもお咎めらしいお咎めがない……許されてしまう程、皇帝の皇妃への愛は深い……と、今では諫める事すら諦めてしまっている人もいるとか。

「確証が得られない状態だと実行は出来ないな……皇妃を排して一番に疑われるのは僕だし。不必要に国が乱れる事はしたくない。戦は絶対に避けたいし」

なんだか物騒な事も言ってるな……。

けど戦を避けたいと慎重になるのはよく分かる。戦争になってしまえば絶対に国民やその生活に被害が出る。

特に、二十数年前に帝国の領土・植民地・勢力圏をめぐっての対立から起こった大戦から、ミドガラントは「休戦中」である。今国内で大きくパワーバランスを崩すと周辺国から狙われかねない。

しかしクロヴィスさんの言う「病巣」も、今切り取らないと国ごと腐ってしまい、そうしたらやはり弱体化したところを他の国から狙われかねない。

「悪を倒してめでたしめでたし……とはならないのが現実世界のつらいところだね。とりあえず、兄さんには早まった事をしないように釘をさすとして……そうそう、リアナ君に用事があって会いに来たんだよ」

「私にですか？」

そう言えば、最初から私を待っていたような事を言ってたな、と思い出した。

フレドさん抜きで話をするという事は、またフレドさんの話をする相手を求めていたのだろうか。

そんなのんきな事を考えていた私は、予想もしていなかった方向の話が来て驚く事になる。

「え……アジェット家から、ミドガラントに直接、私に関して問い合わせがあったんですか……？」

「うん。まぁ……君がまだクロンヘイムの貴族籍があるただの令嬢でしかないなら自然な事だけどね」

ミドガラントでの「リアナ」については、ちょっと調べれば白翼商会に関わりがあるというのはすぐ分かる。

つまり、家族から接触があるなら白翼商会経由だと思っていたのだが……。

もちろん、これでも「連絡を取る」という目的は果たせる。しかし……こんな大げさな手段を取らなくても良いのに……。

「最初は、君を居づらくさせる作戦の内なのかなって思ったんだけど。どうやら違うみたいで……白翼商会を僕がやってる事業だと勘違いした上に、帝国を通して連絡してきたみたいで」

「それは……」

「君のご家族は、情報を集めるのが相当苦手なのかな？」

遠慮のないクロヴィスさんの一言に、とても居たたまれなくなってしまった。

実際否定も出来ず、かと言って肯定もしづらい……。

「外国の事とはいえ……公爵家なら諜報部門もありそうだけど」

「……社交や、それに必要な情報収集はお母様が全て担っていたんです。私が家出をしてから、気落ちしたのか社交の場に出てきていないと聞いていますが……」

私が家に居た時は私も情報を集めるのは手伝っていた。お母様の苦手な、税収から他の領の経営状況を予測したり、新聞記事から王都から離れた地の情勢を考えたり。それを聞いて、お母様は社交に生かしていた。

他の家族は仕事で関わりのあった人に贈り物をするにしても何をどう贈ればいいかなど全部お母様の指示を仰いでいて。私はたまに、お母様に意見を聞かれて「土砂災害の見舞いなので、物ではなくて技術者を派遣して、被災者を我が領で受け入れる提案をしてみてはいかがでしょう」なんて提案くらいはしていたけど。

でも家族達の部下は、家族がそれぞれ専門とする分野ではとても有能だったが……そうした分野外のちょっとした情報を得るとか、それを基に判断するとかもしていなかったように思う。

そのくらいは出来る人もいたと思うが、それはお母様とその部下が全部していた事だったから。

アジェット家は皆天才で、皆異なる分野で活躍していたが、他の家族に自分の専門の事で手を出されるのを酷く嫌っていた。

「なるほど。それでどう連絡を取るべきか判断できる人が決定者にいなかったと……リアナ君のお母様の部下を借りれば良かったのに」

「そう思いますよね……」

家で、家族達はそれぞれの分野で「絶対」だった。家族間でも、他の家族の専門とする分野で何かやる時はお互いお伺いを立てなければならない空気があった。

ダメだと言われていた訳ではないけど……何故自分に聞きに来ないのか？　と機嫌を損ねてしまう事も多いので、学園の教師に質問するのもちょっと躊躇した覚えもある。

さらに自分の専門とする分野では、部下達の行動に対しての最終決定も必ず自らが行っていて……例えば、アンジェリカお姉様のドレスブランドでは、他にもデザイナーが所属していたけれど、アンジェリカお姉様の許可がないと一切商品にする事は出来なかった。なので王太子妃としてのお仕事が忙しい時期は、アンジェリカお姉様の確認待ちの新作デザインが溜まったりもしていた。

今回情報収集が上手く出来てなかったのも同じような理由なのでは……と思う。

「まぁ、事実それをしなかったからこそこうして帝国の機関を通して連絡が来たという事でもある。

でもこの過程はどうでもいい。そういう相手だってだけで。ではこれにどう対応するか話し合おう」

「……はい、すみません」

「どうして？　リアナ君が悪いんじゃないだろう」

　フレドさん以外の人の心の機微に興味がないクロヴィスさん……さらっと流されたの、今回だけはちょっとありがたいなと感じた。

「実は私も、クロヴィスさんと同じで……家族が私に連絡を取ろうとしてるって知ってフレドさんに相談しに来たんです。白翼商会に接触があると思ってたので」

「ああ、そうだね。まぁ普通はそう思うよね」

「クロンヘイムにいる協力者……ライノルド王子からの連絡では、全ての責任をほとんど養子に押し付けた上で、私を連れ戻そうとしてると……そんなの、間違っています。それに、家族のもとに帰るつもりは私にはないので」

「そっか、じゃあその養子への処罰は禁じておく。あと今後リアナ君にちょっかいかけられないように、人造魔石産業を生み出した技術者の身柄の保護としてクロンヘイムに強めに抗議しておこうか。連絡が来ても僕か兄さんのとこで止めれば良いし、後はアジェット家一族の入国も制限すれば……」

　過激な発言が飛び出て、私は思わず制止する言葉を発していた。

「!! いえ、あの！　クロヴィスさん、私そこまでは考えてないです！」

クロヴィスさんは心底不思議そうな表情をしながら、首を傾げた。

「……逃げたいくらい嫌いだった家族を、なぜ庇うの？　聞いた限りだと、確執があったと思うんだけど」

「ニナが必要以上の罪に問われるのを止めてくださるのは助かるんですが、え……と……。私、確かに家族のもとに居たくないと思って離れましたけど、一生会いたくないとか、そこまでは思ってなくて……」

「じゃあ……会いたいって事？」

「いえ、今は会いたくはなくて……。でも……嫌い、とも思ってないんです。わざと認めてもらえなかった事を悲しいと思ってるし、信じてもらえなかった事に怒りもしましたけど……」

私は私なりにクロヴィスさんに自分の内心を正確に説明した。ここを誤解されて、取り返しがつかなくなっては困る。

私は家族に……私が家族との接し方に悩んで、どう感じていたのか……いつか分かって欲しいと思っている。

でも今まで、これほどクロヴィスさんとの意思疎通に困った覚えはないんだけど、どうしてだろう……と考えていて気付いた。そっか……いつも横で聞いてて上手く補足を入れてくれるフレドさんがいないんだ。

……私が言いたい事を、私よりも上手く汲み取って言葉にしてくれるフレドさんに、普段は甘えてしまってたんだな……と反省しながら何とか説明した。

「で、色々思うところはあるけど、不幸になって欲しい訳ではない……と。具体的にどうしたいとか希望はある？」

「いえ……まだ家族と将来どういう関係になりたいとか、それも定まってなくて……」

「……人の感情って難しいなぁ……」

真面目な顔をしてそう呟くクロヴィスさんが、真剣に悩んでくれているのが見て分かった。他人の感情が分からないと言いつつも、うじうじしてしまう私を切り捨てずにこうして一緒に考えてくれるのは、根が優しい人だからだろうな。

「……不得手な事について、無理して今すぐ決断しない方が良いだろう。とりあえず、今すぐ帰って来いという要求だけ断っておくよ。それでいいかな？」

「はい。お手を煩わせてしまいますがよろしくお願いします。……国家間のやり取りに使う通信を何度も使うのは気が引けるので、白翼商会経由で連絡を……原稿書いてきますね」

「ああ、その方がいいかな。じゃあ明日までに用意して副クランマスターのジェスに渡しておいてくれる？」

「分かりました」

その後クロヴィスさんは、まだ発表してない新型の遠距離共振器を「当分秘匿する予定だけど」

と嬉しそうに見せてくれた。

「……？　これ、やり取りする画面はどこですか？」

「ああ、これは画面を同期させるものじゃないんだよ。ちょっと待ってて」

渡したものの片割れらしい共振器を持って、クロヴィスさんは部屋の外に出てしまった。

『これ、聞こえるかな？　どう？　びっくりした？』

これをどうすれば良いのか……と手にしたまま固まっていると、突然、共振器の中央部分からクロヴィスさんの声がしたのだ。

『ね、すごいだろう？』

「す……すごいですね……声……音の振動を共振器で同期させて、遠くの相手と会話が出来るようにしたんですか……？」

『そう。さすが、一目で分かるとは話が早い。でもこれもリアナ君のお陰だよ。共振器に使う「同一と定義できる魔石」が潤沢に手に入るようになったから研究が進んで開発出来た訳だし』

「えっと、良かったです……お力になれて」

すぐにまた扉を開けて戻ってくると、クロヴィスさんは悪戯が成功したような顔をした。

試作品だというその新型の共振器をローテーブルの上に並べて置くと、取り出した魔導回路図を横に広げて、使っている技術について嬉々として説明を始める。

すごい……伝魔導体で線を引けば通話が出来るけど、そうか原理的には共振器で同じ事が出来るんだ。今までの天然の、双子の魔物の魔石ではタイムラグがひどすぎて実用化されていなかっただけで……。

「……で、ざっとこういう原理で動いてる訳だけど、何か改良案はある？　最終的には耳に引っ掛けられるくらいの大きさにしたいなとは思ってるんだけど」

「そう……ですね……ここに振動のノイズを軽減するためにこう描き足せば、こっちの部分を丸ごと省略できるかなと思うんですけど、どうでしょうか」

「なるほど……？　そうか、共振させる振動を扱う魔導回路に二つ役割を持たせる訳だな。他には？」

「えーと……画面に書いた文章が同期されて、見るまで表示されてる訳じゃないので、これから連絡をすると分かるような合図が出来る機能が欲しいなと思いました」

「ああ、確かにそれは必要だ！」

クロヴィスさんは私とひとしきり錬金術談義をすると、まとめた案をすぐに開発担当者に渡してくる、と言って今書き込みをたくさんした魔導回路図を抱えて部屋を出て行ってしまう。

勢いに圧される形で、私はその背中を見送った。

第六十五話　提案

「リアナちゃん、家族との交渉人にさ、俺の事雇わない？」

クロヴィスさんに、実家から連絡が来た事で今後どう付き合っていくかを話した翌日の夜……フレドさんは私達が暮らしている住居にやってきてそう提案した。

実は……フレドさんが、魔眼を無効化する方法について悩んでいたのを見て自分の事を相談するのを躊躇してしまったので、まだ話してなかったのだが。多分、クロヴィスさんがフレドさんに伝えたんだろう。

もちろんフレドさんにも共有する予定だったけど、自分の事で悩んでいたであろうフレドさんにまた迷惑を持ち込む形になって申し訳ない。

「フレドさん……えっと、そう言ってもらえるのはすごい嬉しいんですけど……フレドさんの方は大丈夫なんですか？」

「そうですよねぇ、忙しそうにしてるのは私達も見てますし……」

夕飯後の時間にやってきたフレドさん達に多少驚きつつも、「フレドさんがこの時間にやってくるなら余程の事なんだろう」と判断したらしいアンナは、とりあえず何も尋ねずに招き入れた。しかしこの提案には多少驚いたようだ。私の隣で目を見開いている。

うん……私贔屓をするアンナも、自分の事で大変な状況のフレドさんを心配してるみたいだ。

「まぁまぁ、二人共俺の説明を聞いてよ。これは俺もすごく助かる話なんだ」

「……フレドさんがそう言うなら」

優しい人だけど、ここで嘘を吐く人ではない。私はフレドさんの目を正面から見た。最近は商会でも『竜の咆哮』でも、他の人の目がある所では眼鏡型の装具をずっと身に着けている。

何だか久しぶりに見るフレドさんの素顔に、ほんの少しそわそわしてしまった。

「まず、リアナちゃんが一番気にしてるのは、ご実家が養子にしたって子の事だよね？」

「……はい」

あれからライノルド殿下と、共振器の画面上でのやり取りを何往復か行って、私が想像していた以上にニナの置かれている状況が良くないものになってしまっているのを知った私は、フレドさんの優しさにすぐ飛びついてしまいそうになった。

でも……昨日「いつも甘えてばかりだな」と自覚したばかりなのに、またフレドさんに甘える事になってしまうなんて。

「そのニナって子、リアナちゃんが助けたいって思う気持ちは分かるけど……実際、問題を起こした訳だから。で、ここまで大きな話になっちゃったら、この話が解決したとしてもクロンヘイムでそのまま生きていくのはかなり難しいと思う」

「そうですよね……」

未だに、「あの時私がどうしていればこんな事になってなかったんだろう」って考えてしまう。

家族に向けて、ちゃんと詳しく説明する手紙を残していたら良かったかな、とか……でも、あの時は「認めてもらえないだけじゃなくて、信じてもくれないのか」って思ったら頭がぐちゃぐちゃになっちゃって、そんな事を冷静に考える余裕なんて全くなかったから……。

過去の行動を悔いても仕方ない、これからの事を考えるべきだ。そう気合を入れて、意識を戻す。

「その子が成人したら自分でその家を出る……が出来たら一番穏便だけど、これから一年近くこの状況のまま我慢させる……ってのはリアナちゃんが嫌なんだよね」

「……そうです」

私と家族の確執とか、私が家出をしてからたまたま大きな利益を生み出す商品を開発したとか……偶然が重なったとはいえ結果的に貴族のメンツを潰している。かなり過ごしづらい環境になってしまっているだろう。

罪が暴かれて反省して欲しいとは思ったが、必要以上に重い罰を与えたい訳ではない。これは善行ではなく、どうしても私が気にしてしまうから……そう、自分の精神衛生のためだ。

「この……ニナって子をアジェット家から救い出して、外国で彼女が暮らせる環境を用意する……俺を交渉人として雇うなら、このくらいは成果として約束出来るよ。その後、家族との関わり方について話し合う際も間に入るし。どう？」

「な……?!」

それを聞いた私は思わず声が出てしまった。このくらい、なんてそんなの……私が一番悩んでた事を、全部解決してしまうのに。

「それ……私に都合が良すぎませんか？」

「うーん、それがねぇ。ポリムステル布と人造魔石で、白翼商会がすごい儲かっちゃってて。その利益の還元って事で十分なんだけど……その顔、納得してくれなそうだなぁ」

「だ、だって……」

私の顔色を見て、言葉を発する前から私が受け入れるかどうか分かってたらしいフレドさんが苦笑いを浮かべた。

……フレドさん、私の事心配して色々手を貸そうとしてくれるの……嬉しいけど、いつもしてもらってばかりになってしまうのが苦しい。

商会の経営がすごく好調なのも私が作った商品のおかげだってフレドさんは言うけど……量産するために必要な、ミミックスライムを含めたスライムの飼育場や、人造魔石を育てるための魔力を含んだ餌として使う岩桂魔魚の生け簀も、土地の確保や建設、そこで働く人達を確保したのも全部フレドさんなのに。

私がやってたら今の百分の一の規模も確保出来る気がしないし、そしたら三〇等級相当以上の人造魔石なんて月に一つ作れるかどうかになっていた。

そしたら、クロヴィスさんを満足させる数の、共振器開発用のペアの人造魔石を用意する事なんて出来なかったし……。

そもそも、フレドさんがそういった設備や人材を用意してくれたからこそ、ポリムステルを開発する余裕も出来たし、ファッションブランドを立ち上げたくさんのデザインを描く時間も作れたのに。もちろん立ち上げたブランドのドレス工房や実店舗を持つ時にも、「こういう時のために後援がいるんだよ」とフレドさんが手配した人達がほとんど全部動いてくれた訳で。

その時の私は、私以外のデザイナーやパタンナー、お針子さん達を職人ギルドの紹介の中から選ぶくらいの事しかしていない。

全部私のおかげなんて、フレドさんは自分の力を見くびり過ぎである。

「で……そこで一つ提案があるんだ。ちょっとこれ見てくれる？　クロヴィスから預かってきた資料なんだけど」

フレドさんが取りだしたのは、私が人造魔石を作るにあたって参考にした、皇で行われている神《しん》珠《じゅ》の養殖について書かれている資料だった。

かの国では飼育するスライムにキサカイウムギの身を食べさせて、神珠を作る特性を獲得させようとしていたが、その後中々上手くいっていないようだった。神珠に似たものは得られるようになったが、そこまでにかかる費用が釣り合わない、と。

キサカイウムギの身は、ポーションの材料や高級食材としても知られている。とても魅力的な発想だし将来性を感じる研究だが、これには途方もなくお金がかかるだろうという事は分かる。

研究には成果として目に見える形になるまでに年単位で時間がかかるなんてよくある事だが、往々にして後援者は即時性のある結果を求める。神珠の研究者は、皇の名付けの仕来りから推測するにかの国の皇族の一人だろう。初期資金は潤沢だったのかもしれないが……いかに皇族と言えど金が無限に湧き出る泉を持っている訳ではない。

まだ正式な後援者もいないようだし、この研究はそう遠くないうちに研究資金的な苦境に立たされるだろうとクロヴィスさんは予測していた。

資料を見る限り、私もそう思う。論文では全ての情報が開示されている訳ではないので断言はできないが、余程の幸運に恵まれない限り数か月以内に目覚ましい結果を出すのは難しいだろう。

そう考えると私はすごい運が良いよね……。

「で、クロヴィスからリアナちゃんが生み出した、ミミックスライムの情報を利用させて欲しいって提案があったんだ」

「え……？　あ、でも確かに、ミミックスライムを使えば、キサカイウムギの特性を持ったスライムを安定して作れる可能性はありますね」

私は、そう言われて初めて思い浮かべた。確かに、この技術は色々な事に流用出来るかもしれない。人造魔石や神珠だけではなく、今まで魔物を討伐しなければ得られなかった魔物素材までも人工的に生み出せるかも。

「なら、クロヴィスさんの……」

「役に立つなら是非自由に使って、なんてもちろん言わないよね？　これは大金どころか国家間の交渉のカードになる、とても価値のある情報だ。こんな大事な話を、世話をした恩に着せて無償で受け取るなんてクロヴィスはしないし……他の錬金術師にも失礼だよ？」

フレドさんは笑顔だった。けど、有無を言わせない圧を感じて……私は続けようとしていた言葉を呑み込んだ。まさに、フレドさんが口にしたような事を言おうとしていたから……。

「で、皇との交渉に使う情報……その対価として、クロヴィスが俺の時間を買ってリアナちゃんに貸し出す感じかな。ちょっとクロヴィスが俺の値段を高く付け過ぎな気もするけど……」

「いえ、正当だと思います」

それなら、フレドさんが私に力を貸す十分な利益がある……ように見える。私が「迷惑だけかけちゃってるな」って思わなくてもいいくらいの。

「あと実は……ちょっとだけ国を出たいんだよね」

「え、他に何か用事があるんですか？」

「いや、ミドガラントに俺がいなかった……って状況にしたい、が正しいかな。せっかく国外に出る理由があるんだし、そのついでにリアナちゃんの実家のトラブルにも首を突っ込もうかなって。

それに、元々俺は優秀な人に全部任せて回るようにしてるから、リアナちゃんの人造魔石で作った高性能共振器があれば国外でも動けるんだよね」

忙しいから無理では、と思っていたけどこのタイミングでここを離れる目的がちゃんとあるんだ。

詳細を語るとややこしい話になってしまうが、フレドさんはミドガラントに帰って来てからまだ血縁上のご両親と顔を合わせていない。これは意図があっての事で、わざと「療養していた第一皇子が回復して社交界に戻って来る」事も公にしていない。

しかし、多少調べものが出来る家なら新進気鋭の白翼商会のオーナーがフレデリック皇子だという事に気付ける。

最近はさすがにしびれを切らした皇妃とその周辺がフレドさんに接触しようとしているので、それから逃れる意図があるそうだ。今はまだはっきりと拒絶せずにかわしておきたいらしい。

「リアナちゃんは気がかりだった実家の養子を救い出せる、クロヴィスは外交に使う有力なカードを手に入れる、俺は周りに見える形で皇太子に貸しを作れる。全員得をする取引だ」

「たしかに、そうですね」

「でしょ？　お買い得だよ」

おどけたように笑うフレドさんに、私は敵わないな、と思った。

……本当は、何の見返りもなく手を貸してくれようとしたんだろう。

でも、アンナを連れてきてくれた時みたいに、私が気に病まないような理由を作ってくれて……。

「俺を雇わないなら、ちゃんとした形で褒賞を渡すことになるって。ただ……すぐ動かせるものがないから、今だと爵位になっちゃうみたいだけど、どうする？」

「しゃ、爵位はちょっと。ふふ……じゃあ、フレドさん。フレドさんの事、雇っても良いですか？」

「ああ、喜んで」

その後は、クロンヘイムにどうやって向かうか。日程や準備などを確認していく。

表向き、フレドさんは人造魔石の開発を委託した錬金術師の後援者として営業に訪れる形だ。私は開発者として帯同する。

実家がミドガラント帝国に直接連絡をしたのにはびっくりしたけど、クロンヘイムからは元々人造魔石について問い合わせが来ていた。ライノルド殿下とは直接やり取りしていたのと別に、国家間の話として。

人造魔石の生産設備一式をクロンヘイムにも作らないか……という提案で、似たような話は他にもいくつか来ていた。名目上は、その検討をしに行く事になっている。

「でもさっきは冗談みたいに言っちゃったけど、実際あると思うよ、爵位」

「え……ちょっと、遠慮するのは難しいですかね……？」

私がそう答えると、フレドさんは斜め上に視線を向けて一瞬考える素振りをした。

「人造魔石にも、ポリムステル布に被服産業……生み出した利益が大きすぎるからなぁ。まだ成長するだろうし……『評価しない』のは難しいと思うけど、リアナちゃんが本気で嫌ならクロヴィスも無理強いはしないよ」

「良かった……」

「でも、貴族からの無茶ぶりを防ぐって意味では自分が爵位持っちゃうの、俺はアリだと思うよ。高位貴族が後援している平民よりも、高位貴族が後援している貴族になる方が身は守りやすいし」

「……そっか、そういうメリットもありますね」

爵位、と聞くと「とても大変なもの」というイメージがまずあって、それに伴う責任が真っ先に思い浮かぶ。けど功績を上げた平民を守る盾にもなるのだと思い出した。

え、でも私ってまだ、クロンヘイムに貴族籍が残ってる？　……せっかく帰るんだし、一度確認しておこう。受けるかどうかはまだ決めないとしても。

「ああでも、爵位持ったらリアナちゃんに……縁談がすごい来ちゃうと思うな」

「……リアナ様なら、爵位などなくても釣り書きが山ほど来るに違いないと思うんですが」

「ちょっとアンナ、変な所に反論しないでよ」

突然そんな事を言われたのもあって、私はなんだか頬が熱くなってしまった。でも結婚……学園にいた頃も、同級生には婚約者がいる子の方も多かった。貴族では、卒業後すぐに結婚をする事が決まってた人も結構いたし。

でもお兄様達を見てると、好きな事に夢中になって、自分から望まない限り婚約の話も出なかったので、私はどこか遠い世界の話のように感じていたから……。

「いやいや、アンナさん。ミドガラントでは貴族は貴族同士でしか結婚出来ないんですよ。だから爵位を持った途端に申し込みが殺到しそうで……まぁ、クロヴィスも俺も、リアナちゃんが望まない話は持ち込みませんから安心してください」

「そうですね……そこは信頼してます」

……そっか、クロンヘイムとは法律とかも色々違うんだよね。

アンナとフレドさんのやり取りを聞きながら、私は「ミドガラントの貴族にならないと、ミドガラントの貴族の人とは結婚出来ないんだ」とぼんやり考えていた。

第六十六話　凋落

あたしは、焦っていた。リリアーヌが田舎で療養してるんじゃなくて、家出してる事が周りにバレてしまって。必死で自分が助かる方法を探していた。

あたしの日常は、「幸せ」から遠いものになってしまっている。

他の人は持ってない力を得て、お金持ちの家の養女になって。王子様をはじめとしたお金持ちで身分もある人達とも知り合いになれて……途中まで上手くいってたのに、どうしてこうなってしまったんだろう。

「あのっ……！　あたしの前にいた、光属性を持ってる生徒の指導をしていたのってゼッケル先生ですよね？　ちょっとお聞きしたい事があって」

「君は……ああ、光属性の魔力が発現して去年編入した生徒ですね」

こんなにさえないおじさんにみじめに頭を下げなきゃならない。

それもこれも、リリアーヌのせい。しかも、家出した先で何だかよく分からない発明をして有名になってて、それがすっごくお金になる商品だった事で、「利益を生む天才を外国に追いやった」

って色々な所からすごい文句を言われててあたしまで立場が悪くなっているみたい。

王太子様の所で働いているジェルマン様がアジェット公爵と話している所を聞いたけど、あたしでは想像も出来ないくらいの桁の金額について「とんでもない損失が出た」と話していた。

あのままリリアーヌがこの国にいたら、その発明はここで発表されてたはず。それを作るための工場を作ったり、材料を集めたり、その周りで生まれてたお金も全部計算するとすごい損をしてしまったって話だった。

バッカみたい。ここにいたってリリアーヌが同じもの作れる訳ないじゃん。

あの人達自分の得意な事だと、何かすごい事やってても家族で寄ってたかってけなしてて、良い結果を出してもちっとも認めようとしなかったくせに。絶対にリリアーヌが自分達より下じゃないといけないって思っててさ。ここ出て、チヤホヤしてくれる人しかいない場所に行ったから伸び伸び出来て、だからそんなものも作れたんじゃないの？

でも、ほんと神様って不公平だな。こんなお金持ちの家に生まれて何不自由なく育って、何でも出来るって嫌味なあの女が逃げた先で成功してるなんて。

「やっぱり、あんまり参考になる話は聞けなかったし、力も貸してもらえなかったな……」

ゼッケルという男の研究室から出て来たあたしは、あまり期待していなかったとはいえ望んだ返事が引き出せなかった事にため息を吐いた。

光属性の持ち主は本当に珍しいらしく、あたしが編入した何年か前に卒業生がいたきりらしい。

その人も平民だったと聞いて、自分の身の振り方の参考にする目的もあって情報収集に来たんだけど……。

ただ、求めていた内容ではなかった。

魔力が見つかってこの学園に入る平民だと、最初に養子にした貴族が就職先まで面倒を見るんだって。面倒を見るとは言っても、魔力持ちの平民に首輪をつけて都合の良い駒にしているだけなので、実質自由はない。

それも別に、実子じゃないけどコネが使えるから良いじゃん、って思って受け入れたけど、このままじゃあたしにはろくな生活が待ってない。腹いせにどんな仕事をさせられるか……。

……今のあたしが、アジェット家と縁を切った上でお金に苦労せずに暮らしていく方法を探さないと。こんな生活続けたくない。

リリアーヌがいなくなってからも、しばらくは問題なく過ごせていた。「功名心から焦ったアジェット公爵令嬢に巻き込まれた弱い立場のニナちゃん」として振る舞っていれば、もらえる同情の方が多かったから。無駄に嘆いて見せるアジェット家の人達の話し相手をするのは疲れたけど。

なのに……あいつが外国で有名になったりするから。ああもう、ほんと最悪。

前はあんなに「光属性の魔法使い」のあたしに媚びて寄って来ていた他の学生達も、今では話しかけてこようともしない。

今でもいない訳じゃないけど……公爵家のアジェット家とトラブルを起こした養子の平民にちょ

っかい出してくる奴がまともな訳がないって、よっぽどの頭お花畑じゃなければ分かるし。

この際あの家から出られるなら学生結婚してもいいんだけど、流石に不幸になるのが分かってる男を選ぶつもりは無い。

学園では、大体の責任をアマドって教師に押し付けたのでそこまでまずい事にはなってなかった。だって実際そうだし。

学園側もアマドの言葉だけ聞いて特例で許可した負い目があるから、「編入したばかりでろくに訓練もしてない子供を、虚偽の実績を基に狩猟会に参加させたこの教員が悪い」って原因のほとんどを押し付けてクビにして、一応解決って事にしてたし。

ほんと……あんなヤバイ魔物がいるならもっとちゃんと説明しておくべきだったのよ。

あのアマドだって、「アジェット君の言う事に従ってれば大丈夫」って言ってたのに全然そんな事なかったし、リリアーヌがもっとちゃんと止めてればこんな事にもならなかったのに。

ああもう、こんな事になるんだったら、リリアーヌが狩猟会で一位になろうとしてあたしを森の奥に連れて行ったんです、なんて言わなければよかった。

調査に来た兵士に話したみたいに、「初めて野生の魔物と戦う事になって、いざ檻に入ってない魔物を見たら怖くて怖くて、気が付いたらリリアーヌ様は怪我をされてて。よく覚えてないし、思い出せないんです」だけ言っておけば。

そしたらリリアーヌは良い子ちゃんだから、あたしがちょっと無茶したせいだったとかわざわざ言わないだろうし、その後アマドがクビになって終わりだったと思う。……判断ミスっちゃったな。だって、あんなに……他の家族に溺愛されてる末妹ちゃんに怪我させたの、私が原因だったなんて……絶対知られるわけにはいかないってあの時は思ったんだもん。

今のあたしの状況は、かなり悪い。

狩猟会でリリアーヌが怪我をした責任はアマドに行ったけど、アマドがクビになっていなくなった今、人造魔石の開発者であるリリアーヌを外国に取られた責任を全部押しつけられそうになっているのだ。

「ねぇ、聞きました？　アジェット家の養子の話」

むしゃくしゃしたまま廊下を早足で歩いていると、窓の外から聞こえてきた話に、思わず足を止めていた。……私の話？

「やっと報いを受けるんですってね」

「ドーベルニュ公爵家が糾弾していた件でしょう？」

あいつら……リリアーヌとよく一緒にいたのを覚えてる。リリアーヌが怪我して領地に戻ってる事になった時、心配してる王子様に「一緒にお見舞いに行きましょう」なんて誘ってた女もいたので特に。

中庭は西日で明るくなってて、校舎の中にいるあたしには気付いてないみたい。

あたしはそっと窓辺に近寄ると、見えないようにその場に屈んだ。

「ようやく、という感じもあるけれども。あの方のせいで我が国の産業が他国の後塵を拝する事になったと思うと、足りないくらいですわ」

「魔石の鉱脈があった領地は、あの新しい魔石のせいで税収に大打撃を受けましたからね。せめて我が国で発表されていればまた違いましたが……」

「本当に。原因を厳しく罰する事で、アジェット家への怒りを解いて我が国を優遇してくださるといいのですけど」

「でも、あの方はまだ未成年ですから、罪には問えないのではなくて？」

「未成年だからでしょう。ドーベルニュ公爵家も子供が犯人だと言われて拳を振り下ろすわけにはいきませんから」

私はそんな会話を聞いて、血の気が引いた。

……このままではリリアーヌがこの国から消えたせいで儲からなかったって、それを全部あたしのせいにされてしまう。分かる、アジェット家は貴族だ、きっとやるだろう。あたしが全部悪いって事にして、見せしめにあたしを消して、それで終わりにするつもりだ。

しかもそれをリリアーヌへのお詫びにして、また仲良し家族に戻ろうとしてる。絶対嫌だ。あたしがこんな目にあってるのに、逃げた先でも幸せになってるあいつがこれ以上を手に入れるなんて。

どうする、どうする？　逃げたいけど、お金もない。

もしもの時のために現金を確保しようとは前から考えてたけど、お貴族様って自分でお金を持ち歩く習慣がなくて、お小遣いすらない。家の名前を出せば後から使用人が払っておくとか言われて、街でのお買い物が恋しいって強引にお忍びで買い物に行った時も財布は護衛の男が手放さなかった。

アジェット公爵家の廊下とかに飾ってある小さい飾りの美術品っぽいのや銀食器とかをくすねて確保してあるけど、それを買い取ってくれる場所も知らないからお金に出来ない。

こうなってからずっと、ここから逃げる算段は立てていた。でも逃げるあてなんてない。

逃げるのに手を貸してくれそうな知り合いもいないし。あたしみたいな光属性を持った貴重な魔法使いが働く先を探してるのに、アジェット家を無視して紹介できないとか……そもそも魔法を勉強して学園を卒業してないとどこも雇ってくれないなんて。

血縁上の親であるあの男爵家なんて頼れないから、ここから逃げたら住むところも生きていくのに必要なお金もない。そんな状態の未成年の女なんて、しかもあたしは可愛いから不幸になる未来しか見えなかった。

怪我はちょっと上手く治せないけどその辺の魔物は余裕で倒せたし、冒険者になればいいのになんて言われた事もあるけど。

でもあたしは、必死になって、危険な目に遭いながら命がけでお金を稼ぐ……そんな生活絶対イヤだ。当然娼婦みたいな仕事も無理。あんな底辺の肉体労働者になんてなりたくないから、絶対幸せになれるように頑張って来たのに。

最悪だ……どうして神様はあたしにだけ意地悪なんだろう。生まれてから今までが最悪だった分、せっかくこれから良い暮らしが出来ると思ったのに。

でも、もうこうなったら、覚悟を決めて逃げるしかないかもしれない。

質屋に心当たりはないけど、酒場とかで尋ねれば店を教えてもらえはするだろう。貴族の家から持ってきたと一目で分かる物の買取なんて足もとを見られてしまうと思うけど、この際仕方ない。

今日から、本格的にあの家から逃げる事を考えて準備しないと。そうとなれば、換金できそうなものをもっと集めなければ。

王都の貴族屋敷が立ち並ぶ区画に向かって、学園から引かれている石畳の道。そこを歩きながら現状を解決する方法が他にないか考える。

でもいい考えなんて何も浮かばなくて。どうして、どうしてあたしがこんな目に。これほど追い詰められるほどの事はしてないのに。

誰か、あたしをここから助けてよ。

アジェット家の屋敷が見えて来る頃には、演技でなく、本当にちょっと涙が浮かんでいた。


「はぁ……やっと帰ってきましたか」

「グ、グレゴリーさん……」

屋敷の中であたしを待っていたのは、公爵様の代わりにこの屋敷の中の事を掌握している執事だった。その表情を見ただけで、何かまずい事が起きたのだと直感する。

「……貴女も聞く必要のある話があります。鞄を置いて身嗜みを整えたら、一階の応接室に来るように。公爵様達とご客人がお待ちです」

「は、い……分かりました」

部屋でのろのろと学園の制服を整えながら、あたしはどうやって逃げるかずっと考えていた。

「……お待たせしました。アジェット公爵家に魔法使いとしてお世話になっております、養子のニナ・アジェットです」

生きていける保証があったら、すぐに逃げるのに。

結局あたしは言われた通りに応接室にやって来た。ドアをノックして、習った通りに養子として挨拶をして頭を下げる。

中に入るまで、あたしはずっと「やっぱり逃げた方が良かったかも」って迷ってたけど、その考えは頭から消えた。逃げずに言われた通りにこの部屋に来て良かった。そう確信するような転機が、この部屋で待っていたのだ。

「ああ、君がニナ・アジェット君だね。初めまして。今、保護者であるアジェット公爵家の方達とお話をしていたんだ」

その人は、あたしの目を見てふわっと笑った。その途端、水の中に入ったみたいに周りの音が遠くなる。

その人から目が離せなくなって……グレゴリーさんに背中を押されるまで、一番手前に座るように言われた声も聞こえてなかったみたいだ。

「初めまして。私はフレド……ここから北にあります、ミドガラントという国の第一皇子の筆頭秘書官をしております」

すっ、と小さいカードを渡される。どうやらこれは名刺というものらしく、公爵様の前にも同じものが置いてあった。あたしはそれを両手で受け取ると、胸の前で持つ。ふわっとシトラスの爽やかな匂いがして、とてもドキドキした。

すごく素敵な人……あたしが今まで見てきた中で一番。喋り方も優しいし、こうして座っていても分かるくらい背が高い。ゆるくウェーブする黒髪を横に流すように固めていて、清潔感があるのにどこか艶っぽい。男の人なのに色気のある顔立ちには、親しみやすそうな笑みが浮かべられている。

色付きのレンズが入った眼鏡は一見妖しくもあり、仕立ての良い上等な服に身を包んだこの男の人のアクセントにもなっていた。瞳は……ピンク色、かな？　こんな色初めて見る。

彼の後ろに立っている見知らぬ男はこの人の部下だろうか。

「それで……秘書官殿、本当なのですか?!　ミドガラントにこのニナを引き渡せば、リリアーヌが帰って来るとは……！」

アジェット公爵の口から出て来た言葉に、あたしは心の中でギョッとしていた。

……でも、よく考えると、それもいいかもしれない。こんな所早く出て行きたいと思ってたし、

周りの貴族が言ってたけど、ミドガラントって実力主義で平民でも良い条件で取り立ててるって……クロンヘイムと違って平民の力も強くてやりにくいって文句として聞いた事がある。

それに何より、そこなら新しい環境でやり直せる。

……あたし、もしかして助かるの？


「いえ、アジェット公爵……私は『提示した問題が解決したら、リアナ錬金術師が連絡に応じる可能性も十分にある』と申し上げたのです。断言は出来かねますね」

「そ、そうだったたな。はぁ……リリはどうして誤解も解かせてくれないんだ」

「うーん、誤解だとおっしゃるなら、まず対話するために自分達にそのような意図はなかったと分かる行動をとってみてはいかがでしょうか」

笑みを崩さないまま、決して強く否定せずに、フレドと名乗った男は話を続ける。態度や口調は公爵を敬ってて、下から話しているのが分かるのに、話の主導権はこの男が握っていた。

あたしは……会話を聞いているうちにわずかな違和感に気付いて、ドキドキしてきた。

やり取りをもっと聞くうちに確信する。この人、一回も公爵の言葉を肯定していない。巧妙に話を進めている。

あたしも自分の思い通りにしたい時に似たような事をするから、あたしだけは気付けたのだ。

でも、公爵はすっかりこのフレドという男を信頼してしまっているように見えた。目に希望が灯ったような表情をしているのだ。

この提案を呑めば、リリアーヌと和解して全部元通りで、あの魔石を作る工場も領地に作れるとすっかり思ってる。

「リリアーヌは……貴殿の言うように、ニナに寛大な処置をしたら私達の謝罪も聞いてくれるだろうか……」

「少なくとも、厳罰は望まないと本人が言っていました。このままでは今より印象が悪くなると思いますよ。ご家族なら当然ご存じでしょうけど、リリアーヌ嬢は加害者への過剰な制裁を望む方ではないですし」

「も、もちろん分かってる。ニナの待遇については考え直そうと思っていた」

「ええ、承知しております。ドーベルニュ公爵家に対して一時的に見せる姿勢も必要だったのですよね」

貴族を相手にして、こうしてこの場を上手く操って、自分の目的を果たせるその手管に強く惹かれた。

表向きあたしは養子を解消されて放逐……って事になるけど、外国で一から平民としてやり直せるのは分かった。あたしが元々したかった、貴族みたいな豪華な暮らしは無理そうだけど、ここから逃げられるならもうそれでもいい。

時々難しい言葉があって全部は理解できなかったけど、少なくとも今の状況から抜け出せるって事は分かる。だから「ニナ君も、この条件で進めていいかな」と聞かれた時、あたしはなんて返事をするか迷わなかった。

第六十七話　誰も見ようとしない

認識がズレてるんだよな。

今でも、あの人達は「狩猟会の件で誰が悪かったのか」とか「慢心しないようにあえて厳しくしてただけだった」とか、そういった事が原因でいきなりリアナちゃんが家族の下から逃げたと思っている。

そうじゃなくて……いや広義ではそれらも原因の一つと言えるけど。でもリアナちゃんは、今までずっと我慢してきて、それがついに出来なくなってしまったからこの家から出る事を選んだだけだ。

何かのきっかけでこうなったのではなく、ずっとずっとリアナちゃんが傷付き続けてきたのを全く理解していない。だから、原因を取り除いたら元に戻れると本気で思っているんだろうな。

……あの人達が望む「解決」は、時間を戻して、リアナちゃんが生まれた時から全部やり直しでもしないともう手に入らないのに。

傷付いたっていう事実も、リアナちゃんがつらくて悲しい思いをした時間も、なかった事にはならない。

「エディ……この件、上手い事解決出来るかなぁ」

「何を弱気になっているんですか。それを為すために来たのでしょう」

なんとなくぽつりと吐いた弱音にぴしゃりと叱咤が返ってきて、俺は思わず笑っていた。エディらしい。いや、気休めを言って欲しかった訳じゃないので正解か。

俺とエディはこの家の養子、ニナの身柄を引き受けるためにクロンヘイムにやって来て、リアナちゃんの実家を訪れていた。

一応、アジェット家との交渉はこちらが望んでいた理想に限りなく近い感じでまとめられそうなので一安心と言ったところか。

何より、リアナちゃんが一番気にしていた養子って子の安全をこれで確保出来た。クロンヘイムに来て直接調べた限りでは、このままでは政争に利用されかねない状況だったからね。

今回、リアナちゃんと会えるかもしれない……ってのを交換条件に出すのを提案したのはリアナちゃん本人なんだけど。未だに……会って謝罪したら、全部許して帰って来てくれるって思ってるアジェット家の人達の認識に腹が立ってしまった。

こうして餌にはしたが、実際は本当にリアナちゃんを家族に会わせるつもりはない。いや、騙したんじゃなくて……「少なくとも今は」って事ね。

リアナちゃん自身もいつかは家族とちゃんと対話したいって言ってたし、それを止める気はないけど、今アジェット家の人達と会わせても何も良い事はないのが分かってるから。なので俺が間に入って、きちんと問題に向き合ってもらえるまで直接顔を合わせない方が良い。

あのニナって子も、変な野心を持って余計な事をしなければ、貴族の後援を受けて将来も安泰だったのにね。でも犯罪者になるのを回避して、光属性の魔法について平民として学び直せるんだからとんでもない温情だよ。

リアナちゃんは自分の罪悪感を軽くするためって言ってたけど、俺は甘すぎるよな、なんて思ってしまっていた。まぁ口に出したら「酷い人だ」って思われるから言わないけど。

「じゃあエディ、明日はあの子の戸籍の手続きをお願いするね」

「かしこまりました」

クロンヘイムの貴族には戸籍がある。平民は数として管理されているだけだけど、貴族は生年月日と名前と所属などが国に登録されている。エディには、養子であるニナの登録情報をアジェット家の承諾を得て貴族籍から削除する手続きをやってきてもらう事になっているのだ。

必要な書類も、アジェット公爵とニナ君本人の了承も取ってあるので、後は貴族院に承認をもらうだけ。

俺がここに残るのは、エディ一人を身軽に動けるようにして……リアナちゃん達の方の計画の首尾も確認してもらう目的もある。

実は今回、リアナちゃん達もクロンヘイムに来てるんだよね。「人造魔石事業のクロンヘイムでの意思決定権を持つ者」として。

でも滞在中にアジェット家に知られると絶対リンデメンの時みたいに「話し合い」にならずに戻って来いと要求されて騒ぎになるので、今回はこっそり来てこっそり帰る事になっている。

リアナちゃんが直接クロンヘイムに来ることにしたのは他にも理由があって。なんと、リアナちゃん……クロンヘイムの貴族籍を削除するつもりなんだって。

ニナって子は養子なのと、本人が未成年なのでアジェット公爵の許可がいるけど、リアナちゃんは成人してるし、本人が持ってる貴族籍なのでもっと話は簡単になる。

実際、クロンヘイムがリアナちゃんの生み出した事業の利益に目の色を変えて言い寄って来てる以上、クロンヘイムの貴族籍を抜くのは良い判断だと思う。クロンヘイムでの貴族としての義務や強制力から解放されるものの、アジェット家との縁を切る訳ではない。

今回の滞在中に、関係を悪化させたい訳ではないという意思表示のために、クロンヘイムで人造魔石事業も提案していく話だと言うし、クロンヘイム側も引き留めはしないだろう。断ったらただ、リアナちゃんも人造魔石事業も失うだけだからな。

俺がこの相談を受けた時に何より驚いたのが、ミドガラント帝国での叙爵を受け入れるつもりだという事。ミドガラントで貴族になるために、クロンヘイムの貴族籍を手放すのだと話してくれた。

……俺は、正直意外だった。リアナちゃん本人が爵位を得て、派閥に入れば「貴族が後援する錬金術師」でいるよりも自身を守りやすくなるって確かに言ったけど。

家族に見つかった後も、目立ちたくないって言っていたリアナちゃんがミドガラントで叙爵される事を選ぶなんて、って。

……これ、やっぱり将来的な事考えてるのかな。ミドガラントでは、貴族は貴族としか結婚できないし。

だって、クロヴィスが女の子にあんなに優しくしてるとこ、見た事ないもんなぁ。リアナちゃんもクロヴィスと一緒にいる時は、ちゃんと顔見てすごく可愛く笑うんだよね。俺と喋ってる時、あんまり目ぇ合わないのに。

うん、クロヴィスは我が弟ながらとんでもないくらいに優秀だし、リアナちゃんの事幸せにしてしっかり守る能力があるから、安心だ。

外国から来て、人造魔石の功績で叙爵して、そのほかにもリアナちゃんなら次々成果をあげるだろう。間違いなく数年以内に、クロヴィスの伴侶に相応しいと言われるくらいの名声も地位も手に入れると思う。いや俺が思うより短いかな。

「……こっそり片思いするのは許して欲しいなぁ」

クロヴィスで良かった。勝負を挑む気にすらなれない。万が一「俺の方がマシでは」なんて思う相手がリアナちゃんの隣に立とうとした時、俺はどうしようなんて心配した事もあるけど。

嫉妬する気持ちすら一切湧かない。嘘。ちょっとある。

でもクロヴィスなら当然だよなって気持ちの方が強い。

俺のせいで迷惑かけちゃった弟には幸せになって欲しいし、リアナちゃんに対してもそれは同じ。元々結婚するつもりはない。正直女性と恋愛をするとか、家族になるとか想像出来なくて。俺みたいな不幸な子供は増やしたくないし。

だから俺がミドガラントの皇族として復権する後援には、都合の良い家の目星をつけてある。当主の一人息子とその妻が事故で亡くなり、後を継ぐ予定の孫がまだ幼いビスホス侯爵家。今はまだ四歳の彼が成人して、執務をしっかり行えるようになるまでの中継ぎ当主として、俺はビスホス侯爵家と養子縁組する予定だ。

結婚しなくていいというか、「正当な後継者にしっかりとビスホス侯爵家を遺すため」を口実に俺が結婚しない理由を作れる所。決め手はそれだった。

もちろん利用させてもらう分、しっかり貢献するけどね。

そして翌日、俺は手続きに向かうエディを見送った後、アジェット家の使用人の目の届く範囲でのんびりと過ごしていた。エディをお使いに行かせてる状況で俺までアジェット家の外に出るべきではないし、部屋にこもりっぱなしというのも飽きるのでね。楽器の置いてあるサロンや、温室、使用人を付ければ図書室も利用していいと言われているので、退屈はしない。

幸い、俺は「アジェット家の、家出したお姫様を保護してる、唯一の連絡窓口」なので使用人達の態度も友好的だ。そう扱ってもらえるように振る舞ったとも言うが。

なので、割と自由に過ごさせてもらっていた。

厨房の副料理長さんや、長年勤めてる庭師さんなどから小さい頃からリアナちゃんが頑張りすぎてて心配だったエピソードとか聞いてホロリときたり、収穫もあった。

まぁそうだよな……天才の家族それぞれから超詰め込みで教育されてて、子供らしく遊ぶ時間があるように見えないのは、普通の大人なら心配する所だよなぁ。いくらリアナちゃんが期待に全部応えられる天才だからとはいえ。

立場上指摘とかは出来なかったみたいだけど、隠されていたとかではなく……ちゃんと歪な姿が見えていた人もいたのが分かって良かった。

でもこれで後はニナって子の身柄を引き取って、こっそりリアナちゃん達と合流してミドガラントに帰ったら一件落着かな。そんな事を考えてのんびりしていた俺の耳に、喧騒が届いた。

「お前、我が家の調度品を盗んで逃げる気だったんだな?!」

穏やかではないその内容に、嫌な予感がして足を向ける。

「ちが……あたし、そんなつもりじゃ……」

「ならどうしてこんな物をこそこそと隠していたんだ！」

そこにはリアナちゃんのお兄さんのウィルフレッドと、ニナがいた。足元にはアジェット家で使われていたらしい調度品がいくつも散らばっていて、それを厳しい顔で見下ろす……彼の目は犯罪者を尋問するような厳しいものだった。

見下ろされているニナは、肩を弱く震えさせて俯いている。しかし、遠巻きにその様子を見る使用人の目は冷ややかだった。

何があったのか？　と誰かに問うまでもなく、俺は大体の状況を把握した。……これ、かなりまずくないか。

ろくに反論出来ずに俯くニナは、あそこに散らばるアジェット家の物を盗もうとした疑惑がかけられている。冤罪か、と一瞬思ったが、様子を見る限り本当っぽいなぁ……もう少しで新天地でやり直せるはずだったのに、何て事を……いや、状況が変わる前か？　これ本人も盗もうとしてたのを忘れて、隠してたのを見つかった感じかな。

いやそれにしても、何て事をしてくれるんだ……！　しかも、よりによってこのタイミングで見つかるなんて。今日、ニナはアジェット家の養子ではなくなる。平民が貴族の屋敷で盗みを犯したら、罪は重くなる。それこそ、未成年でも実刑がつくほど。

「……！　お前、お前も共犯者だったんだろう！　こうしてこの女に盗みを働かせて、まんまと逃げおおせるつもりで……！」

そしてその怒りの矛先は俺に向かってきた。

「落ち着いてください、ウィルフレッドさん。私も今こんな場面を見てとても驚いている所で……」

「そんな話が信じられるか！　クソッ、ならリリアーヌと対話をする機会を設けるという言葉も嘘か……おかしいと思ったんだ。リリアーヌとパーティーを組んでいた冒険者の男が、偶然ミドガラント皇室の関係者だなんて……！」

う、正直疑う気持ちはわかる。俺が逆の立場だったら、「いくら何でも偶然が過ぎるな」って思うし……。

当然アジェット家に対して説明はしたし、一緒に来てるミドガラント帝国使節団の人間からも話をしてもらったけど、リンデメンで冒険者だった俺を知られてるからな……。何らかの手で誤魔化したのでは、と思われてるだろう。

何も起きずに終わっていれば「すごい偶然もあるんだな」で済んでいたけど、こうなってしまっては……。

アジェット家の事情を知った俺が身分を偽って入り込み、末娘と連絡がとれると嘘を吐いて、ニナを逃がして盗みも働こうとしている……この状況では、そう思われても無理はない。

でもほんとに、偶然なんです……！

「いや、私は本当にリリアーヌ嬢の依頼でここに」

「ウィルフレッド様、憲兵への通報は……」

「いや、やめろ。この男がリリアーヌと関わりがあったのは確かだ。父上が帰宅されたら判断を仰ぎ、尋問する」

公的機関に調べられたらまずい、と思ったがそれは回避できたようだ。いや、もしそうなったらすぐに俺については誤解が解けるだろうけど……一時拘留されただけでもとんでもない騒ぎになってしまう。ミドガラント帝国の第一皇子が外国で犯罪の疑いをかけられたとか……そう疑う事情が実際あったとしてもだ。

いや、でも尋問もまずいんだよな。俺がされたとか、されそうになったって事実がまずい。

これは、何とか表ざたにせず穏便に解決しないと。最悪国際問題に発展してしまう。

エディに連絡しないと。何が起きたかと……ここには戻って来ずに、リアナちゃんと合流するようにって。俺は背中に冷や汗をかきながら、何とか連絡用の共振器を使う方法を考えていた。

第六十八話
立ち込める暗雲

「ええ?!　フレドさんとニナが私の家族に疑われて、監禁されてるって……一体どういう事ですか?!」

予定にないのに、私達が滞在しているホテルを訪れたエディさんがもたらした知らせ。普段あまり表情の変わらないエディさんが切羽詰まった顔をしていたから余程の緊急事態だとは思ったが……。

「い、一体どうして？　エディさん、説明を……」

「リアナ様、落ち着いてください。まずは中に入っていただいて、座ってお話を聞きましょう」

「あ……」

アンナの声掛けのお陰で取るものもとりあえず来た、という様子のエディさんに気付けた私は一度深呼吸をする事が出来た。

あまりに取り乱して、廊下に繋がるドアを開けたままエディさんに詰め寄ってしまったなんて。

「細かい事は書かれていなかったのですが……」

エディさんに渡してあった連絡用の共振器の画面には、乱れた文字が表示されていた。かなり急いで書いたと分かる。

一応文章は書き写してあるそうだが、誤って消してしまわないように注意しながら、私達はそこに表示されていた文章を読んでいった。

「そ、そんな……どうしてこんな事に。盗みを働こうとしただなんて……」

「うーん……正直、嘘がバレて状況が悪くなったので、金目の物を盗んで逃げようとした……あの子ならやりそうだなぁと思いますが。フレドさんは共犯者だと思われてとばっちりを受けた形ですよね」

私は琥珀になんて書いてあったのか、フレドさんの身に何が起こったのかを説明しながらこの状況の解決方法を考えていた。

ど、どうしよう。

顔を合わせずに、フレドさんに間に入ってもらって私が望む通りに事を運んでもらうなんて、やっぱり虫が良すぎたのだろうか。こんな事になってしまうなんて。

「フレデリック様を調べればすぐに誤解は解けますが……その間に、リアナ様が気にかけていた少女の扱いがどうなるか……」

ニナは今日、アジェット家の養子ではなくなった。だから窃盗の罪で裁かれる場合は平民として、になる。貴族の家から物を盗もうとした罪は、重くしようと思えばどこまでも重く出来てしまう。

確かに……悪い事なのは分かる。でも私が幸せになった事で……私が外国で生み出した利益を見たクロンヘイムの貴族が、ニナのせいでリリアーヌが逃げたと彼女を追い詰めた。私にはフレドさんとアンナがいたけど、ニナには誰もいなかった。これではあんまりだと思う。

やった事に対して、ニナがあまりにも重い罪に問われてしまう、このままではダメだ。

「それにこの事がクロヴィス様の耳に入ってしまったらどうなるか……」

「そうですね。皇に行ってらっしゃるんでしたっけ？　何とか知らせずに解決できないでしょうか……」

「いえ、アンナ。エディさんも……それはやめた方が良いと思う。クロヴィスさんには今の、詳細が分かってない状況も含めて説明しよう」

「何でじゃ？　あの男、フレドが冤罪で捕まってるなんて知ったら、ブチ切れて戦を起こしかねんぞ？」

琥珀の過激な発言に驚きつつも、でもさすがにそんな事しないよ、と私は言い切れなかった。いや……でもさすがにいきなり戦争はないはず。クロヴィスさん、事を構えるにしてもまずは経済制裁とかからやると思うし。

「どんなに隠してもクロヴィスさんなら後から絶対この件を知ってしまうと思うの。その時に、私達がクロヴィスさんの『信用ならない味方』になってしまう。クロヴィスさんがフレドさんの事を特別に思っているからこそ、話しておかないと」

「それは……あり得ますね。あの方には、この件を隠したと発覚する可能性が高いですし、そちらの方が恐ろしい事になりかねません」

重々しくそう呟いたエディさんを見て、アンナと琥珀もごくりと唾を呑む。

私が言った言葉は決して大げさではない。竜の咆哮の飼育室から出た後、そこで見たフレドさんの事を話すのをいったん拒否してみせた私に向けられた冷たい目を覚えている。

クロヴィスさんは、私にフレドさんへの悪意がないとか、フレドさんが私を友人と思ってくれてるとか関係なく……フレドさんの傍に居てはならないな、と思ったらすぐに遠ざけてしまうだろう。確信があった。

隠さずに伝えるとは決まった。しかし伝え方には細心の注意を払う必要がある。

私はクロヴィスさんに、大事な連絡があるので今やり取りをしても大丈夫か、とお伺いを立ててから……クロヴィスさんにこの事態をどんな言葉で伝えるか、原稿を作り始めた。


『……戦争を起こそう』

文章のやり取りではじれったい、と言い出したクロヴィスさんが、先日完成したばかりの音声通信用共振器を使うように指示を出した。

私達も、フレドさんの身に何が起きているかは共振器で来た内容までしか分かっていない。直接会話出来ても、こうしてクロヴィスさんの質問のほとんどにろくに答えられなかった。

そして業を煮やしたらしいクロヴィスさんが、沈黙の後に言い放った言葉がこれであった。

現在クロヴィスさんがいる皇と、ここクロンヘイムは大分離れている。人造魔石を使った共振器とはいえ、同期のタイムラグもある。声が遅れているのかな……と耳を澄ませたところにこんな言葉が聞こえてきて、私はぞわりと胃袋の中を冷たい手で撫でられたような気持ちになった。

さすがにクロヴィスさんでも……と思った私が甘かった？

ど、どうしよう……私の家族の問題に巻き込んだせいで、クロンヘイムが……。

『まぁ、それは最後の手段として。リアナ君、何か解決策はあるかな？』

「えっ」

次に聞こえてきた言葉は随分常識的で……望ましいはずなのに、私は自分の耳を疑ってしまった。

『えっ、て何だい？　まさか僕が本気で戦争起こすつもりだと思った？』

「……申し訳ありません」

『まぁいいよ。実際、兄さんがそんな状況に置かれている事に腹は立ってるし。けど、複雑な関係とはいえリアナ君のご実家だ。滅ぼすわけにはいかないからね』

内心ちょっと驚いてしまった。兄の友人の家族だから大目に見てあげる……って気持ち、クロヴィスさんにもあったんだ。

しかし今変な事を指摘して、この情報共有の場をこじらせる訳にはいかないので今はそれは置いておく。

アンナとエディさんは、「確かに、アジェット家がリアナ様の血縁という事実は一生変わりませんからね」と納得顔でうんうんと頷いている。そんなに納得するポイントがあっただろうか？

『本音を言うと、今すぐ兄さんを救い出しにクロンヘイムに駆けつけたい。けどそれが出来ない事情が出来てしまって……』

なんと、ベルンちゃんが……いつの間にか、卵を抱いていたそうなのだ。その卵を離そうとせず、クロヴィスさんを乗せて空を飛ぶ姿になれないらしい。

ちなみに、ベルンちゃんがこのような状態でなければすぐに駆けつけていたと言われた。

「え……ベルンちゃん、女の子だったんですか？」

『いや、よく分からないんだ。竜の、それも妖精種だから生態に判明してない事も多くて。とりあえず、相手は皇の皇居の上を飛んでる竜のどれかだろうな、くらいしか』

自分が産んだのか、パートナーが産んだのか、そもそも有精卵なのかも分からないが……ベルンちゃんは抱卵したまま動こうとしないらしい。

ベルンちゃんと卵の入った籠を抱えて、船と陸路を乗り継いで、皇からクロンヘイムに来るのに皇族の身分を使って最速でも半月はかかる。当然、それまで待つなんて訳にはいかない。

フレドさんだけではない。ニナも同時にあの家から連れ出す必要がある。

『いい？　僕の代わりに絶対、迅速に兄さんを解放してよね』

「……私がクロンヘイムに居る事を明かして、フレドさんを即時解放するように伝えます」

『まぁ、それが一番スマートかな。武力に訴えるか脅すような事はしたくないんだよね？』

「武力だなんて……！　お父様もウィルフレッドお兄様も私より強いのに、フレドさんを力任せに取り戻すなんて出来ないですよ！」

私は慌ててそう否定した。クロヴィスさんなら可能だろうけど。それに屋敷には無力な使用人達もいる。

『そうかな？　君のそのご家族とは、それぞれ武術と魔法でしかやり合った事がないんだろう？』

「？　そうですけど……」

変な事を言うなぁ。今まで……一度も、一本すら取った事がないのに、私がお父様とウィルフレッドお兄様を倒してフレドさんを救出するなんて出来る訳がない。私が家族に捕らえられるだけだと思う。今度は家出も出来ないように閉じ込められてしまうだろう。

こっそり、フレドさんとニナだけを助け出して、その後でゆっくり誤解を解くのが一番良い。

今は、ニナが犯罪者として公的機関に引き渡されてしまったり、フレドさんを捕らえたなんて事実が公になる前にどうにかする必要がある。

ミドガラント帝国の第一皇子が、嫌疑をかけられて外国で捕まった、なんて記録を残す訳にはいかないのだ。結果冤罪だったと判明するとしても。

『それで兄さんへの疑いはすぐ晴れるだろうけど……リアナ君が手の届く場所にいると分かったら、兄さんの事を盾に家に戻ってくるように言われるだろうね。リアナ君、情にほだされてそんなに言うなら、とか思っちゃダメだよ？』

「……私だって、そんな言葉で全部解決するなんて、思ってないですよ」

『そう？　分かってるなら良かった』

そう、分かっている。リンデメンでお兄様達と話をした時も。これからはちゃんと私の事を褒めるって言われたけど。そんな事だけ今更変わっても、私はもう家に戻ろうと思えなかった。

ああ、ダメだなぁ。今日も褒めてもらえなかったな。

そんな事を考えながら毎日過ごしていた、あの頃の私に戻りたくない。自分に「褒めてもらえないダメな子だ」ってガッカリしながら頑張るのは、とてもつらかった。

アジェット家から離れて……こうして、私をちゃんと認めてくれる人たちに囲まれて過ごして、絶対に戻りたくないと感じたし、自覚したの。

私、家に居た時……ずっと、苦しかったんだなって。

『いい？　君はミドガラントの産業においてなくてはならない存在なんだから。兄さんだって……』

「フレドさんの事を交換条件にされたら、……そうですね。真正面からだと当然太刀打ちできないので、こっそり助け出す事になると思います」

あ、しまった。クロヴィスさんの発言と被ってしまった。

しかしそれほど重要な事ではなかったのか、クロヴィスさんは特に言い直したりせずに話を進めた。

『ん？　じゃあ、囚われの姫を助け出す騎士だね。兄さんの事頼むよ。僕がここから協力出来る事なら何でもするから』

「は……い、承知しました」

囚われの姫、というワードに横で聞いていたエディさんが「んぐふぅ」とくぐもった変な声を出した。若干、私も笑いそうになった。危ない。

そうしてクロヴィスさんへの情報共有が終わってすぐ、私達は動き出した。まずは家族に、私がリリアーヌだと、疑われる余地なく話を通さなくてはならない。

クロヴィスさんが言っていたように、代わりに家に戻れって言われるような状況にならずに済むと一番いいんだけど……。


しかし案じた通り、私が連絡を入れてもアジェット家がフレドさんを解放する事はなかった。

フレドさんの身分についての誤解は解けたようだが、クロヴィスさんの言った通り、私が直接会う事を条件にしてきた。戻って来いとは言われていないが、顔を合わせてしまったら絶対に強引な手段でクロンヘイムに留められる予感しかしない。

「……お父様達はどうして……フレドさんがミドガラントの皇室関係者だと知った後も監禁を続けるなんて……」

「それは……フレデリック様が本物の皇室関係者だったから、ではないでしょうか?」

「どういう事ですか? エディさん」

「誤解するに足る理由があったとはいえ、解放してもミドガラントの第一皇子に冤罪をかけた事実は変わりません。どうせ責を問われるなら、リアナ様を取り戻したいと思われたのではと思ったのでは……」

「あ………」

どこまでいっても私と家族の問題で。そこに巻き込んでしまったフレドさんに対してひたすら申し訳ない。

「ちょっとエディさん、悲観的すぎる事を言わないでください」

「いえ、アンナさん……予測して対策を立てる事も必要ですから」

「……大丈夫よアンナ。それに、エディさんの言ってる事、その通りだと思うし……」

言われて確信した。どうして思い至らなかったのか……多分自分の事だから、視野が狭くなってしまっていたのだろう。

そう考えると、家族がどうしたいのかが見えてきた。どうしたいのか分かったら、私が何をするべきかも少しは見通しが立つ。

「エディさんが確認してくれましたけど、他のミドガラントの使節団の人にはまだ知られてないんですよね?」

「そうですね……疑惑だけでもフレデリック様の不名誉になるので、公になっていないのはこちらとしても助かるのですが……」

「お父様達も、この件は当然表に出したくないんです。アジェット家は……家に戻るよう私を説得して、その上フレドさんには事を荒立てないでもらう……それが理想だと考えてる、と思います」

私の言葉に二人は同意するように静かに頷く。

「何じゃそれは、ムシのいい話じゃな」

ぷりぷり憤慨する琥珀は、まるで私の代わりに怒ってくれているみたいだった。

さらに、こちらには動ける人……この件を知ってる人が少ないのも気付かれているだろう。だから、アジェット家が大勢の手駒を動かす前にこちらは手を打たないとならない。

「うん。私もそう思うし……その意図に沿うつもりはないけど、向こうがそう望んでるって分かってればそれも利用出来る。三人には、私の案に協力して欲しいの。特に琥珀には、一番大切な所を任せたくて……」

「何をじゃ?! 何でもやるぞ！」

何をやるか中身を聞かないうちに即答する琥珀に苦笑しつつ、私は頼もしい仲間に恵まれた事に感謝した。

琥珀の力で……私が考えている策で家族を出し抜いて、フレドさんを屋敷から救い出す。あ、ニナも一緒にね。

そのための計画を、私は三人に説明した。細部を詰めた後クロヴィスさんにも計画について報告して、翌日には私の家族達と、改めて連絡を取った。表向きは話し合いの場を設けるという目的で。

翌日。私達は計画通り、二手に分かれて行動をしていた。「話し合いは家族が全員揃わないと行わない」と呼び出しておいたアジェット家が待つ場所に向かう琥珀達三人と別れて、私は一人アジェット邸に向かっている。

家族達が全員いなくなる機会をこうして作り、私がその間に忍び込んでフレドさんとニナを取り戻すという……作戦と呼ぶには随分単純な話だが。

これは琥珀の力がなければ実現……いや、思い付きもしなかった策である。向こうは琥珀が他人の姿そっくりになれるとは一切知らない訳だから。

フレドさん達をアジェット邸から連れ出した後にこっそり琥珀達と合流して、私に「変化」した琥珀と入れ替わって元に戻る手はずになっている。

もしかしたら、フレドさんの身柄が手元にあるからと、私を連れ戻せると思っている家族から本音を聞けるかもしれない……そんな副産物もちょっと考えていたけど。

アジェット邸の使用人用の通用口を何事もなく通った私は、顔に出さないようにホッと安堵の息を漏らしつつ、通用口のドアノブにかざしたアジェット家の紋章を懐にしまった。良かった、警備結界を騙せたみたい。

アジェット邸にはコーネリアお姉様の作った警備結界が設置されている。私は家族として何の制限もなくここを出入りできるが、「リリアーヌが来た」と知られるわけにはいかない。

そのために、アジェット家が使用人に持たせている、結界の出入りに必要な紋章を偽造したのだ。警備結界のメンテナンスは手伝っていて、実際新しい使用人に渡す紋章を私が作った事もあったので、幸い何とかなった。

家出した時のように、中からこっそり出て行くのとは違う。公爵家で使われている警備結界を騙して外から入れるものを作らなければならないから、自分の魔力を完璧に隠蔽するのにとても気を使った。ちなみに、今着ているアジェット家の使用人の制服も、記憶を頼りに自分で作ったものだ。貴族家の使用人の服を仕立てる技術のあるまともな仕立て屋に頼んだりしたら、すぐ通報されてしまう。見分けがつかない出来の制服を手に入れるには、自分で縫って作るしかなかったのだ。紋章の偽造と制服、アンナにも協力してもらったけど、何とか一晩で完成して良かった。

……アンナは「私が侍女になる前に使っていたものをとっておけば良かったですね」なんて言ってたけど……私とアンナじゃ体形が大きく違うから、あったとしても使えたかどうか……。

そうして邸内には入ったが、当然まだ安心出来ない。そこかしこにいる警備に目を留められないように、「ごく普通の使用人」に見えるよう細心の注意を払う。

当然変装はしているが、古株の使用人にじっくり顔を見られたりしたら流石に気付かれかねない。

私は注意深く、警備の配置を視界の端で確認しながら歩いた。どこに注意が向けられているのか……彼らの意識の中心を探っていくと、とある客室があった。

私は一つの確信を得て、慣れ親しんだ建物の中を進んだ。見張りがいたらどうしようかと思ったけど、幸い鍵がかかっているだけで、扉の前に誰か立っていたりはしないようだ。コーネリアお姉様製の魔道具でもあるここの鍵達が信頼されているからだろう。

アジェット家の全員がリリアーヌと会うためにこの屋敷をあけているものだから、今は使用人達も色々忙しくしているらしいのもある。

何を聞かされているのか、ここに来るまでに聞こえてきたお喋りの内容からすると、もう私が戻って来るものと考えて部屋を準備したり晩餐の用意をしたりしてるみたいだが……私がこの家で暮らす事はもうないんだけどな。

少なくとも、フレドさんの身柄を使って、脅すように家に戻れなんて言われるうちは連絡を取り合うのも遠慮したい。今回だって、フレドさんがこんな目に遭ってなければ顔を合わせるつもりもなかったのに。

「……何？　夕飯にはまだ早いんじゃないの」

考え事をしているうちに、かちゃりと小さな音を立てて鍵が開いた。アジェット家では異質な……ほんの少し埃臭い、空気のよどんだ部屋の中から機嫌が悪そうな女の子の声が聞こえる。

やっぱりフレドさんじゃなかった、と落胆してしまう。まぁ、あまり期待はしてなかったけど。

私は後ろ手にドアを閉めて中に入ると、ふてくされた顔で長椅子に寝そべっていたニナを見下ろすような位置に立った。

不愉快そうな視線は向けて来るが、どうやら私だと気付いていないみたいだ。変装の出来が良かったという事だろうか。

「ニナ、私が分かる？　私よ。ほんの短い間だけ義理の姉妹として暮らしたリリアーヌ……覚えてる？」

「……ッ?!　ア、アンタ……！」

「しっ……今から話す事を、落ち着いて聞いて欲しいの」

私を指さしながら大声を上げそうになったニナの口を慌てて手の平で塞いで、私は早口で説明を行った。

現在、ニナはまずい状況に置かれており、このままでは貴族邸で盗みを働いた重罪人扱いされてしまう事。それに巻き込まれて、この家に交渉に来た外国の使節の方がアジェット家に拘束されてしまっている事。

国の間の問題に発展する前に解決したいので、この件がクロンヘイムで明るみに出ていない今のうちに二人共連れ戻したい事などを手短に話した。

そう言えば、ニナと言葉を交わすのはあの時以来なんだな。私が狩猟会で怪我をして目覚めた、あの日の……。

叫ばれたりする気配はないのでニナの口から手の平を離したが、事情を説明した今も私への敵意が瞳に宿ったまま消えなかった。

「……はっ。それで、お優しいリリアーヌ様はあたしの事も助けてあげようって訳？」

狩猟会の後、私が目を覚ました日。あの日に一度だけ見たニナがそこにはいた。

「ちょっと、ここで言い争ってる場合じゃないの。警備結界も、ここの扉も一時的に誤魔化してるだけだから、早く屋敷から出……」

「嫌よ」

「えっ……」

話を聞いても全く動こうとしないニナにやきもきして思わず腕を取ったが、私の手は拒絶の言葉と共に撥ねのけられた。

何で……どうして？　だって、このままここにいたら……悪い状況にしかならないって分かるでしょう？

「ねぇ、このままここにいたら必要以上に重い罪を着せられるのよ？」

「だから何?!　あたし、あんたにお情けかけられて助けてもらうとか、そんな事になるなら犯罪奴隷になった方がマシ！」

何それ……私への意地、そんな事で人生を台無しにするの？

一応、ニナが新しい場所で平民としてやり直す件については、フレドさんが伝えていた事と同じ条件とは言わないまでも多少配慮すると伝えてみたが、ダメだった。

将来後悔するから、なんて正論で言い聞かせる気は湧かない。

きっと、ちゃんと話し合って説得する道もあるのだろう。でも今は……とにかく急いでいる。フレドさんを「アジェット公爵家のリリアーヌを誘拐した犯罪者」になんて出来ない、その前に何としても解決しなければという焦りがあった。

私のせいで、フレドさんに汚名を着せるわけにはいかない。すぐ誤解が解けるとしても。そんな声があったというだけで、絶対に騒ぎ立てる人が出る。

「そう、じゃあこの話はこれで終わり。私は、あなたに巻き込まれたフレドさんを解放しに行くから」

「!!」

私があっさり引き下がってみせると、ニナは途端に迷子になった子供みたいな目を向けてきた。

……どうして？　私が……そんな事言わないで、なんて言うと思ってたのだろうか。

「ニナ。私……あなたの事が嫌いよ。わざわざ嘘を吐かれて、悪者にされて。家を出るきっかけをくれたから恨んではないけど、あの時からずっと怒ってる」

ほんとは、当初は「どうして」っていう戸惑いしかなかったけど、そこは主題に関係ないので置いておく。

「はぁ?!　何よ、今更……！　あたしだって、あんたの事なんて大嫌いだし！」

「じゃあ、お互い様ね。……だから、私があなたも一緒に連れ出そうと思ったのは、優しいからじゃないわ。自分のためよ」

「…………は？」

私の言ってる事が心底理解できない、という顔をしたニナは訝し気な顔をしたまま、私を見つめた。

「……あなたが、このまま……貴族の家で盗みを働いた平民として、重い罪に問われたら……私、きっと事あるごとに思い出して、嫌な気持ちになっちゃう。それが嫌だったから。私のこれからの人生で、あなたの事で暗い気持ちになる時間を作りたくないの」

それこそ一生強制労働とか、国のための実験要員とか……ニナは貴重な光属性の魔法使いだから、十分あり得る話なのだ。

でも、嫌いだし……怒ってるけど、そんな目にあって欲しいなんて思えない。

アンナやフレドさんとも話した。私は自分が、毎日スッキリ嫌な事を考えずに幸せに生きるためにニナを助けます、って。

「は……はぁ～～？」

「絶対に嫌なら無理強いはしないわ。私は、助けてあげようとしたけど本人が嫌がったし……って自分に言い訳が出来るから」

だから、あなたがどうなろうと、何の遺恨も残さず幸せに暮らしちゃうよ。遠回しにそう言うと、思った通りに行かなかったとでも言うように、ニナの顔がくしゅりと歪んだ。

……やっぱり。ニナは多分、「誰かの人生を奪ってしまった」って私に思わせて、心に傷を残したかったんだと思う。

私は、アジェット家に居た時よりも、多少は人の言葉の裏が読めるようになった。アジェット家に居た時はひたすら家族を師とした勉強と課題漬け。さらに私は要領が悪いので、学園でも休憩時間を充てて何とか家族の示す「最低限」をこなす日々だった。

私のコミュニケーション能力が低いのは、単純に……人と会話する事が少なかったせいもあると思う。

「……っあの人、フレドさんが捕まってるの、この屋敷じゃないわよ！　教えて欲しければ……」

「知ってるわ。人の出入りは監視してたの。アジェット家の別邸の一つに移されたんでしょ？」

「っ……！」

また、くやしそうにニナの顔が歪んだ。

……フレドさんがこっちに居る可能性はかなり低いだろうな、って思っていた。ニナがこちらなら、大通りの方の……お母様が歌手として出演する時に使う屋敷にフレドさんがいる、間違いない。

昨日、話し合いをする場所を伝えてすぐにアジェット家の魔導車が別邸に行った。あの別邸が、会場の目と鼻の先にあるからだろう。

向こうも、家族全員を呼び出されて……そのすきにフレドさんを奪還される事を心配していたはず。だからアジェット家にはニナしかいないのを半ば分かってて、こうしてやって来たのだ。私の心の平穏のために。

だから口では見捨てるような事を言ったけど、当然置いて帰る気はない。

「あなたは私の事嫌いでもいい。ねぇ本当に、意地を張ってでもここに残りたいの？」

私はニナに手を差し出した。

何だか「嫌だけど助けさせてあげる」って態度が気に食わなくて。絶対に、自分から「助けて」って言わせてからじゃないと連れて行かない。

他にマシな道がないのは本人が一番分かっているんだろう。ニナはぎゅっと唇を噛み締めながら、私の手を取った。……まぁ、これで勘弁してあげようかな。

「じゃあ、ニナ。ここから出るためにすぐ着替えて。この使用人の服に……」

私は、ポケットの内側に仕込んでいた薄型の拡張鞄からもう一着、私が来ているのと同じ服を取り出してニナに渡した。部屋を出て廊下に出るわけにはいかないので、着替えを促すために後ろを向いた先で……ドアノブのレバーが、ゆっくりと下りていった。

……誰か来た?!　どうしよう、部屋に入ってすぐ防音結界は使ったけど、時間をかけすぎた……?!　私も意識が完全にニナにしか向いていなくて、気付くのが遅れてしまったなんて……！

どうしよう、失敗した。

私がどこかに隠れてやり過ごすのも、もう無理。焦る私の目の前で、無情にも……扉は開かれてしまった。そう覚悟した瞬間。

「っ……グレゴリー……」

そこに立っていたのはお父様の執事のグレゴリーだった。ドアレバーに手をかけたまま訝しげな顔をしていたが、私の声を聞くとはっとしたような顔になった。当然、私だと気付いたのだろう。

ニナを連れ出す事に手間取って、勘付かれてしまった……？　それにしても何故一人で……。

「ちょ、っと待ってニナ何を……！」

「何で邪魔するのよ?!」

「お願い、この場は私に任せて。何もしないで」

どう頼んだら、私達をこのまま見送ってもらえるだろうか。数度まばたきをするほどの時間考えていた私は、ニナの握り込んだ手の中が何やら発光しているのに気付いて慌てて飛びついてそれを止めた。

え、この子、グレゴリーに目潰ししようとした？　狩猟会で私にしたみたいに……？

グレゴリーの年齢であんな攻撃を受けては、視力に影響が残るかもしれない。自分が逃げられればいいって思ったの？　やっぱりちょっと、ニナとは相容れないな……と改めて認識した。

グレゴリーは、いさかいを起こしている私達を目にしても誰かを呼ぶわけでもなく、騒ぎ立てる事もなく。静かに部屋の中に入ってきてドアを閉めた。

「リリアーヌ様……」

「グレゴリー、お願い！　私がニナをここから連れ出すのを、何も言わずに見逃して欲しいの……！」

私は、グレゴリーが何かを言う前に遮って言葉を発した。聞いてしまったら……子供の頃から付き合いのある、お父様の執事のグレゴリーに頼まれたら、私は……自分で決めた事なのに揺らいでしまいそうだなって思ったから。

使用人という立場だけど、グレゴリーは家族のように近い存在だった。元々アジェット家の分家の三男で、お父様とは子供の頃からの友人……私にとっても、親戚のおじさんという意識が強い。

でも、虫のいい事を言ってるのは分かってる。こっそり連れ出すのに成功していた所で、家族が全員不在の今は……何かが起きたら、それはグレゴリーの責任になってしまう。見つかった上でこう頼むなんて、とても図々しい事だ。でも、こうしてニナを連れ出そうとしているのが知られてしまった以上、騒ぎにせず切り抜けるにはグレゴリーの恩情に縋るしか思いつかなかった。

「リリアーヌ様は、ニナ君を助けに来たのですか？」

「私はただ……このままでは必要以上に重い罰が与えられそうだったのが嫌で……」

だからこれは「助ける」という行為ではない。そう説明した私を見て、グレゴリーは寂しそうにふっと笑った。

「そうですね……リリアーヌ様は、こういう方でした。功名心で人を危険に晒すなんて事は……いえ、もう、それは終わった事です。違和感を抱きつつも止められなかった私も同罪ですから……」

小さくそう呟くと、ドアを背にしたままうつむいた。

きっと、狩猟会の事を言っているのだろう。最初、私は「自分の成績のために、立場の弱い養子のニナを無理矢理危険な狩猟会に連れて行った」という事になっていた。

アンナ以外にも、私が……「そんな事はしない」と考えてくれた人が身近にいたんだって思うと少し救われた気持ちになった。

「……リリアーヌ様は、これからあの外交官の所へ行くのですか？」

「ええ。お母様の……歌劇場近くの別邸にいるんでしょう？」

「そこまで把握されていたのですね……」

私の返事を聞いたグレゴリーは、ふと何か決心したように私をまっすぐ見ると、思いもよらなかった事を口にした。

「リリアーヌ様、アジェット家が監禁している方を別邸から救い出してください。車を手配しますが、他にも私が手を貸せることがあれば何なりとお申し付けください」

「そんな……そこまでしてもらっては、グレゴリーが後でお父様にお叱りを受けてしまうのでは……」

思わず躊躇するような言葉を発した私だが、グレゴリーは譲らなかった。

「ミドガラントの皇族関係者を冤罪で拘留したと公になっては、アジェット家の評判は地に落ちます」

「グレゴリー……」

「コーネリアス様の間違った決断を諌めるのも、臣下の務めです。今更……遅いかもしれませんが」

「ううん、ありがとう」

　忍び込んでニナを連れ出そうとした私だったが、グレゴリーの有難い提案に素直に頼る事にした。私を連れ戻すためにって盲目的になって、ミドガラントに対してアジェット家が取り返しのつかない態度を取る前に解決したい。

　今ならまだ、フレドさんを連れ戻せば……国際問題にはならずに、内々で収束させることが出来る。公になってしまったら、フレドさんにも不名誉な疑惑がついてしまう。まったく事実無根なのに……。

「……話、終わった？」

　一人会話の外に置かれていたニナが、声をかけてきた。不機嫌そうな声色だが、こうして話がいち段落つくまで口を挟まずに待っててくれた。自分に影響がある時はこうしてその場で必要な行動が判断出来てるし、むしろ人の顔色を窺うのは私よりずっと上手いと思う。やっぱり狩猟会以外の……私をちょっと悪者にするような言動も全部わざとだったんだろうな、と気付いてしまった。

「ニナ君。私は君にあまり良い感情を抱いていない。ただ、アジェット家の確執について、全ての責任を押し付けられて罰を受ける程の事はしていないと私も思う」

「…………」

「だからこれは、私の罪滅ぼしだ。中に……メイドに見繕わせた旅支度と、当座の生活費……それに一部事情を伏せて説明したが、君が身を寄せられそうな心当たりをいくつか書いてある」

なるほど、グレゴリーは最初からニナの事を逃がすつもりでこの部屋に来たのか。私が見つかってしまったという訳ではなくてホッとする。

恐る恐る、差し出された鞄を受け取ったニナは、それを胸の前でギュッと抱きしめると小さく「ありがとうございます」と呟いていた。

「じゃあ、グレゴリー……また、会えるかは正直私も分からないけど。もしかしたら、またここを訪れる未来もあるかもしれないから……その」

「ここはリリアーヌ様のご実家じゃありませんか。私はいつでもお待ちしていますよ」

「うん……ありがとう」

家族との確執について。私の返事から、家族が使用人達に言ったようにここに戻って来る気はなさそうだと察した上で、「いつでも待ってる」と言ってもらえて私は気持ちが軽くなった。

……このまま、家族とも……いつか分かり合えそう、って思える結果になると良いな。

私はその後すぐに、使用人の服に着替えたニナと一緒に「グレゴリーさんに命じられたおつかい」という名目で、他の人には気取られる事なくアジェット邸から抜け出せたのだった。

事情を話せる人が少ないし、ニナを一人にさせてもおけないので、この後フレドさんが監禁されている場所にはニナも連れて行く事になる。

「……何であたしを先に助けに来たの？」

沈黙に耐えかねたのか、グレゴリーが手配してくれた魔導車の中でニナが私にそう尋ねてきた。

この魔導車とその運転手のテッドは、ほぼ私専属で、学園へ通う時などにお世話になっていた。

グレゴリーが前もって何か言っておいてくれたらしく、私だと気付いても何も詮索せずに目的地へと向かってくれている。

「貴女を助け出すって事は決めてたけど、順番を考えた訳じゃないの。二人が違う場所にいるのは分かってたから……もしこれが発覚した場合、二か所目の警備がより厳重にされてしまう。だから、どっちがいるとしてもアジェット邸にいる方を先に助け出す必要があった。それだけよ」

私はその魔導車の中、変装で身に着けていたカツラを取って、アジェット家の使用人の制服に似せて作ったワンピースを脱ぎながら答えていた。

車内には、運転席と後部座席の間に仕切りがあるが、そもそも冒険者活動時の服を下に着ているので運転手に見られたとしても問題はないのだが。

脱いだものをさっと畳んで拡張鞄の中に仕舞って顔を上げると、ニナは顔を俯かせて何もない所を睨んでいた。……あ、今の……「ニナを助けたかったからよ」とか言えば良かったかな。自分の行いを見つめ直すきっかけに……。

そんな事を一瞬悩んだけど、慣れない事をするのはやめておいた。

「これからもう一人助けにいくのに、どうして変装解いてるのよ」

「別邸の警備をしているのもアジェット家の兵と使用人だろうから、私の顔を知っているでしょ？」

家出中とはいえ、仕えている家の娘だから。もちろん慎重に動くつもりだけど、万が一フレドさんを助け出す前に見つかったら自分の身分で強引に解決しようと考えていた。

あと単純に、丈の長いスカートで隠密行動は難しいというのもある。

「ニナは車の中で待っててて……テッド、巻き込んでしまってごめんなさい。絶対にこの恩は返しますから」

「いいえぇ。私はグレゴリーさんに頼まれた事をしているだけですよ。何も聞いてない事ですので」

何て事ない、というような声色で返事があって、私は思わず涙ぐみそうになってしまった。お礼は言い足りない……けど、また時間をかけるわけにはいかない。

路地裏に停めた魔導車から降りると、私は目的地であるアジェット家の別邸に忍び込むべく行動を開始した。

この屋敷は、主にお母様が歌手として活動するのに使っているこぢんまりした屋敷だ。

普段はここを管理する夫婦しかいないはずだが、今は更に数人の気配がする。誘拐されていた子供を助けた時のように、わずかな時間も惜しんで戦闘を覚悟して正面から切り込む必要はない。理想は、発覚させずにフレドさんを助け出す事……なので、今回はそれを心がけて行動しなければならない。

フレドさんが捕らえられてる可能性のある部屋は限られている。お母様のお弟子さんがここに宿泊する時にも使う客間だろう。あとはお母様が使う寝室と、歌や楽器の練習に使う広い防音室に、管理人夫婦の部屋……それを除けばあとはリビングとキッチン、バスルームのみ。公爵夫人であるお母様の感覚に合わせて一部屋一部屋が広く作られているから、部屋数はこれだけ。本当に、歌姫として数々の舞台に出演するお母様が体を休めるためだけの場所なのだ。

この建物の中央にある、窓もない壁の厚い部屋、この中で一番人質の監禁に適しているが、防音室にはいないと思う。

お母様にとって音楽は神聖なもの、楽器のある部屋に人を監禁したりしないだろう。

なのでフレドさんがいるのはこの屋敷の二階にある客間で間違いない。そう確信した私は、庭で周囲を警戒しているアジェット家の私兵を避けて、後から痕跡を発見されるなんて承知の上……全力で認識阻害術式を展開すると、隣の屋敷の塀と屋根を経由して慎重に別邸の中に忍び込んだ。

「……思った通り、この部屋には誰もいない」

警戒しているとはいえ、普段公爵夫人が使う部屋に警備兵を置かないだろうと考えた通り。

寝室のバスルームの窓から忍び込んだ私は慎重に屋敷の中の人の気配を探りながら進んでいく。

見張りはいるようだが外に居た数人と一階の一人だけみたいで、二階の廊下には人の目はない。

私ははやる気持ちを抑えながら、客間の扉に後から取り付けられた、結界が組み込まれた複雑な鍵を開錠しにかかった。

幸い、コーネリアお姉様の工房で見た覚えのある構造によく似ていて、それほど時間をかけずに解除出来た。

「……フレドさん、中にいますか？」

「?!　リア」

そっと扉を開けた先、薄暗い室内の長椅子の上で俯くフレドさんがまず目に入る。

私を目にしてパッと顔を上げたが、何か叫びそうになって慌てて自分の手の平で口を塞いでいた。

「う……嘘、リアナちゃん？　俺が都合の良い幻覚見てるんじゃないよね……？」

「大丈夫です、本物ですよ。すいません、私の家族がこんな事をしてしまって……助けに来ました。すぐにここを出ましょう」

音を立てないように部屋の中に入った私は、静かに扉を閉めると無事を確認しようとフレドさんに目を向ける……その途中で、私は驚きに歩みを止めた。

「?!　足、どうかしたんですか？　もしかして、逃げられないようにって怪我を……?!」

「いや、違う違う……！　ニナって子の盗難が発覚してごたついた時、割って入ろうとして少しもみ合いになって……俺が、自分で転んでちょっとひねっただけなんだよ」

ちょっと、と言うがフレドさんの右足首は、一目見て分かる程に腫れ上がっていた。靴下も履けないようで、右だけ素足で室内履きを身に着けている。

「だからごめん……俺が自分でここを脱出出来てたら一番スマートに解決出来たんだけどね。荷物も没収されて、この捻挫も治せなかったし」

「そんな、怪我してるのに無理しないでください」

ああそうか。フレドさんが一人で逃げられないって分かってたから、警戒が甘かったんだ。

私はフレドさんに怪我をさせてしまったって認識して、とても申し訳なくなってしまって。いつもいつも迷惑かけてばっかりで、そう思ったら目の奥が熱くなっていた。

「あ〜ほんと、ごめん！　せっかくこうして助けに来てくれたのに……俺、この足じゃ逃げられそうにないから。今からポーション使って治るまで待つ……のも難しいか……いや、我ながらかっこ悪いなー」

「……ごめんなさい。私と家族の問題に巻き込んで、こうして怪我までさせてしまって……」

「いやぁ、運が悪かっただけだよ。この怪我については誰も悪くない……もちろんリアナちゃんも、リアナちゃんの家族も」

私が泣いたりなんてしたら、フレドさんは絶対そう言うって分かってるのに。私は謝るしか出来なくて。

長椅子に座ったフレドさんが慌てる目の前で、自分でも涙が止められなくなっていた。

「えーと、あ、そうだ。思い切り騒ぎを起こして、俺はどこかに隠れて……逃げ出したって思わせる手はどうかな？」

「ごめ……ごめんなさ」

「大丈夫、大丈夫だよ。だから……ああ、俺こそごめんね。俺、リアナちゃんが泣いてると、ほんとどうしたらいいか分からなくなっちゃうな……」

涙で滲む視界の中、手が伸びてきて私の頭を優しく撫でた。

その手の平の温かさが心地良過ぎて。私はつい、そのぬくもりを自分から欲しがるように頭を傾けていた。

本当に、無意識で。

「へ、あ?!　ご、ごめんなさ……こんな、甘えるみたいな真似……っ」

バッと慌てて顔を上げると、フレドさんも私の頭を撫でていた手を引いた。

「いや、いやいやいやいや。問題ないというかむしろ……じゃない。それはいいんだ。えっと、リアナちゃんもびっくりして涙も引いたみたいだね？　じゃあ陽動作戦を……騒ぎを起こすには……流石に火事はやめておこうか。そうだ、煙幕用の煙玉はどうかな？　前にもしもの時の逃走用にってリアナちゃんが作ってたやつ」

焦ったように、フレドさんの口数が多くなる。そうか、急に泣き出した私のために無理をして元気づけようとしてくれてるんだ。

さらに申し訳なさが湧き上がってきた私は、しかし「これ以上フレドさんを困らせてはいけない」と唇を噛み締めると、顔を上げた。

「フレドさん……ここから出ましょう。もちろん、フレドさんも一緒にです」

「……うーん、まぁそうだね。痛み止め使って少しだけ頑張った方が確実で早いかな」

「いえ、怪我してるフレドさんを歩かせるなんてとんでもない！」

じゃあどうするの？　と言いたそうなフレドさんが私を見上げる。

「痛み止めとポーションは今出します……けど、フレドさんは怪我した足を使わなくて良いので。その代わり、私にしっかり摑まっててくださいね」

「へ？」

鞄から液剤を二本取り出し、それをフレドさんに渡す。フレドさんはその瓶の中身をラベルも見ずに飲み干すと、私がなんでこんな事を言ってるのか考えるように、首を傾げたまま少し固まっていた。

私はそんなフレドさんを置いておいて、窓際に近づき、閉まっていた雨戸の鍵を外して外を見た。

万が一の場合でも高さは問題ないな。身体強化をかけているから十分に耐えられる。

薄く開けた窓からこの別邸の庭が見える。その空中に六か所。塀を越える位置まで「見えない足場」を魔術で展開させた。

「えっと、つまり……リアナちゃんが俺の事を持ち上げて、この窓から塀を越える……って事?!」

「そうなりますね。ではフレドさん、行きますよ。痛み止めは効いてきました？」

「うん、分かっ……え、そっち?!」

覚悟を決めて、おんぶを求める幼子のように両手を突き出したフレドさん。

長椅子に座ったままそんなポーズをとってた体の下に自分の両腕を差し入れると、身体強化をかけた私は一気にフレドさんを持ち上げた。

フレドさんは横向きに抱き上げられてびっくりした顔をしてるが、身体強化をしていればこのくらいは何でもない。戦闘訓練の時はいつも使っていたし。フルプレートアーマーに大剣を使った行軍訓練もしたもの。

「お、お姫様抱っこ……」

「……何か問題がありました？」

「いや……あの、特に意図がないなら、おんぶにしとかない？　まだそっちの方が、リアナちゃんが一瞬片手自由にしたりとかできるし……」

……背負うって発想はなかった。

確かにフレドさんの言う事は一理あるかも。

「……いえ！　背中に重心があると身のこなしに影響がでてしまうので……!!」

いや、ダメ。体が接触する面積が今より大幅に増えてしまう!!　今はこう、私が自分の意思でフレドさんを抱き上げてるけど、フレドさんに背中から抱き付かれるのはちょっと……心の準備がかなりいると言うか……。

だって、フレドさんを抱き上げているだけで私は内心こんなに大変なことになってるのに。おんぶなんてしたらどうなっちゃうのか……!!

やや不自然になったが、私はその場を誤魔化した。フレドさんを抱えたまま、庭に面した窓から距離を取る。フレドさんを抱き上げてる、腕の中の感触とか……なるべく意識しないうちに、さっさとここから出ないとならない。

「フレドさん、なるべく体は動かさずに……私に身を預けててくださいね」

「わ、分かった」

私がやろうとしてる事は、人質の救出にしてはかなり派手な一手だ。

囚われていた人質を抱き上げて、空中に作った足場を駆け抜けてここから連れ出すなんて小説でも見ないいんじゃないかな。

でも今はその「小説みたい」な、現実では思いもしない方法でここから抜け出すのが、警備の目を出し抜いて逃げるための最善手だから。

「ごめんなさい、穏便に脱出するならもっと相応しい方法はあるんですけど……」

「いやー、荒っぽい手を使わなくて済む方が良いよ」

……正直、ここにいる見張りだけなら私一人でも何とか切り抜ける事は出来るだろう。でもお父様に命じられただけの彼らに武器を向けるのはどうしても嫌だったから。こんな派手な脱出劇になってしまうと謝罪した私を、フレドさんは笑って許してくれた。

二階の窓から脱出する……一応、この方法が一番確実だった。屋敷に居た兵にもし見つかるような事があれば彼らと武器を交える状況になりかねなかったし。私はこの件で誰にも怪我なんてさせたくなかったから、「絶対に見つからないようにフレドさんを助け出すには」と考えて、実行可能な中で十分に吟味した結果である。

しかし……途中から、「とても恥ずかしい事をしてしまったのでは」という気持ちが湧いてきてしまったのだ。

フレドさんを抱き上げて逃げてる最中は、「ここから逃げる」という目的に追われてそんな事を考える余裕はなかったのだが……初めてフレドさんの頭が私の目線の下、しかもすぐ近くにあるとか……これって、男の人の体に私が抱き着いてるのでは？　とか考えてしまったらもうダメで……。

なので、ニナの待っている魔導車に乗り込むころには、私とフレドさんはお互いの顔も見られなくなってしまっていたのだ。

どうしよう……こんな気まずい空気になるなんて、私が強引に実行した策なのに申し訳ない。何か言わないと……！

「男女逆じゃないの？　普通は、囚われの身になっていた令嬢を助け出すんでしょ？　お姫様抱っこでさぁ」
　動き出した車の中でそんな私達を見たニナが呆れたような声を上げて、思わず笑ってしまってい
た。確かに、本でよく見るシーンとは男女逆だった。その指摘が何でかとてもおかしくて、私もフ
レドさんもさっきまでの気恥ずかしさがどこかに行ってしまったのだった。
「くっ、くく……！　あはは、そうだよね、俺がお姫様抱っこで助けてもらっちゃって、ほんとに
情けな……ああダメだ、自分の事なのに面白い……！」
「いえ、あの、怪我してたんだから仕方がないですよ！　ごめんなさ……ふふ、でもニナにそう指
摘されると、私も面白くなっちゃって……っ」
　ひとしきり笑った後、笑いの波が収まった頃にハッと我に返った。慌てて、フレドさんにこれか
ら何をしようとしてるのか素早く説明する。今は「家族全員と話し合いがしたい」とアジェット家
を呼び出して、家族がアジェット邸を不在にする隙をついて二人をこうして助け出したのだという
事。
　今は私の姿に「変化」した琥珀が私のフリをして時間稼ぎをしてくれているので、出来たらこの
ままこっそり入れ替わって戻りたい旨を伝えた。
「あ……着きましたね。私、フレドさんに肩を貸してくれそうな男性の使用人を探してきます。ニ
ナもここで待っててくれる？」

「あ、俺の足なら一人で立てそうなくらいには回復して……って、行っちゃったな」

イレギュラーもあったせいで「今やるべき事」で頭が一杯になっているリアナには、フレドの声は届かなかったようだ。目の前の建物の中にアジェット家の者達が揃っているのを考えると、大声を上げて呼び戻すのも得策ではない。しかも忘れてたが自分は室内履きのままだし。追いかけても入れ違いになる可能性を考えて、フレドはそのまま格式の高いレストランのポーチに停まった魔導車の中でリアナを待つ事にした。

「……ねぇ。あたしの事……ざまぁ見ろって思ってるんでしょ？　追い出した相手に助けてもらってみっともない、って」

「え～……そんな事思ってないけど……というか君、態度変わりすぎじゃない？　アジェット家では『反省しました』って神妙な顔してたのに」

「それはあんたもでしょ。こんなヘラヘラしてなかったじゃない」

「そりゃあ、真面目な話をしてたから」

ニナと違って周りを騙そうとしていた訳ではない、と話すと、ニナはまた不機嫌そうに口をつぐんだ。

「……ざまぁみろとまで思ってないけど……何もしなければ幸せになれたのに、とは思ってるかなぁ」

「……どういう事よ？」

「外に作った君を引き取った男爵家では、当主が倒れて今は夫人が采配を取ってるんだけど、少し前に領地から魔石の鉱脈が見つかったんだよ。ニナ君はアジェット家が後見につく時に、その男爵家から籍を抜いて……絶縁してるから知らないだろうけど」

夫の浮気で出来た子を引き取ってあげたばかりか、「大人の勝手で生まれた子だから」と情を持って養育してもらっていたのに。その男爵夫人から受けた恩を仇で返すように「引き取られた家で虐待されて過ごしている」と周りに思わせる発言をしていた。

良好とは言えずとも不仲ではない関係を築けていたら、裕福になった養家と縁は切れていなかっただろうに。

「君は……『まっとうに生きるのなんて損しかない』って思ってるよね」

「だから……何よ。食い物にされる方が悪いんじゃない。それに、全部世の中が不公平だから……その分を返してもらってるだけよ！」

「でもそうやってズルしようとしたせいで今、全部悪い結果になってるの、自分で気付いてる？」

「え……」

アジェット家に居た時は、協力者だ、という顔で親しみやすい大人を演じていたフレドだが今はもうその必要はない。

「その男爵家だけじゃなくて。アジェット家に来てからも。何もしなければ……アジェット家の後援を受けて貴重な光属性の魔法使いになれたのにね。それに、陥れるような真似をしなければリアナちゃんはきっと……困りながらもニナ君の我儘を受け入れてくれただろう。狩猟会でリアナちゃんに怪我をさせなかっただろうし、保身のために嘘をついて大事にしなかったんじゃないかな」

「なに……何の、」

「それに、窃盗の件も。あんな事しなければ、穏当に国を出られたのに。利益を得ようとして行った事が、全部悪い方に行ってる。何もしなかったら手に入ったはずの物を全部失った上に、損もしてるし」

少々、意識して意地悪い笑みを浮かべたフレドは、ぽかんと口を開けたまま自分の話を聞くニナに説明していった。

「全部……余計な事しなければ良かったね。さっきだって何も言わなければ、俺を抱き上げて救出したリアナちゃんと……お互い恥ずかしがってしばらく気まずくなってたし、それで意趣返しにもなったんじゃない？　けど、おかげで笑い話に出来たから助かったよ」

「なっ……⁉」

「ありがとう、からかってくれて」

はくはく、と言い返す言葉も浮かばないで唇を震わせていたニナは、見る見るうちに怒りで顔を赤くして目を吊り上げた。

ニナが手を振りかぶる。ひっぱたこうとしたその手を軽々と掴んで防ぐと、フレドは最後に心配する色をにじませた目でニナを見た。

「……ねぇ、悪い事して独り勝ちするのって、すごく難しいんだよ。実力も運も頭も必要だし」

「良い子にしてたら利用されて終わりじゃない！」

「搾取されろと言ってるんじゃない。手を差し伸べてくれた人をわざと傷つけるような真似はもうやめろって事だよ。新しい場所では間違えずに幸せになって欲しい」

「……あたしを助けたって何の得もないクセに、何よ……！」

「え？　あるよ」

何でもない事のように言われたその言葉に、ニナは意表を突かれた顔でフレドの顔を見つめた。

「ニナ君が酷い目にあったらリアナちゃんが気に病んじゃうじゃん」

自分がかつて陥れようとした相手を理由に幸せを祈られる。何を言い返しても勝てないこの状況に、ニナは悔しそうに押し黙った。

第六十九話　呪縛からの解放

「なら、お父様、お兄様。私はお二人に決闘を申し込みます！　自由のために……私が勝ったら、もう私の行動に口を出さないでください！」

王都でも老舗の、貴族の会談でも使われるレストランの一室。その衝立の裏から、私はそんな宣言を聞いていた。私の声で勝手にされたその宣言を……。

なぜこんな事になったのか、最初から説明しよう。

私は、家族全員が、私との話し合いのためにアジェット邸を出発したのを確認してすぐに屋敷に忍び込んだ。グレゴリーの協力のおかげで魔導車を使えた事もあってかなり時間短縮が出来て、予定していたよりも早く合流できそうだと思ったのだが、なんともう話し合いが始まっていたのだ。

私は部屋を借りて着替えてすぐ、「変化」で私のフリをしている琥珀と入れ替わるために、皆が集まっている部屋の外までやって来た。そっと前室に入ってタイミングを窺っていたのだが……思いもよらず、私はそこで盗み聞きのような真似をする事になったのだ。

「お母様は、こんなに説明しても……私がフレドさんに『騙されてる』って事にしたいのね」

「実際そうでしょう！　わたくしはリリアーヌ、貴女のためを思って言ってるのよ！」

こっそり聞いている声は、自分でもびっくりするくらい「私」が喋ってるみたいだった。声だけじゃなくて、ちょっとした抑揚の付け方とかも全部。

琥珀は「相手が一番怖いものの幻も、一番望んでるものの幻も見せて惑わせる事が出来る」と言っていた。それを応用して「家族の記憶の中のリリアーヌ」を基に私に化けているらしいのだが、本当にすごい能力ね……。

しかし、私が戻って来たらとあらかじめ決めておいた合図を出したのだけど、琥珀が反論の勢いを止める気配はない。

ちょっと、私の口で何を言うつもり……？

「……ああ、そうか。お母様達は、私が愚かで、騙されたから戻って来ないって事にしたいのね」

「何を……?!」

「そういう事にしておけば、自分達は悪くないって思えるから」

私の声で鋭く刺すように告げられたその言葉に、言われた側ではない私の首筋もすっと冷めるような感覚がした。同時に、私の胸の中でずっとつかえていたものが外れる。

……そうか、私のせいじゃなかったんだ。お母様達は……自分の都合で、「リリアーヌが新天地で幸せにやってて、家に戻る気はない」って認めたくなかったんだ。そう気付いた。

家族にとって私は、「すれ違いで家出した結果、不幸な目に遭った愚かなリリアーヌ」じゃないと都合が悪いのね。

狩猟会での事件の事もそう。あれはあくまでもきっかけで、たったひとつの原因ではないって私が言っていたのに家族はニナに責任を押し付けていた。

不幸にも騙されて、すれ違いが起きてしまっただけ、そうじゃないと都合が悪かったから。でなければ、自分達が長年ふさわしい評価をしてこなかった上に、ニナを守るために怪我をした私を一方的に責めた挙句、嘘吐きだと決めつけたと認める事になるからだろう（実際そうなのだが）。

だから私の言葉を否定したんだな。

リンデメンで家族と接触してから、ずっと私は……家族達は何故私の意見を「間違ってる」と決めつけ、戻って来いと言い続けるのか分からなかった。

ニナの事以外にも、それが全ての原因じゃないって言ってるのに「これからはちゃんと褒めてあげるから」って、それさえやれば全て解決とでも言うように主張されて。どうして私の今幸せにしてるから家には戻らないって意思を受け入れてくれないのかって、ずっと苦しかったのに。

そうか……これも、どうして私を一度も認めてくれなかったのか、家族の本音をフレドさんが言い当ててくれた時と同じだ。「自分が一番慕われる存在になりたかったから」って言われて、お兄様達は反論出来なくなっていた。あれから数度やり取りした、他の家族も同じだった。

今回も、「自分達が間違ってたって認める事になってしまうから」……だから家出した私の話なんて、最初から受け入れる気なんてなくて。そっか、私のせいじゃ、なかったんだ。

やっぱりこれって酷い事してるのかなって、家族から反対され続けてずっと罪悪感があったの。だから、家族に理解して欲しい……私の意思で取った行動を受け入れてもらいたいって思いがあった。

私が努力してもどうにもならない事だったのか。そう気付いたら、ずっと胸の奥にあった重りが取れたような、晴れやかな気持ちになっていた。

しかし私が悩んでいた事の正体が判明したのは喜ばしい事だけど、早くこの入れ替わった状態から元に戻らなければ。

「あくまでも、認めない、家に戻れと言うのですね。なら……お父様、お兄様。私はお二人に決闘を申し込みます！　自由のために……私が勝ったら、もう私の行動に口を出さないでください！」

ちょっと?!

琥珀のその宣言はあまりにも予想外過ぎて、あまりに驚いた私は思い切り物音を立ててしまった。誰が聞き耳を立てているんだ、とこの話し合いで気が立っていたウィルフレッドお兄様に見つかってしまうのも当然で……。

「な……リリアーヌが二人?!」

「バカな……一体何が。いや、そうか。ここで私達と話をしていたリリアーヌは偽物だったんだな?」

「そうだったのね！　道理で、リリなら言わないような酷い事ばかり言う訳だわ！」

「いいえ、お父様、お母様。私と入れ替わっていたこの子の言葉は、全て私の本音と思っていただいて構いません」

私が二人いるのを見て家族達は動揺していたが、すぐに何だか都合の良い解釈をされそうになって、私は慌てて否定した。

当事者の私が気付いてなかった事実の指摘もあったが、私が騙されてなんかいないのも事実だし、家に戻りたくないというのも私本人の意思だ。

「見ものじゃの。あれだけ『愛してた』って言ってたくせに、こうして琥珀が変化してた偽物だったって気付かなかったんじゃな」

「こら、琥珀」

煽るような事言わないの。

くるりと身をひるがえすと、琥珀はなんと私の姿のまま狐耳を出して見せた。私がしないような、まるで歌劇の悪女のような笑みを浮かべて、お父様とお母様を挑発し始める。

……本物のリリアーヌじゃない、って一目で見て分かるようにわざとやってるのだろう。でも狐耳を頭に生やした自分の姿を見せられるなんて、正直ちょっと恥ずかしいのだが……。

「……いいのか？　リリアーヌ、ミドガラントの皇族関係者を醜聞に巻き込むような真似をするなんて。今なら……」

「そうですねぇ。俺に何か不名誉な疑惑が持ち上がったら、後援しているリリアーヌさんにも影響が出てしまいかねない。そうならないように、常に襟を正して過ごしたいと思います」

家族達は、遅れて登場したフレドさんを見て皆一様に驚愕していた。無理もない、別邸に監禁していると思っていた人質が何食わぬ顔でそこに立っていたのだから。

「……どうしてここに……」

「我が国の重要な錬金術師であるリアナ卿が何やらご家族と重要な話をすると聞きまして、リアナ卿本人の許可を得た上で交渉人としてお邪魔させていただきました。アジェット家の方達とは、一昨日ぶりですね」

フレドさんは「一昨日ぶり」と言った。つまり監禁の事実はなかったと言い切ったのだ。

実際、フレドさんに「公爵令嬢の誘拐」なんて根も葉もない疑惑がかけられてしまうくらいなら、家に戻ってもいいと考えてもいた。要求に応じず、フレドさん……とついでにニナを救い出すあてがなければ、私はそうするしかなかっただろう。

「な、ならば……リリアーヌの偽物が口にしていた決闘、それを受けよう。もちろん、偽物ではない、リリアーヌ本人とのだ。これで良いきっかけになるだろう？　家に帰って来なさい」

切るカードがなくなったお父様は、突然とんでもない事を言い出した。決闘って……さっき琥珀が言い出した話の事？

家族達はにわかに勢い付いた。ウィルフレッドお兄様も加わって、すでに「この際仕方がない、リリアーヌをいかに傷付けずに負けさせるか」なんて話に移ってしまっている。

私がポカンとしてる横で、まだ私の姿をしたままの琥珀はきまりが悪そうに指で頬を掻いている。

「うーむ……リアナが来る前に片付けておこうなんて思ったんじゃがの」

「それは、琥珀は勝てるかもしれないけど……」

たしかに、琥珀ならお父様達と戦っても勝てるかもしれない。

そう、魔法も武器戦闘もありの普通の決闘なら。お父様の魔術の腕は素晴らしいけど、琥珀のスピードで近付いて近接戦闘に持ち込んでしまえば勝機はある。ウィルフレッドお兄様の身体強化魔法はとてつもない脅威だけど、距離を取って魔法……琥珀の場合は狐火を撃ち込めばこちらも何とかなる余地は十分にあるのではないかと思う。

琥珀はお父様とお兄様を見て勝てると思ったから、私のフリをして代わりに決闘をして方を付けようなんて考えたのかもしれないけど……。

私は、今まで二人から一本取れた事なんて一度もないのに。お父様達はそれを分かってて、確実に家に連れ戻すために言ってるんだろう。

「ん？　リアナ、何を言っとるんじゃ。お主は普通に勝てるじゃろ。だってあの二人、強いのはそれぞれ魔法だけ、剣だけなのじゃ。魔法も剣も強いリアナの方が強いじゃろ」

「……え？」

「琥珀の見立てでは間違ってないぞ。それともあの二人、クロヴィスくらいに魔法も剣も使えるリアナよりも強いのか？」

……あれ、……ええ？　だって、お父様もお兄様も、私なんか足もとにすら及ばないくらい強くて……。一度も認めてすらもらえなかったのは思惑があったせいだけど、流石に私が二人に勝つなんて、絶対……。

そう思いかけて、何か引っかかった。ほんとに、無理なのかな？

だって、クロヴィスさんは二人に勝てるだろう。確かに、魔法だけ、剣だけの条件ならお父様とお兄様が勝つと思う。でも、私がクロヴィスさんとやった試合みたいに、魔法も剣もあり、というルールで戦うなら……。

私の中で、もやもやしたものが形になろうとしていた。

「良いんじゃないかな？」

「フレドさんまで……」

「いやいや、勝てなくてもさ。決闘って口実でひっぱたけるよ」

「でも負けたらまた面倒な状況になりかねないですし」

「まぁ……そしたら、また家出しちゃえばいいよ」

「え？」

「今度は俺が迎えに行くよ、リアナちゃんの事」

フレドさんのその言葉で、何だか視界が広くなった気がした。私、家族を前に委縮してたみたい。

……そうか、私はもう「認めてもらわないと」なんて怖がらなくて良いんだ。今私の傍に居る人たちは、私が失敗しても失望せず立ち上がるのを待っててくれるし……手も貸してくれる。

「お父様、ウィルフレッドお兄様。私、決闘を申し込みます。ただし、ルールは二人共『剣と杖』で。それで私が勝ったのなら、一人前になったと認めてください」

気持ちが楽になった私は、「どうやってリリアーヌに傷を付けずに勝つか」を勝手に話していた二人に自分からそう提案した。

剣と杖、要は「武器使用・魔法あり」で急所への攻撃は禁止、降参するか、一本入れるか、「実戦だったら決着がついてる」と審判が判断する状況になったら勝敗が決まる、クロンヘイムでは一般的なルールだ。

私がクロンヘイムにいた時に出場した武術大会でも、このルールが適用されていた。

私は、このルールにしたからといって勝てるとは思っていなかった。ただ、「お前は騙されているんだ」と主張すると同時に「リリアーヌが一人で生きていけるわけがない」と言うお父様達の言葉を真っ向から否定したかったのだ。

勝てなくても、クロンヘイムで一番の魔術師であるお父様と、クロンヘイムで一番の武人であるお兄様とまともに戦える……と実際に見せられたら、私が新天地で問題なく生きていけるという証明になると思って。

一度も褒めてもらえなかったけど、私はちゃんと強いんだよ、って家族にしっかり分かってもらえるだろう。そう思って提案したのだが……。

「……『剣と魔法』で……?!」

「私は、自分が未熟者ではなく、一人で生きていく力があると皆さまに証明するために決闘を申し込みます。ですので、『剣と杖』で実戦に近い状況での能力を……どうしました?」

「……いや」

「お、俺は『騎士の剣』による決闘のつもりで……」

お父様との手合わせは「魔術師の杖」、つまり魔法攻撃のみというルールで行ってきた。ウィルフレッドお兄様との手合わせは、「騎士の剣」で……武器か素手による物理攻撃のみ。

自分が絶対に有利になれるルールから外れた途端、あれほど私を負かして家に連れ戻す気で声高に話をしていたのに、二人共急に勢いを引っ込めてしまって。

「ふふっ」

何だ……「本当に至らないと思ってた。だから厳しい評価をしていた」なんて、やっぱり嘘だったんだな、って改めて思ったら、笑ってしまった。

私の事、「ルールによっては戦ったら負ける」って、心の中ではそう評価してたんだ。……悔しいなぁ。

お父様とウィルフレッドお兄様以外の家族は、そんな二人の反応を見て理解が追い付かないようで、オロオロしていた。私と目を合わせようとしないお父様の肩を掴んで、お母様が「リリを連れ戻すんでしょう?!」と大声を上げている。

「ねぇ、お父様。決闘、必要ないですよね？　……それに私、何を言われても家に戻って元通り暮らすつもりはありませんから」

「リリアーヌ、そんな……！」

「どんなに謝罪されても、私が感じた悲しみは……なかった事にはならないんです」

お母様は、私に伸ばしかけた手を止めた。

「でも、私……お父様も、お母様も。お姉様、お兄様達も……嫌いになってないんです。ただ、私はずっと悲しかった」

「リリ……」

「お母様、聞いてください。私、ずっと……みんなに認められたいって一心で頑張ってきたんです。褒めてもらえないのは私に至らない所があるんだろうって……なのにそれが、『褒めたら調子に乗ると思ったから』って理由だったたって知った時の喪失感が分かりますか？　どんなに結果を出しても、絶対認めるつもりはなかったんだなって分かって……」

お母様も、他の家族も、気まずそうに私から目を逸らした。

謝罪されたい訳ではない。家族が謝るとしたら、それは自分の心を守るためだ。私はそんな謝罪を受け入れたくない。

「私、アジェット家に居た時……ずっと、苦しかったです。自分の事が嫌いだった。一回も褒めてもらえない自分は、なんてダメな子なんだろうって思ってて……」

「そんな事ないわ！　わたくし達は皆、リリアーヌの事を一番に愛していて……貴女が知らなかっただけで、たくさん自慢してたのよ」

「そ、そうだ！　周りにも聞くと良い。使用人でも、私の部下でも……リリアーヌの事をどんなに褒めていたか」

　私の言葉を否定するお母様とお父様。でも、私はそれを拒絶するように首を横に振った。

「本当は褒めてくれてたならしょうがない……なんて、私は思えない。私がずっと感じてた苦しさを、なかった事にしないで」

「私達はそんなつもりじゃ……」

「そんなつもりじゃなかったとしても、実際私に求めているのは『本当はちゃんと褒めてたんだから、全部許して戻って来なさい』って事でしょう？」

　そんな事ない、とすら言えなくなった家族達の顔を順番に見て、私は言葉を続けた。

　こうなってしまっては、無理矢理私を家に連れ戻しても元通りにはなれない。それは家族も分かっているだろう。

「私、今はすごく幸せなんです。今私の周りにいる人達は……褒めてもらえるような事をしてなくても、きっと見捨てたり、失望したりしないって安心出来るから」

　裏を返せば、私はずっとアジェット家の中で「そう」思っていたという事だ。認めてもらわなければ、失望される。どうして褒めてもらえないんだろう、とそうやって常に自分を追い詰めていた。

一歩、二歩、私はお母様とお父様に近付く。

二人共私を連れ戻すつもりで、話し合いをする気はあまりなかったみたいだ。でもそれは私も一緒だ。家族に自分の口で本音を伝えて、宣言だけしてミドガラントに帰るつもりだった。

「私、アジェット家に戻りたくありません。それを認めてください」

認める、と言っても既に成人している私の行動が、制限される事はない。あくまでも、私の気持ちの問題だ。

私の意思が固く、絶対に曲げる事は出来ないと理解したらしいお父様は、説得しようと何か言いそうになっていたが、それを呑み込んで諦めを口にした。

「……家族の縁を切る訳では、ないのだな？」

「あなた?!」

私はその言葉を聞いて、ほっと息をついた。私なりに、過去と向かい合って……けじめを付けられたと思う。

「……ええ、もちろんです」

そう、さっきも言ったが、家族達の事は嫌いではない。憎いとも思っていない。少し恨んではいるかな。でも、それより寂しさの方が強い。

もう起きた事も、私が感じてきた事もなかった事にはならない。あのまま家に居たとしても、これから家に戻ったとしても、私は幸せでいられないから。

「最後に……アンジェリカお姉様、ジェルマンお兄様……いいえ、お父様やお母様達も」

「な、なんだ？」

「ステファノ達には私と同じ事をしないで、ちゃんと褒めてあげてくださいね」

純粋に甥姪を心配して出た言葉だったのだが、何故か他の家族も含めて全員傷付いたような顔をしていた。

どうやら、思いがけず反撃になってしまったようだった。

一応、言いたかった事は全部言えた……と思う。私が傷付いていた事、謝ってもそれはもうどうにもならない事、私の事を認めて欲しいって事も。


家族との話し合いは、無事、とは言えないが終わった。部屋を出てきてしばらく経つけど、まだ心臓がバクバクしている。

「歩み寄る余地を残したんだね」

「……甘いって思いますか？」

「ううん、リアナちゃんらしいと思うよ」

お疲れ様、と労ってくれたフレドさんの声が、何だかお腹の奥までしみ込むくらい心地良かった。

……ああ、すごく落ち着くなぁ、って。

同時に、「私の日常はアジェット家じゃなくて、ここだな」って改めて思う。

「……でもフレドさん、良かったんですか？　アジェット家がかけた冤罪について、拘束された事とかもなかった事にしちゃって……」

「いやぁ～容疑かけられた事もミドガラントに持ち帰りたくないから、文句言うのはやめとくよ。ただ、白翼商会として人造魔石事業を持ち込む際には、ちょっと冷遇しようかなー……」

それについては、本当に申し訳なさ過ぎる。私じゃなくても、家族がやった事なのだ。お詫びをしたいけど、フレドさんは私が代わりに謝るのなんて望まないって分かってるから余計に居たたまれなくなってしまう。

「それにしても、ニナが起こした窃盗騒ぎがあったからって、他国の外交官を疑って拘束するなんて……」

「……それだけ、なりふり構ってられないくらいにリアナちゃんの事を連れ戻したかったって事かな？　まぁやり方間違えてたからダメなんだけどね」

私は言いたい事を言って、家には戻らないと宣言もしていい区切りになったが、家族側はわだかまりが残ったみたいだった。まぁそれも当然か。

本音をしっかり話せたこれを機に、今後良い関係を築き直せたら、と思う。

「あ！　リアナ様、お帰りなさい。話し合いの様子は大体聞かせていただきました。ご自分の口で本音を伝えられて良かったですねぇ……」

「お、お待たせ、アンナ。えっと……それで、何があったの？」

「ああ！　リリアーヌお嬢様ぁ！　どうか、どうか我が歌劇団をお救いくださいぃい！」

アンナが待っていたはずの部屋へと移動した私達は、その光景に、ポカンと口を開けたまま固まってしまった。

何故か、涙やその他の液体で顔をぐしょぐしょにした男性がそこにいたのだ。アンナとエディさんは、テーブルを挟んでむせび泣くその男性に、戸惑いの視線を向けている。

「え……っ、えっと、ど、どちら様でしょうか？」

「あ、ああっ！　これは申し訳ない、わたくし、パドゥーラ歌劇団の支配人、コージィと申します」

「え?!　コージィさん?!」

私よりやや早く正気に戻ったフレドさんが思い出したように男性に質問する。

自分の名前を呼ぶ、見覚えのないこの人は誰だろう……とぐるぐる考えていた私は、知り合いの名前が出てきて心底びっくりしてしまった。

いや……知らない人、と思ったけど……よく見たら面影がある。

「リアナちゃん、知り合い？」

「ええ……お母様が運営している歌劇団の支配人さんです」

お母様はクロンヘイムの音楽会を牽引する存在として、いくつかの楽団などを所有している。お金を出すだけではなく、曲を作って演奏させたり、自分も歌手や演奏手として参加したりもしていた。

パドゥーラ歌劇団もその一つで、専用の劇場もある……周辺国を含めても一番大きな劇団だ。

コージィはその支配人で、私もお母様と共に何度も顔を合わせた、良く知ってる方だった。何故気付けなかったのか。それもそのはず、とてもふくよかな方だったはずなのに……今は頬骨が浮き出る程ガリガリに痩せて、目の下にはクマも出来て様相が変わってしまっている。

「お願いします、リリアーヌお嬢様！　ジョセフィーヌ様を……明日の舞台に出てくださるよう説得してください！」

「ええ？　一体どういう事？」

涙をこぼしながら語るコージィの話によると……お母様は、私が家出をしてから「心労」を理由に一切表舞台で音楽に触れていなかったみたいなのだ。コージィがやつれてしまったのもそのせい。

それが今回、本当に久々に公演を行うとお母様から話があって、「クロンヘイムの歌姫復活」と大々的に宣伝したのに……ついさっき、お母様から「やっぱり心労で出られない」と連絡があったそうなのだ。それで、劇場の近くにアジェット家の魔導車があるのを見つけて、直談判しに行って……既にお母様本人に断られた後なのだという。

……これは、えっと……勝手に、「リリアーヌを家に連れ戻してめでたしめでたし」ってなると思ってたのが、そうならなかったから……って事かな。

「とても悲しい事があって、涙が止まらないし、嘆き続けたら喉も痛めてしまったからと……歌を歌うなんて無理だと言われてしまったんです～」

「えっとそれは……お母様が迷惑かけてしまってごめんなさい」

でも、コージィの嘆きはもっともな事だ。主演が突然出られないとなったら、どれだけの賠償が発生するか。遠くから宿を取ってやって来てくださる方もいるだろうし。金銭的な事だけではなく、パドゥーラ歌劇団の信頼問題にもなってしまう。

「でも、その状態で強引に出演させたとして、ちゃんと歌手としてお客さんの期待に応えられますかね？　お客さんの交通費とか含めて、アジェット家に賠償させる方向で動いた方が良さそうな気がしますが」

「そ、そんな！　ジョセフィーヌ様が活動しなくなってしまって、やっと再開できた大規模な公演なんですよ⁈」

フレドさんの現実的な提案に、コージィは悲鳴のような声を上げた。私だって、パドゥーラ歌劇団がそんな事になってるなんて知らなかったし、何とか協力したいと思う。トップスターであり、資金提供者のお母様が何も動かなかったのなら、本当にここ一年苦しい運営をしていただろうから。

でも、あの状態のお母様が舞台に上がれるかと言われたら……それも不安ね。

「……はっ！　そうだ……リリアーヌお嬢様！　リリアーヌお嬢様が代わりに出演してください！　お願いします‼」

「え……⁈　私がお母様の代わりに？」

「はい！　お顔立ちはそっくりですし、舞台用の化粧と鬘を使えば見分けがつかなくなるでしょう。何より、リリアーヌお嬢様の歌なら！　観客が千人いても、言われなければ誰も……いや、片手で収まる程の人しか気付かないでしょう！」

名案！　とでも言うようにコージィに勢いよく叫ばれて、私は思わず仰け反っていた。

「いえ……それはやめた方がいいと思うわ。国一番の歌姫の名前を騙って別人が出たなんて、それこそパドゥーラ歌劇団の信用にひびが入ってしまうもの」

「なら、一体どうしろって言うんです?!」

わっ、とさらに勢いよく泣き始めたコージィに、私は困り果てて思わず周りを見回していた。

アンナもエディさんも、フレドさんも困ったような顔をしている。琥珀はこんな時もマイペースで、アンナの隣に座ってお茶菓子に手を伸ばしていた。

「リアナちゃんはどうしたいの？」

「出来たら手助けはしたいです。でも正直、私もお客さんに十分な賠償をして、その請求をアジェット家に回す事くらいしか思いつかないですが……」

「……別に、お母さんのフリをしなくてもいいんじゃないかな？」

ぽつりとそんな事を口にしたフレドさんに、コージィが顔を上げた。

「普通に、アジェット公爵夫人が急病のため、娘さんで弟子のリリアーヌ嬢……リアナちゃんが出演、って感動的な美談にして宣伝するのはどうかな。もちろん、チケットの返金を求める人には対応するとして」

「!!　それは!!　素晴らしい解決策ですよ！　こうしてはいられない、リリアーヌお嬢様、明日の公演までもう時間がない！　すぐに劇場で台本と歌を確認してください！　そうだ衣装も修正しないと!!」

「ええ……」

フレドさんは、思い付きで発言した自分のアイディアが速攻採用されてドンドン話が進んだ事に困惑して、私に「ごめん」と言いたげな視線を向けてきた。それを見て思わず笑ってしまった。


こうして急遽お母様の代役として出演する事になったが、私が予想もしていなかった大喝采を受ける事になる。

どのくらい評価されたかと言うと……今朝の記事には「歌姫の愛娘の実力が開花！」なんて特集が組まれ、自分で読むのが恥ずかしいくらい大絶賛され、コージィや劇団の皆から何度も歌劇女優としての道を望まれるくらいには。

「お願いですリリアーヌお嬢様！　このままクロンへイムでわたくし共のパドゥーラ歌劇団を率いてください!!」

「ごめんなさい、私は他にやる事があるから……その」

「はいはい、コージィさん、ミドガラントの超優秀な錬金術師を無理に勧誘するのはやめてくださいね～」

「ああっ！」

そして今日はミドガラントに帰国する日。私の足元に縋りつこうとしていたコージィがフレドさんにあしらわれていた。

期待に応えられない事をちょっと申し訳なく思うが……一応、歌劇の演出の相談には乗るから手紙を出すように伝えてある。

お母様が穴をあけた代わりを果たせたのは良かったけど、思ったより騒ぎになってしまったのだ。こんなに注目を集める事になるとは思わなかったな……。

「あの支配人の勧誘、すごい熱意でしたね」

「それだけ、リアナ様が代役を務めた昨日の舞台が素晴らしかったという事ですよ」

後ろからやり取りを眺めていたアンナとエディさんが、完全に他人事のようにのんびりとそんな会話をしていた。

「でも、ほんとにほんとに昨日の『歌劇』ってやつはすごかったのじゃ！　リアナの歌に合わせてあちこち光ったり風が吹いたり、雪や花びらが舞って、甘い匂いがした時もあってな……！」

「ありがとう、琥珀達も楽しんでくれて私も嬉しいよ」

ちなみに、昨日から琥珀は同じ事をもう百回は褒めてくれている。毎回くすぐったく感じつつも、胸の奥が温かくなる。もちろんアンナ達もとっても楽しんでくれて、公演が終わった後楽屋で大絶賛だった。

本当に、上手くいって良かった。お母様の代役だけでなく、演出面を大きく変更させてもらったかいがあった。

私はお母様より歌手として下なのは確かなので。そのまま同じ事をしても、実力の差がそのまま評価に出てしまう。

だから、お母様と違う事をやって、お母様とは別の方法で観客を楽しませたいと考えた。

他の出演者にやってもらう事は変わらない。ただ、私が歌う歌を「魔唱歌」にしてもらったのだが、これが結構功を奏したんじゃないかと思う。他ではない演出なのでびっくりした人も多かっただろうが、魔唱歌の演出のたびに歓声が上がったし、幕が下りた後の拍手を聞いて「普段の倍はあるんじゃないか」ってコージィが言ってくれてたから。

魔唱歌を、琥珀の前で使ったのはそう言えば初めてだった。これはざっくり言うと歌で生み出す魔術現象の事だ。魔法・魔術には様々な発動方法が存在するが、これはそのうちの一つ。魔術的要素を持つ文言を組み合わせた「詠唱」や、魔法陣や魔導回路も一般的だ。儀式という「行動」を使って発動させる魔術のくくりに入る。

私は今回、歌声に魔力を込めて、聞いている人に光の加減で幻を見せたり、その場に弱い風や光を灯すという魔術を演出に使って舞台を盛り上げたのだ。

「でも本当にすごく評判になってたよ。ロビーで『ジョセフィーヌ様よりもすごい歌手だ！』って言ってる人もいたくらいだし。俺もリアナちゃんは素晴らしい歌手だと思う」

「それは……好みの問題だと思いますよ」

これを使うには魔力を精密に制御した上で、歌の技術も必要になる。家族とは別の事を習得しようと挑戦しているときに身に付けたものが、こうして大きく役に立ったなんて。船で赤ちゃんを寝かしつけた時も思ったけど、誰かの役に立てた事は全部宝物みたいにとても誇らしくなる。

私が学んで身に付けた事、一つも無駄になってなかったんだな、ってすごく嬉しい気持ちになれたから。だから、厳しく色々教えてくれた家族達には、そこは感謝している。

先日の話し合いで、家族達の根底にあった不誠実な態度を直接見た私は、今までのように「でも」と心の中に浮かべずに、真っ先に喜べるようになった。自分が家族達よりもすごいなんて事はかけらも思ってはいないが、私を私として評価してくれる声をすっと受け入れられるようになった。

……これも成長と呼べるだろうか。

「予想外のトラブルもあったけど……やっとこれで落ち着いたし、どうするのか予定を話したいと思うの。ニナ、貴女についての話もしたいんだけど……」

「…………」

コージィが帰っていち段落付いたホテルの一室、実は今ここにニナもいる。平民になったニナを屋敷から連れ出したことについては、あの話し合いの後にアジェット家に連絡してやや なし崩し的に身柄を保護した。

その……屋敷の調度品の窃盗、なんて事件が起きてなければもうミドガラントに帰ってる途中だったのだが、日程が結構ズレてしまったからね。

ニナは返事をしなかったが、私の声かけに反応して皆と同じようにテーブルを囲んで席に着いた。私だけではなく、アンナやフレドさん達にも愛想が悪い。でも変に可愛い子ぶったあの態度よりかは、ずっと接しやすいかなと私は思う。

「今日はこの後お昼を食べて、午後は観光がてら買い物に行きたいと思うの。ニナの服とかも必要だし」

「……あたし、そんな事頼んでないからね」

「うん、分かってるよ。これは私がやりたいから勝手にするの」

「まぁ……そこまで言うなら」

「そっか、餞別を気持ち良く受け取ってもらえそうで良かった」

「え……？」

日程はずれたが、ニナは予定通り光属性の魔法使いについて研究する研究機関が営む私立の学校に受け入れてもらう予定になっている。そこは一般の生徒もいるが光属性の魔力を持つ者は全て学費は無料、寮もついていて魔法や魔術について学べる。ニナが起こした問題についても申し送ってあって、問題を抱える未成年向けの保護観察も行われる事になっているが……窃盗未遂についても学校側に伝えておかないとか。

今度はちゃんと学んで、普通に生きて欲しいな。その上で、ニナなりに幸せを見つけてくれたら……と思っていた。

午後の買い物では、その学校でニナが使うだろう文房具やちょっとした私物なども購入する予定だ。光属性の魔力を持つ生徒は、研究に協力すれば学費とは別に手当も出るから不自由はしないと思う……だからこれは、私の自己満足なのだけど。

狩猟会の件では怒りも感じたが、あれから時間が経ってしまったせいで、個人的な恨みとかはもう私の中には残ってなかった。人を恨んで生きるのってすごく疲れるから、私には向いてない。アジェット家から出たニナを送り出して……これで全部「過去」の事にして前に進めそうだ。

それから私は、明日の午前中にクロンヘイムを発つ事と、簡単な地図を描いて「ニナが向かうヴァーナ魔法学校があるのはここで……」と琥珀にも一緒に説明する。

フレドさんも戻って来たし、予定してなかった家族との話し合いでもきちんと本音を伝えられたし。お母様の代役でバタバタしたりもしたが、やっとこれで本当に一件落着だな……と私はすがすがしい気持ちになっていた。

第七十話 戻ってきた日常と、変わった事

十分運は良かったはずなんだよな。たしかに生まれは恵まれた環境ではなかったのだろうけど。浮気で出来た子供をまともに療育してくれる義理の母が出来たのに、それに感謝するどころか虐待されているかのように振る舞って恥をかかせた。

貴重な光属性の魔力が芽生えて公爵家に引き取られるとなった時に、その男爵家と縁まで切っている。本来は親権を盾に子供を虐げる親から引き離すための制度だったのに、よくもこう悪用出来るものだと調べた時に恐ろしくなったよ。

本人にも言った事だけど、アジェット家に引き取られた後も、わざわざリアナちゃんを攻撃するような真似をしなければ幸せになれたのにね。

その場合は俺とリアナちゃんは出会えてないけど……でも俺は、リアナちゃんが傷付かなくて済んだんなら、そっちの方が良かったなぁって思う。

でも、全部もうなかった事に出来ない過去の話だ。

「これ、学校に必要な書類。ニナ……これからは嘘は吐かないで、真面目に生きて欲しい。悪い人

だっているけど、貴女が思ってるより……ほとんどの人って親切だよ」

「……」

「風邪とか引かな……あ…………さよなら。元気でね」

リアナちゃんの言葉を最後まで聞かずに、ニナは背中を向けて学校の敷地に向かって走って行ってしまった。

別れの挨拶すらせずに。恩知らず、と腹は立つ。でもこうして別れる事になっても良心が痛まないって考えると、ある意味良かったのかな。

クロンヘイムを発つ前に買い物した時から、あのニナって子はずっと不機嫌だった。優しいリアナちゃんは気遣ったりしてあげてたけど、頑なに「何でもない」「ウザい」なんて言ってずっと拒絶してたのはあの子の方だから。最初に学校に行く時一緒に挨拶しに行こうか、って提案も断ったのは本人だ。「家族でもないくせに」って。

リアナちゃんは気付いてなかったけど、俺には何となくその理由が分かってた。

多分あの子、リアナちゃんの身内になったつもりでいたんだろうな。騒動もあって光属性の魔力の研究機関に身を寄せる事は流れたと思ってたのか、クロンヘイムを出た後もリアナちゃんが自分の面倒を見てくれると考えているような甘えが見えた。

やっと分かったんじゃないかな、損得抜きでニナの事助けようって動いてくれたリアナちゃんの優しさとか、ありがたみが。まぁ、遅すぎるんだけど。

それが、「餞別を受け取って」と言われて、自分だけ置いて行かれるのを初めてそこで悟ったんだろう。

何度かすがるような目を向けていたのは見たけど、結局「私も一緒に行きたい」とは言えなかったみたいだった。

もし、何か言ってたら、きっとリアナちゃんはニナをミドガラントに連れてってあげてたかもしれない。けどそうならなくて良かったと思ってる。

「……ちゃんと自分の行いを反省して、生まれ変わってくれるといいな……」

一度も振り返らずに走っていく背中を、リアナちゃんは心配そうに見つめていた。さっき「もし、困った事があったらここに連絡していいから」ってリアナちゃんは連絡先を渡してたけど、多分あの子は意地でも頼らないんじゃないかな、って俺はそんな事を思っていた。

昼食はどこで食べよう、なんて明るい声で話しかけるアンナさんと琥珀のやり取りを見ながら、俺はエディと並んで、のんびりその後をついていった。


「やっと会えた!!　久しぶりの兄さんだ!!」

ミドガラントに戻った翌日。竜の咆哮のクランマスターの部屋を訪れた俺が扉を開けた途端に突っ込んでくる人影。俺は咄嗟に足を踏ん張った。

覚悟したにもかかわらず、リンデメンの街で会った時と同じ勢いでバーン！　と抱き着かれて思わず数歩よろめく。相変わらずの反応のクロヴィスに苦笑いしつつ、「ちょっと腕を緩めてくれ」って思いを込めて背中をタップした。

「大げさだな、共振器で毎日連絡してただろ」

「いや、本物の兄さんは別なんだよ」

いつも通りよく分からない理論を述べ始めたクロヴィスを制止して、俺は真面目な話を切り出した。


ちなみに一緒に来ていたエディは、飛びつかれてよろめく俺を支える事なく、さっと一人だけ脇に寄って避けていた。主人を見捨てたな。

やれやれと首を振りながら応接用のソファセットに腰を下ろす。普段は秘書がいるようだが、俺が来る時は彼も含めて人払いされているので、エディがいつも通り給湯スペースに向かった。

「兄さんが無事に帰ってきて良かった……アジェット家に監禁されたって聞いた時はどうしようかと思ったよ」

「クロヴィスがその言葉使うとちょっと不穏だな……」

「でもこれで、リアナ君とご家族の問題が解決したね。クロンヘイムの横槍もこれで心配しなくて済むし、やっと人造魔石の大規模プラント計画を次の段階に進められる」

「そうだなぁ」

これで、俺の事を迎え入れてくれるビスホス侯爵家への十分な手土産になるだろう。

正直、クロヴィスを支持する家にも、今はどこまで皇妃の毒が入り込んでいるのか分からない状況だ。敵ではないと確信出来てるビスホス侯爵家としっかり縁を繋いでおきたい。

正面からの糾弾は、宰相であるメドホルミ侯爵や他の取り巻きに潰される。そもそもそれをしたら国民への影響が大きくなりすぎるからやるつもりはない。当然水面下で動いてる訳だが、まともに見えても調べたらあの女を支持していたりする者がその辺に居るので気が抜けない。

正直……甘い蜜を吸いたくて汚い事してるなら対処のしようもあるんだよ。ただ俺の生物学上の父親やメドホルミ侯爵のように、盲目的にあの女に心酔してる輩がやっかいなんだよな……。

今までもそう……無関係に見える所から主犯が名乗り出て、毎回あの女まで追及の手が届かない。

それらの生け贄は、魔眼の力で作り出しているのは分かってるんだが……洗脳じみたその力を無効化する方法も、対抗する手段も現状ない。

犯罪者に装着するような魔封じの枷みたいなものが作れたらと思ってたんだが……。現在俺が使ってるものは、俺が「自ら望んで身に着けている」から有効なだけで、あの女にそのまま使えない。そもそもこれで本当に力を封じる事が出来るのか確証もないんだよな。

なので現状は手詰まりになってしまっている。

「……ちょっと考えてる事があるんだけど」

「また工場建てる領地に挨拶って名目でしばらく帝都を離れるつもり？」

「どうにもならなくなったら、そんな感じで逃げ続けるのもアリだな。いや、今回やろうとしてるのは、もしかしたら解決の糸口になるかもしれないって考えてて……」

俺は自分の考えた仮説をクロヴィスに話した。

「確かに、今まで関わらないようにしてたけど……」

「まぁ正直、もう他に調べるあても思いつかないってのもあるがな」

でも何となく……「勘」としか言いようがないんだけど、ここに行けば何か分かるのでは、という感覚はずっとあったのだ。

今回、クロヴィスが皇に行った際、いつの間にかベルンが卵を抱えて動かなくなってしまったせいで予想外にミドガラントを長く離れる事になった。その間に、また厄介事が起きてしまっている。

ミドガラント帝国の東に位置する協商同盟国と、ミドガラントと永らく覇権を争っているルマン帝国の動きが最近きな臭い。ルマン帝国は物理的な距離の問題から直接的な戦争は歴史上でもほぼ起きた事がないのだが、今回協商同盟国を経由した争いを準備しているのでは……という懸念がある。

ミドガラント国内でも、二十年前の戦争で併合した地域の分離・自治運動が激化するきざしがあり、何かあれば戦争が勃発してもおかしくない状況になっている……ミドガラントの東部は「火炎魔石庫」になってしまっていた。ちょっとした刺激で爆発しかねない。しかし国庫の状況も芳しくないこの状況で、あの女のオネダリで新しく離宮を作ると発表したのだ。国民感情をどこまで逆なでするつもりか。

いよいよ、多少強引な手を使ってでも黙らせないとまずい。

「初めて来たけど……思ってたより経営苦しそうだな……」

クロヴィスと顔を合わせた翌日、俺は帝都にあるドラシェル聖教の中央教会を訪れていた。三百年ほど前のいざこざから、我が国の政治と宗教は分離したきり。政治だけでも面倒なのに、宗教系の問題に巻き込まれるのは……とずっと避けていたため、中に入るのもこれが初めてだった。

白亜の豪華な宗教施設は帝都でも目を引く存在だったが、こうして中に入って間近で見るとかなり老朽化が目立つ。地方のドラシェル聖教の教会もボロボロだったよな……。

今日はここに、ドラシェル聖教の主教と呼ばれる人と話を聞きにきている。調べた限りでは、ドラシェル聖教の中では上から三番目くらいの階位という存在らしかった。表向き、白翼商会の主として、「地元の宗教施設にご挨拶（寄付）」という名目で来ている。

この目について何か参考になる話が聞けたら……欲を言うとこういった力を封じるような方法が残ってないか探れたらと思っている。

「ようこそお越しくださいました、フレデリック皇子」

「出迎えご苦労」

ドラシェル聖教のシンボルを身に着けた数人が出て来て、特徴的なお辞儀をした。周りよりやや豪華な衣装を身にまとっているこの痩せた男が主教かな。

俺はこの宗教を信仰している訳ではないので、偉そうに軽く会釈だけする。

「どうぞこちらへ、席を用意しております」

どうぞどうぞ、とどんどん施設の奥へと案内される。人の気配がなくなっていた。やってきたのは窓のない通路。この先の行き止まりの部屋に行けという事らしい。

今回探りたい話の内容が内容だったので、エディ以外の者は魔導車の中に置いてきている。「お伴の方は申し訳ありませんがこちらでお待ちください」そう留められたエディの顔に焦りが浮かんでいた。

けど、不思議と、これだけ怪しい状況だというのに俺の頭には「警戒する」って選択肢が一切浮かばなかった。やはりこれも勘としか言いようがないが、大丈夫って分かってるというか……「これが正解だ」って心のどこかで確信している。理由は分からない。

抗議しようとしていたエディを手で制して、俺は一歩前に出た。

「わたくしどもも、これより先に立ち入る事は禁じられておりますので、こちらで待たせていただきます。部屋への先導は、この娘が」

「……ああ、よろしく頼む」

薄暗い通路に立つ俺の前にどこからか少女が歩み出て、俺の手を取っていた。

身長は琥珀くらいだろうか、顔の前に垂らすように黒いベールを着けて面相を隠した黒髪の少女。

あ、この子の目も俺と同じ色をしてるんだろうな。何故かそう確信した。

「聖女様、聖女ユグラ様。お連れいたしました」

「はい、ありがとう。下がってよろしいよ」

入った部屋の中は一層暗く、キィンと耳鳴りがする程緊張感の漂う空間だった。

所々老朽化していたが清潔に保たれていた表側とは空気からして違う。一瞬で、違う世界に迷い込んだような感覚に酔ってしまいそうで、俺は思わず跪いていた。

黒い床、黒い壁、部屋を半分の所で区切って奥を覆い隠す、緞帳《どんちょう》のような布も真っ黒。

俺の手を引いてきた少女がその幕の奥に声をかけると、老女のような、童女のようにも聞こえる不思議な声色で返事があった。

「数奇な星の下に生まれた皇子様、お待ちしておりましたのよ」

「待ってた……とは」

「吾《あ》はここから出られません故」

しゅるしゅる、幕の奥から衣擦れの音がしたかと思うと、ばさりとそこがめくられて一人の少女が出て来た。こちらは一人目の少女よりも体格的に年長、でもリアナちゃんよりは年下、といった所だろうか。

一瞬見て思ったのが「俺と似てる」って感想。いやあの女に似てるのか。きっと妹だって言われても納得するような、そんな……。

ただ違うのが、目。俺より色が濃い、真っ赤な瞳。そして、左に三つ、右に二つ……白目の中に瞳が並んでいた。

蜘蛛の目みたいなその、あまりにも異様な構造の人外じみた瞳が、全て俺に向けられる。

少女が指先一つ俺に向けると、魔眼を塞ぐためにつけていた装具が外れた。高価な人造魔石を使っているそれを、慌てて手の平で受け止める。

「あら、実際見ると改めて驚くわ。ほんとに、男って生き物なのに聖女の目を持ってるのね」

「ユグラ様?! いけません、男の方にお顔を見せるなど……」

「吾《あ》は聖女にしか顔を見せてはいけないと決まってるだけよ。この皇子様も聖女だから問題ないわ」

楽しそうに笑う「ユグラ様」と呼ばれた少女は、驚きに硬直してる俺の周りを愉快そうに数回回る。踊るような足取りで動きながら、俺の顔を様々な角度から眺めていた。

「……聖女って、俺は男ですけど……?」

「けれど聖女なのよ。ただの人ならあの暗がりからこちらまで通って来れなかったはずですもの」

あの子も聖女よ、見習いだけど。他にも何人かいるの。ユグラと呼ばれた少女はそう言って微笑む。

主教達が足を止めた通路の事を思い出す。「別の世界に迷い込んだみたいだ」という感想はあながち間違ってなかったのかもしれない。

「あなたは……聖女ユグラ様……?」

「そうよ。見ていたわ。調べたのでしょう？　吾《あ》の事は知っているはずよ」

「いや、俺が調べたのは『原初の聖女ユグラ』で……」

「そうよ？」

だって、そんなの。生きてたなら今何歳だ？　数百年前の人物では。ただの、名前を継ぐタイプの役職なんじゃないか。そう思い浮かんだけど、俺の直感は「違う」と告げていた。

まさか、本物の、数百年生きている「原初の聖女ユグラ」なのだろうか。

「皇子様、あなた目を還したい？」

呆然とする俺の目の前で、ぎょろりと五つの瞳が並んだ。愉快そうな声色だが、目はちっとも笑っていない。

「待ってくれ……還すってこの厄介な力の事か？」

「そうよ」

「?!　本当に消せるのか?!　この力が……」

「吾《あ》はそう言っているわ」

あまりに衝撃的すぎて一拍遅れて反応した俺は、あっけらかんと軽く言われたその言葉に現実感がなさ過ぎて思わず何度も聞き返していた。

しつこく同じ事を聞く俺を少々面倒くさいと感じたのか、聖女ユグラは俺の目の前からぴょんと立ち退くと、少し高い位置にある、黒い幕の手前に座った。

「皇子様の力は閃き……ううん、『直感』ね。目を還したらそれは失われるけどいい？」

確かに、ここぞという時に選択を外したことはない。あの時だって「今すぐ身分と名前を捨てて出奔しなければ」って不思議と突き動かされるように行動したおかげで、命は助かったし。「正解」が頭に浮かぶのはそのせいか？　思えば、ここ……ドラシェル聖教の中央教会に来ようと考えたのも突然だった。

「……異性から変に言い寄られるのは？」

「それは聖女が皆持ってる力よ。この世界に愛されているから、異性に限らず周りからいつくしまれるように出来てるの。あなたの生母の力はそれとはまた別の、そう『陶酔』ね」

問答に飽きて来たのか、聖女ユグラは長い黒髪を自分の指でくるくると弄び始めた。白目に浮かぶ五つの赤い瞳のうち、一つだけを俺に向けていた。

「君は……聖女として数百年生きているのか？　どうしてここから出られないんだ？　出られないはずなのに、何故俺の事を知って……何故あの女を見てもいないのに力の事が分かるんだ？」

「それを全部話したら、他の聖女と同じようにドラシェル聖教のお人になってもらわなくてはなりませんけど、よろしい？」

ぎょろり、と五つの瞳が向けられて、俺はすぐに口を閉ざした。緊張でつい饒舌になってしまっていたが、余計な事は聞かない方が良さそうだ。

「……俺の母親の力をどうにか出来るのか？」

「出来ると言えば出来るし、出来ないと言えば出来ないかしら。吾《あ》はここから出られないし、望まなければ還してもらえないもの」

俺の方は喜んで引き取ってもらいたいが、あの女が便利に使ってる力の返還を望むとは考えにくい。

「なら、あの力を人の手で打ち消すために知恵を授けて欲しい」

「……あら、皇子様。あなたはもう持ってるのよ。神の目を灼き切る聖剣のかけらを。あなたが辿り着いた答えは正解……それか命ごと奪えばいいわ。目の返還を拒み、ここに入る事も厭うた聖女の末路と同じようにね」

「…………」

怖……還すって言って良かった。危険を察知するような勘が今後失われるのかも、って不安だったけどそんな物騒な話なら余計にいらないな。

「じゃあ皇子様、あなたの目は還してもらうわ」

真っ白い、光に当たった事のなさそうな肌をした指が俺の瞼の上から目を撫でる。人と思えない程の温度の指、痛くはない、けど二度と味わいたくない強烈な不快さがあった。まるで、眼球を直接舐めまわされるような、芋虫が這い回るような。

その永遠に思えるような時間の後、体の中から何かずるずると引き出されるような感触がして……目を開けると、白目に「六つ」赤い瞳が浮かぶ聖女ユグラの笑顔があった。

「求めていたものは見付かりましたでしょうか」

「……あぁ、期待以上だった。世話になった。後で寄進について連絡させてもらう」

「ありがとうございます」

どうやってあの薄暗い通路を戻って来たのか記憶が定かではない。

教会の明るい光が差し込む区域まで歩いてきてやっと、さっきの現実離れした出来事から意識が戻ってくる。

「……フレデリック様。何があったかお聞きしても良いですか？」

「ああ、エディ……ごめん、心配かけたな。言えない……けど大丈夫。だから……正式に、あの城へ行くよう取り計らってもらえるかな？」

多分、この時俺は大分思い詰めた顔をしてたんだと思う。

翌日登城した際、エディから何やら話を聞いてたらしいクロヴィスが血相を変えてやってきてしまったから。

「兄さん！　早まらないでくれ！」

相手は肉親とはいえ現役の皇族。顔を合わせるために控えていた部屋に、クロヴィスがばーんと飛び込んできた。びっくりしたぁ。その勢いのまま俺の前に走ってきて、ガシッと俺の手を掴む。

「そこまで思い詰めてたなんて……！　これから幸せになるところじゃないか！　兄さんが手を汚

すくらいなら、僕が……！」

「いやいやいや。ちょっと落ち着け」

ポロポロ涙をこぼす弟の頭をわしゃわしゃ掻き回すように撫でてやる。完璧超人のはずの皇太子クロヴィスの乱心を目の当たりにして、扉のあたりで固まってる城の使用人と警備兵は軽く手を振って下がらせておいた。

人払いする前にこんな物騒な話をするなんて、それだけ慌てていたらしい。

「大丈夫、俺はやるつもりはないよ」

「でも……あの女の力を奪うには……」

「だから、俺がやる訳じゃないって。……これ、俺達の父親に渡そうと思って」

聖女についての詳細は伏せて、「これで他の男を惑わす目を奪えばあなただけのものになりますよ」って。あの教会の奥であった事と、聖女ユグラについては誰にも話していないし、これからも話すつもりはないが。

……最初は、クロヴィスの言う通り自分がやるつもりだった。人を手配する事も考えた。けど途中で我に返ったんだよな。何で俺がそんな汚れ仕事引き受けなきゃいけないのだろう、と。

クロヴィスは長いまつ毛に涙をまとわせたまま、ぱちくりと数度まばたきをした。俺の手に握られた小さな刃物をじっと見つめている。

「上手くやればもっと早くにどうにか出来たかもしれない。でも俺達のせいじゃないんだよ。クロヴィス。加害者同士でけじめをつけてもらおう」

聖女ユグラが口にした「陶酔」という力を失っても母への執着が父に残っているかは分からないが。

父は平時なら凡庸な王になれただろう。しかし毒婦に乱された今のミドガラントには何もかも足りなすぎる。毒婦も、その言いなりになっていた愚かな王も引きずりおろさなければ。

第七十一話　平穏で愛しい日々へ

ミドガラント帝国の皇帝は帝位を皇太子クロヴィスに渡し、一人目の妻である皇妃マリエラを連れて南部の離宮へと居を移した。

男爵家出身のマリエラとの結婚は当時ミドガラント帝国内で「愛を貫いた結婚」として話題になっていたらしいが、数年後には皇妃の浪費癖と黒い噂、それを御しきれない皇帝に民達は失望する事となる。そのため、その名を国の隅々まで轟かせるほどの優秀さを持つ皇太子クロヴィスへの代替わりの発表を歓迎した。

同時に、ミドガラント帝国内の多くの貴族家でも再編や世代交代が行われている。そのほとんどが「皇妃派」と呼ばれる利益を甘受していた家だったため、少し敏い者なら長年の罪に対する粛清が行われた事を察している。

しかも今回の断罪では、新皇帝クロヴィスの生母の実家であるハルモニア公爵家にもその裁きが及んでいる。国民達はこれにより、クロヴィスが父と違い身内にも厳しい公明正大な皇帝であり、そこまでして国を本気でより良き方向へ導こうとしている事を感じ取った。

現在は正式な戴冠式前から優秀な采配を振るい始めた新皇帝を警戒し、協商連合国及びその背後にいるルマン帝国との緊張はほぼ鎮静化してきており、開戦は回避出来る見込みだという。

そして諸々がやっと片付いた今日、私は久しぶりに『竜の咆哮』のクランマスター室にやってきていた。

「やっとメインが終わった……色々やる事が多すぎて……さすがに僕も疲れたなぁ」

「投獄まで行かなかった皇妃の元取り巻き達も『夢から覚めたみたいに』大人しくなったし。内乱も起きなそうで良かったよ」

今まで国内で反乱が起こっていなかったのは、良識を持った貴族達が次期皇帝であるクロヴィスさんに期待と信頼を向けてくれていたため、血を流してまでの帝位簒奪を望まなかったおかげだ。

今回表向きには、皇妃は視力を失う病を患い、妻を心から愛していた前皇帝は今後の人生を二人で寄り添って生きるために皇族としての地位を退いたと発表されていた。

「今日話し合いたかったのは式典関係の事だね。共振器で連絡はしたけど、日程がだいぶタイトだからな……」

「仕方ないさ。皇帝位継承の準備を前もって大っぴらにやる訳にいかなかったんだから」

「まぁでも、平時の国葬に伴う即位より良い事もあるよ。前回の関連式典の担当者達が大体存命だから、予想よりも準備がスムーズなんだよね。問題なく開催出来そうだよ。ははっ」

「は、はは……」

前回の、とはフレドさんとクロヴィスさんのお父様……つまり今回退位した前皇帝が即位した時の事である。フレドさんは引きつった笑みを浮かべているが、肉親ではない私はどう反応していいか……ここは触れないでおこう。

「僕の戴冠式の準備も大きいけど。兄さんが養子に入るビスホス家の夜会の準備はどんな感じ？」

「ああ。侯爵家の近縁だけじゃなくて、ある程度今後の付き合いを考えて手広く招待する事になったから。体面もあるけど宣伝を兼ねて白翼商会がガッツリ介入して豪華にやるつもり。で、これが計画書と、招待状出した家のリストね」

フレドさんは病気療養中……という事になっていた時に皇族を抜けているが、こうして他の家を継ぐ事で、完全に皇位継承争いから退いたと内外に向けて示す事になる。

元皇妃派も、微罪だった貴族は残っているし、諦めない者もいるかもしれない。しかし、これでもう望まない争いを強いる連中は諦めるしかないだろう、と言っていた。

ビスホス侯爵家は、三年前に当主夫妻が亡くなっている。現在は前ビスホス侯爵が再び当主に戻り、遺されたお孫さんを養育しながら執務をしている。マリエラ皇妃の増税で大きな影響を受けた領地の一つであり、経営に影が差していた。

しかし、「白翼商会」を所有するフレドさんが次期当主となった事でそれらはすぐ解決するだろう。独占販売する商品達の大規模な工場を建造すると聞いている。

「式典関係は兄さんの正装と意匠を揃えたいな」

「好きにしていいよ。けど俺は臣下になったんだから、まったく同じはダメだぞ」

仲の良い家族でタイに同じ生地を使うとか、カフスボタンのモチーフを揃えたりするらしい。他派閥への兄弟円満アピールにもなる（実際そうなのだが）。

「あ、でもリアナ君のドレスのデザインも確認しておかないとね。じゃないとうっかり三人でお揃いになっちゃう」

「え？」

「……は？」

クロヴィスさんの思わぬ一言に、私もフレドさんも変な声を出したきり固まっていた。

お茶を用意するエディさんが、トポポポ……とカップに紅茶を注ぐ音だけが静かな室内に響く。

……ど、どうしてそんな。まるで、フレドさんと私が意匠を合わせた装いをするみたいな……。

「…………もしかして僕の勘違いかな？　兄さんが、ビスホス侯爵家の当主お披露目とか、戴冠式に一人で参加するように聞こえたんだけど」

「え？　いや、普通にそのつもりだけど……」

質問の意図が分からないままだったが、私も静かに頷いた。お披露目会には当然招待はされてるけど……。

私は人造魔石をきっかけとした子爵位の叙爵式もあり、全て違う正装を用意しないとならないため現在急ピッチで作業中だった。

貴族としての見栄もあるが、私は特に服のブランドも持っているので、なおさら適当な物は身に着けられないというのが大きい。全て自分でデザインしたし、何なら……新皇帝クロヴィスの誕生に伴う各種式典関連で国内でのドレス需要が爆発的に高まっており、クリスタル・リリーのテーラーやお針子達も手一杯になってしまってるので一から自分で作っている。もちろん宣伝も兼ねて、ポリムステル素材を使っていて……。

「……はぁ～……？」

私達二人がキョトンとしてると、クロヴィスさんがすこぶる不機嫌そうな顔で、地を這うような声を上げた。

そのあまりの迫力に、フレドさんも私もビクリと肩を揺らしてしまう。

「兄さん、何考えてるの？」

「え……いや、……クロヴィスこそ、リアナちゃんにパートナー頼むんじゃなかったのか？」

「……何それ？　そんなことしたら、周りにリアナ君が僕の婚約者候補だって勘違いされちゃうだろ」

まぁ、確かにそうなってしまうだろう。クロヴィスさんの立場でパートナーなしで参加するのは少々悪い意味で珍しいとはいえ、親族でもないのに私がエスコートされる方が良くないのに。フレドさんはどうしてそんな思い込みしてたんだろう。

話している間に、さらに不機嫌になっていったクロヴィスさんは、困惑しているフレドさんを置き去りにしたまま今度は私の方を向いた。

「リアナ君に不満があるって話じゃないんだ、ごめんね。あんまりに兄さんが不甲斐ないから、つい」

「え、いえ……あの、話が見えないんですけど……」

「うーん、君も大概かな。『人の心が分からない』って陰口叩かれてる僕でさえ見てたら分かるんだけど……。とりあえず……兄さん、これだけは言っておくけど。僕がリアナ君に興味を持ったのは、兄さんが初めて自分から視線を向けてる女性だったからだよ」

「それって。どういう……」

「僕が言っていいの？　それとも、本当に違うって言うなら、今も僕の所に山ほど来てる、『錬金術師ヘルメス新子爵』への釣り書きの中から良い条件があったら渡しちゃうけど？」

ヘルメス新子爵とは、私の事だ。儲かりすぎている事業を抱えた平民でいるよりも安全だとか、総合的に判断した結果である。

人造魔石事業がかなり好調だから、繋がりを持ちたがっている人は貴族にも裕福な平民にも山ほどいると聞いていたからきっとその事だろう。けど、クロヴィスさんには以前「望まない縁や婚約からは守る」と言ってもらってるので、これは実際にやらない脅しだ。……何に対する脅しかは分からないけど……。

「マジで……？　ずっと俺、勘違いして……？」

ぽかん、とした顔のフレドさんはじわじわと何かが「分かった」ような顔をすると、自分の顔を手の平で覆って天を仰いだ。

え、フレドさんも一連の話が何の事か分かったの？　答えを知ろうとクロヴィスさんと、やはりこちらも分かった顔をしているエディさんを見たけど二人共何も教えてくれない。

「まぁ、変な縁談持ち込まないってリアナ君と約束してるから、今のは例え話だけど。でもいいの？　いくら僕が正面から来た話を断っても、このまま彼女を社交界に出したら求婚者があっという間に山ほど群がるよ」

何の事ですか、とか気軽に聞けない空気が漂う。……式典の礼装の話から、どうしてこんな事になってるんだろうか。この重い雰囲気の中、素知らぬ顔でお茶の用意を完了させたエディさんの動じなさがちょっと羨ましい。

「リアナちゃん」

「……へっ。はい？」

まだ現在の状況が呑み込めてない私は、突然名前を呼ばれて狼狽した。

「クロヴィスに言われたさっきの今でこんな事言うのほんとかっこ悪いんだけど……あの」

「は、はい……」

「……ビスホス侯爵家の次期当主として主催する夜会と、クロヴィスの戴冠式に……お、俺のパートナー……として、一緒に参加してくれませんか？」

フレドさんは意を決したような表情で私の前に立つと、深々と頭を下げながら私に握手を求める格好で手を差し出した。

私はと言うと、今何を言われたのか咄嗟に理解出来なくて。数回ゆっくりまばたきするほどの時間を置いて、「ええ?!」と大声で叫んでいた。


あの後私は、何をどう答えて、どう帰って来たか覚えてない。小さい声でもにょもにょ何か喋った記憶はあるけど……でもとりあえず「はい」って返事はしたんだと思う。

何故かというと、ビスホス侯爵家の夜会で着る衣装についてフレドさんからその日のうちに連絡が来たからだ。

「フレドさんはジャケットの裾。リアナ様はスカートの縁に同じモチーフの刺繍を入れるんですね～。光の加減で見える模様なんて面白いですね。きっと素敵な衣装になりますよ！　でもスカートの縁に一周となると結構大変ですねぇ。私も手伝いましょうか?」

「だ、大丈夫。自分で出来るから……」

「あらあら、そうですよね。ご自分でやりたいですよね。失礼しました」

何だかニコニコ上機嫌のアンナに、そうじゃないとか違うとか反論する言葉が咄嗟に出てこなかった。

私が顔を赤くしてる間に、アンナは鼻歌を歌いながら部屋を出て行ってしまう。刺繍の図案を考えていた私は、「手分けして刺繍するとどうしても刺し手が変わった箇所で縫い目に出るし……」

なんて、やっと内心で言い訳をしている。

「琥珀も……あの、フレドさんの主催する夜会に招待されてたよね？　ねぇ一緒に行かない？」

「えー。琥珀とアンナは断ったじゃろ〜」

リンデメンで表彰されたあのパーティー。あれは平民もたくさん呼ばれていたし大分フランクな形式だった。

あの時は概ね楽しかったようだが、有力者の長い話に捕まった時間もあって、あの時より堅苦しい場所はゴメン被る、と琥珀は断っていた。

アンナは私の侍女として付添人をしてもらおうと思ったのだけど……元々ミドガラントの夜会のマナーに不安があると言っていたのと、私がフレドさんと一緒に参加する事で付添人が必須でなくなったために「リアナ様の身支度に専念したいです」と辞退されたのだ。

二人で、って形で参加するなんて今から考えても心臓がおかしくなっちゃうのに……こうして放り出されて、不安で変な事ばかり頭に押し寄せてしまう。

どうしてフレドさんは私の事をパートナーに誘ったんだろう、とか……。

いや、もちろん理由には心当たりがある。クロヴィスさんが言ってた通り、人造魔石で注目されてる私に、変な縁談が舞い込まないようにしてくれてるんじゃないかな。

次期当主としてのお披露目の場で隣にいたら、周りは勝手に勘違いするだろうし。

でもよりによってどうしてこんな、後から訂正しづらい方法を選んだんだろう。それぱっかり気になってしまう。

もちろん、私に不満はない。不満はないというか、あの……すごく、楽しみだけど。家族以外の男の人とパーティーに参加するなんて初めてだからソワソワしてしまって。そもそもクロンヘイムでは成人してなかったから夜会に出た事はないのだが。

いや、初めてだから楽しみという訳ではない。デビュタントの準備は進めていたが、別にこんなに待ち遠しさはなかった。同級生達はとても楽しみにしてたけど……。

ビスホス侯爵家の夜会、その日が来るのがちょっと怖いけど、でも楽しみだって気持ちの方が強い。どうしてこんなに心が乱されるんだろう。私は悶々とした日々を過ごす。フレドさんとその後も何度か顔を合わせたけど、その度に「待ち遠しい」と「ちょっと不安」がそれぞれ強くなっていくだけで、どうしてなのか……正解は分からなかった。

「それではリアナ様、久しぶりの礼装ですね……腕が鳴ります！」
「ほ、ほどほどにね。じゃあ……お願い、アンナ」
「はい、任せてください！」

そうして悶々と日々を過ごしていたら、いつの間にか夜会当日になってしまっていた。まだ日は高いが、夜会で着るようなドレスというのはとても準備に時間がかかる。

私は主催者のフレドさんのパートナーとして参加するのもあって、こうして昼の内から侯爵家の一室をお借りして着飾っていた。

普通はこういった準備に侍女やドレスメイドが数人は必要なのだけど、アンナは全部一人で出来るのでとてもすごいと思う。

久しぶり、でも懐かしい。湯舟の中で丸洗いされて、爪の先までピカピカに磨かれていく。この日のために半月前から「指や爪が痛む事は禁止です」と、鍛錬だけでなく水仕事や錬金術の実験もアンナに制限されていたのだが、そのかいがあっただろう。

「こうして、お嬢様のデビュタントの支度が出来るなんて」

鏡台の前に座って、私の髪を整えながら乾かしていたアンナがぽつりと呟いた。リアナ様、ではなく家に居た時の敬称がアンナの口から出る。

「表彰式の度私がお嬢様の身支度をさせていただきましたけど……毎回、期待して、でもどこか諦めた笑みを浮かべてましたね。でも、今日はこんなに楽しみに……嬉しそうなお顔をされたお嬢様がいる。私はその事が何より喜ばしいです」

「アンナ……」

「あらあら、瞼が腫れちゃいますよぉ」

こんなに、私の幸せを喜んでくれる友人がいて私は幸せだ。

「アンナが……私の侍女で、親友でいてくれて、良かった。……ありがとう、一緒に居てくれて

……」

「まぁ、そんな事言われたら私も泣いちゃいます」

鏡越しに目が合った私達は笑って、そしてちょっとだけ涙をこぼした。

「……さぁ、これで終わりですよ。もう目を開けて大丈夫です」

しばらく無言で化粧ブラシを動かしていたアンナが、晴れ晴れとした顔をしていた。やり切った、というその表情に、私もつられて笑顔になった。

「ではリアナ様の準備が終わったとお伝えしてきますね」

その言葉に、途端にまたそわそわし始めてしまった。アンナが去った後、あまりに落ち着かないので飲み物を……と思いかけて慌ててやめる。口紅が落ちちゃう。

この後は、ここにフレドさんが迎えに来て一緒に会場に向かう事になっている。他の夜会の参加者も次々と到着していて、屋敷の中には招待客を迎える使用人達の高揚感が漂っていた。窓の外を見ると空の端にまだ西日が残っている。もうそろそろ夜会が始まる時間だ。

「失礼します」

ノックの後、アンナが入室してくる。許可を求められたので私は立ち上がって軽く頷くと、大きく開いた扉からフレドさんが入って来た。

………わ、わぁ。かっこいい人だって、知ってたけど……。フレドさんが正装した姿って初めて見るから、衝撃がすごい。

かっちりしたシルエットの、光沢のある黒いジャケット。ラフな格好をしている事が多いフレドさんだが、今日は首元まできっちり覆うドレスシャツも着ている。

それに、髪型が。長い前髪がセットされて、おでこと両目が見えているのだ。何だか……その姿が見慣れな過ぎて、とってもドキドキしてきてしまった。

急に……顔が赤くなって、フレドさんの事を直視出来ない。

パッと顔を逸らしてしまった後に、「バシン」と何かをひっぱたく音が聞こえた。顔を上げると、腕を押さえるフレドさんに、軽く睨みつけるような目を向けているエディさんが、どうやら今のはエディさんがやったらしい。

「えっと……ごめん。見惚れちゃって……あの、すごく……綺麗だし、可愛くて……。その、月並みな事しか思い浮かばないんだけど……ほんとに綺麗だなって……」

「ひゃっ⁈　へ、あ、あの……私も、フレドさん……すごくカッコよくて、い、いつもと違う格好に何か……落ち着かなくなっちゃって……」

「う、うん……」

「はい……………」

お互い向かい合ったまま、視線を床に落としてもごもごしてしまう。何言ったらいいか分からないよぉ……。そんな私の耳にアンナとエディさんの大仰なため息が届いたかと思うと、パンパン、と手を叩く音が部屋の中に響いた。

「はいはい、フレデリック様。リアナ様も。招待状に記載された時刻が迫ってるんですよ」

「お、おう」

エディさんに急かされたフレドさんは、きりっとした顔になると私に向けて手を差し出した。

「えっと……リアナちゃん。エスコートさせてもらってもいいかな？」

「はい……」

手袋越しに、私よりも大きくて厚みのある硬い手の平の感触がした。

また変な事を考えたせいで意識してしまって、白い手袋に目を落としたまま顔が上げられなくなってしまう。

それから私は、ビスホス侯爵家のホールの隣にある控室まで、どうやって歩いて行ったか記憶がまた飛んでしまった。絨毯のせいではない、ふわふわした感覚で歩いているのをフレドさんの手が支えてくれたのは覚えているけど。

「……えっと、リアナちゃん。アンナさんから聞いたんだけど……リアナちゃんが、何か……俺が夜会のパートナーにしたの、リアナちゃんの虫よけ目的だと思ってるって……」

控室に入った後、エディさんはパーティーの最終準備にと他の使用人に指示を出しに消えてしまった。部屋の中にはフレドさんと二人きり。私は緊張して何も話せなくて……しばらく無言のまま時間が過ぎていた。ほんの短い間だったような、すごく長い時間が経ったような。自分の中でぐるぐる考え込んでいた私の意識がフレドさんの声で浮上する。

「え、違うんですか?」

「ちが……わないというか。目的の中に、『変な男がリアナちゃんに寄って来ないようにしたい』ってのがあるってだけで。……ごめん、今夜のパートナーになってもらっただけで、ハッキリ言ってなくて。リアナちゃん、」

「は、はい……」

真剣な声色のフレドさんに、私も思わずきゅっと指を握り込んだ。

「俺と……」

「フレデリック様、リアナ様。お時間です」

フレドさんの声は、ノックの音で中断された。ガバッ、とフレドさんは顔を上げて恨みを込めた目を向けている。

「ちょ……エディ、少し待ってくれ。今大事な話してたとこで、頼む外出て百数える間……」

「……はぁ?　この期に及んでですか?　申し訳ありませんが、待てません。どんだけ時間あったと思ってるんですか」

エディさんに追い立てられるように、私達は控室を後にする事となる。

私はさっきフレドさんが何を言おうとしていたのか、緊張でぐるぐるしていた頭が余計に混乱して……これから大勢の人の前に出なくちゃならないしで、まだパーティーは始まってないというのに既に一杯一杯になってしまっていた。

このパーティーは、私も準備に携わっていたのでどういうものかは分かっている。皇族の籍を外れた第一皇子が当主になる、そのお披露目だ。

中立を保っていた歴史あるビスホス家は、これでフレドさん、及びフレドさんが臣下となった若き皇帝クロヴィスを支持するという意思表示をした事になる。

ホールの扉からは、招待客達を歓迎するための音楽隊の演奏と談笑が漏れ聞こえていた。

「大丈夫?」

私を窺う声に、頷いて返す。扉の前に立っていた使用人達が、ホールに繋がる階段前の扉を大きく開いた。

天井の照明が煌めく、その中を私はフレドさんのエスコートでゆっくりと歩いた。絨毯が敷かれた階段を一歩ずつ下りる。

ざぁっ、っと品定めするように私達に向けられた視線。怖気付かないよう、私は微笑を浮かべ続けた。ホールには鮮やかなドレスを身に纏った女性達と、正装に身を包んだ男性陣が。軍服を着ている方、魔術師と一目で分かる姿の方もいる。いずれも、今日までに必死で覚え込んだこの国の重要人物ばかりだ。

歴史ある侯爵家の屋敷、その広いホールを埋め尽くす着飾った人々……圧巻の光景である。

私達が階段の下に辿り着くのを見計らって、このパーティーの最後の招待客がもう一人階段の上から現れる。この場の誰よりも身分が高い……そう、皇帝に即位する、クロヴィスさんだ。

「楽にせよ」

頭を下げていたその場の全員が、階段を下りるクロヴィスさんに視線を向けた。普段とは違う、今のクロヴィスさんから威厳を感じて、いつも気軽に喋ってるのが嘘みたいだった。

私達の隣に並んだ初老の男性……ビスホス侯爵が、クロヴィスさんに恭しく挨拶を述べる。彼は、招待客達に向けて……フレドさんが療養を終えて健康を取り戻した第一皇子である事を紹介して、そのフレドさんがまだ幼いお孫さんが立派に成人するまで、ビスホス侯爵家当主としてこの家を支え導いてくれるのだと告げた。

紹介されたフレドさんが「フレデリック・ユーン・ビスホス」と名乗って貴族らしい口上で挨拶を述べる。この真面目で緊張の張り詰めた空間に、さっきまでフレドさんの言葉でドキドキして切羽詰まっていた私も流石に冷静になった。

予定通り、私も「リアナ・ヘルメス」として、事前に考えていた通りの挨拶を行った。……緊張しすぎて、声が震えるかと思った。何とか堪えられて良かったぁ……。

「フレデリック殿下、御快癒おめでとうございます」

「ありがとう、マリスティーン侯爵」

「この慶事を聞いて妹も喜んでおりました」

「そうか。彼女も幸せになったと聞いている。私も嬉しいよ」

次々と挨拶に来る貴族達をフレドさんはさばいていく。私も話を振られた時にきちんと受け答えが出来るように、名前と顔と情報を頭の中で一致させながら隣で会話を聞いていた。

見上げた横顔は、いつもと違う……お手本みたいな「高貴な紳士の笑み」で、温度を感じない。その綺麗な微笑みを浮かべたフレドさん、何だか知らない人みたいに見える。

「まぁ……ヘルメス卿、そのドレスに使われている見た事のない生地について教えていただける？下の生地がこうも美しく透ける輝く布……こちらが噂に聞く『妖精の羽衣』なのかしら？」

「はい。ミドガラントの社交界に名高いベッラディーン夫人の目に留めていただけて光栄です。この布は私の所有するブランド『クリスタル・リリー』で取り扱いを始める新しい生地でございます」

次にフレドさんに挨拶に来たご夫婦。その夫人の方が私のドレスに使っている新型のポリムステル生地に目を留めた。既存のポリムステル生地とはまた違い、スライム廃液の処理方法を少し変える事で完成した生地は、このように光の加減によって虹色の光沢と星をちりばめたような輝きを見せる。

この夜会での私のドレスが初お披露目で、こうして目を付けた高位貴族夫人から広めようと宣伝のために使ったのだ。この生地が映えるデザインを考えたかいがあった。

夫人はそのままクリスタル・リリーのドレスに興味を示してくれたので、後日屋敷に訪問する事を約束する。

……よしよし、人造魔石で経済界に人脈を築いたのに続いて、貴族夫人にも味方を増やせそうだ。

「殿下。ではこちらの美しきご令嬢が、新しい婚約者であらせられる――……」

そして急に私に飛んでくる会話の矛先。その内容も思わず声が出てしまいそうになるもので、私は窺うように再度フレドさんの顔を見上げた。

「いいえ。実は婚約者ではないのですよ」

「では――」

「……まだ、そうではないのです。私はとても奥手なもので、中々思いを伝えられずにいまして。ただ近い未来、そうなったら良いと願ってはいますが」

フレドさんの答えに、礼を失して会話に割って入ってでも、という気迫と圧を周囲から感じた。しかしその否定をすぐに塗り替えるような言葉に、一斉に周囲から、ジリッと突き刺すような視線が私に向けられる。

声にならない悲鳴が聞こえた気がした。同時に、さっきまで好奇だけだったものに、煮えたぎるような嫉妬の感情が交じる。

小心者の私は、平時だったらこんな目を向けられて、まともに立っていられずうつむいていたかもしれない。でも今の私は、フレドさんが口にした言葉のせいで全くそれ所ではなかったのだ。

い、今。今……婚約者になりたいって言った？　私と……？　か、勘違い……違う？　そう言ったよね？　私の勘違いじゃなければ……。

何とか微笑を崩さずに堪えたものの、もう少しで悲鳴を上げていた所だった。

話を振られて何とか受け答えをしているものの、私の頭の中には嵐が吹き荒れている。真意をフレドさんに問おうとまた隣を見上げると、いつもみたいに優しく微笑みつつも、なんだかちょっと申し訳なさそうな顔をしていた。

……あ、もしかしてフレドさん自身の面倒避けのために……って事……なのかな？

そう考えればしっくりくる。でもそう考えたら、何だか……それは悲しいな、って感情が湧いてきた。

婚約者にしたい、って言われた時にすごく困惑した。でも最初に私は「嬉しい」って思っていた。今、「言い寄られるのを防ぐための方便かも」と考えて、「悲しい」って思っている。

……ずっと、ずっとこの気持ちに付ける名前が分からなかった。どうしてフレドさんが「他の女の人と結婚するのか」って考えたらお腹の奥が重くなるのかなって……そっか、私。フレドさんの事、好きなんだ……。

こんな逃げ場のない状況で自覚して、私はこのホールに入る前と同じくらい……いや、更に一杯一杯になっていた。

しかもこの状況で、ビスホス侯爵から合図が入る。そう、今日は舞踏会なので……この後、フレドさんと踊らなければならないのだ。この感情を抱えたまま。

「ヘルメス嬢、お手を」

「ええ」

フレドさんに「リアナちゃん」以外で呼ばれるの、慣れないな。頭の中の冷静な部分がそんな事を言っていた。

手を引かれて移動したホールの中央で、向かい合う。

（わぁ……）

背中に回ったフレドさんの手。その感触を意識してしまった。今日のために何回か練習はした。その時はちょっと照れ臭いけど普通に出来たのに、自覚してしまったせいでもうダメだった。

「……緊張してる？」

「へ……」

「顔が赤いから」

背景音楽を奏でていた楽団が自然と演奏を切り替えて、一曲目に相応しいゆったりしたテンポの曲を流す。周囲に聞こえない音量でフレドさんが囁く。ダンスのために向かい合っていた私の耳のすぐ近くでそんな事をされたせいで、驚きに体が跳ねる所だった。

私の頭は真っ白になっていたが、むしろそのおかげか、固まらずに足は教え込まれたステップを踏んでいく。

「ごめん、びっくりさせちゃって。あんな事急に言って、驚いたよね」

「……あの」

「この後、少し落ち着いたら庭園に一緒に来てくれないかな。さっき言った言葉も……控室で言いたかった事についても、話をさせて欲しい」

背中に当たるフレドさんの手のひらが熱い。私は、声で返事をする事が出来ずにただ頷いていた。至近距離で見上げたピンク色の瞳が、いつも見ていたはずなのに特別綺麗に感じてドキドキしてしまう。

何の話だろう、とか何を言われるんだろう、って考えていたら、その一曲はあっという間に終わってしまった。

……何とか、フレドさんの足を一回も踏まずに、ステップも間違えずに踊れた。私達がホールの中央からどくと、数組の男女が入れ替わるように出て来る。間もなく二曲目が始まった。

一旦ダンスが終わった後もフレドさんへの挨拶待ちの列は続く。一通り挨拶が終わる頃には、フレドさんも私もすっかり気疲れしていた。

「ビスホス侯爵、少々庭園に出てもいいでしょうか」

「ああ、この場は任せなさい」

目じりに皺を寄せて微笑んだ侯爵が快く送り出してくれる。

そんな中まだ「何を言われるんだろう」って緊張していた私は、ダンスが終わってから、さっきまで社交の最中も手を繋ぎっぱなしな事を意識する余裕がないくらいには混乱していた。

優雅にスカートの翻るホールの脇を通って、フレドさんに手を引かれた私はすっかり陽の落ちた庭園に向かう。

「まぁ、フレデリック皇子。お久しぶりでございます」

「御快癒おめでとうございます」

「わたくし達、皇子が療養のために突然姿を消して、心の底から心配しておりましたのよ」

「ええ、本当に」

「……ああ……久しぶり。私も健康を取り戻せて嬉しく思う」

ホールの壁の一面に並ぶガラス扉。その一部が開け放たれ、庭園に繋がるレンガ造りの広場が見えている。そこに出てすぐ、三人の令嬢に声をかけられた。……いや、髪型やドレスの意匠から、既婚者だと分かる。なら三人の夫人、と呼ぶのが正しいか。

一応、私もこれでも貴族令嬢だった。三人の立ち位置と目配せの様子から、何となく力関係と悪意を感じ取って警戒を始めた。一応、とはいえパートナーの私がいるのにこちらに挨拶もせずにフレドさんと会話を始めるのは本来ならマナー違反だし。

フレドさんは顔見知りのようだし、私は話しかけられていないので対応を任せる事にした。

「でも、驚きましたわ。御快癒したと同時にもう婚約者候補を連れて帰って来るなんて」

「かつての婚約者イザベラ様とは全く違ったタイプの御令嬢ですのね」

「フレデリック皇子はかつて婚約者がいたにもかかわらず令嬢達の視線を攫っていましたから、ねえ、お嬢さんはとっても頑張らないといけませんわよ」

三人で顔を見合わせてころころと笑う。扇で隠された口元に、何だか嫌な感じの笑みが浮かんでいた。

……わぁ。あからさますぎる悪意に、むしろ私は冷静になっていた。……あ、そう言えば。こんな時こそ私が前に出なければいけないのではないだろうか。そう、クロヴィスさんにも「兄さんに変な女が寄ってこないように、リアナ君、頼んだよ」と言われてるし。よし。

「ねぇ、フレデリック皇子……わたくしは既に嫁入りした務めを果たし、嫡男と長女を授かっておりますのよ。殿下さえ望めば大人同士の……政略ではない、真実の愛を……」

「結構だ。ガドゥール夫人、私が貴女の望みに応える事は永遠にない」

すす、と私が立つ反対側に身を寄せようとした一人を、フレドさんは手の甲で押しのけながらきっぱりと宣言した。

……私が前に出るまでもなかった。

ちらりと窺ったフレドさんの顔は、リンデメンの冒険者ギルドで私が絡まれていたのを助けてくれた時みたいに、びっくりするくらい冷たかった。思わず横顔を見つめた私だったが、それに気付いたようで、フレドさんが私に視線を向けて、目が合う。

途端、いつもみたいにふにゃっと笑う……その顔が可愛くて、何だか私も笑ってしまった。

「不愉快な話だな……この件は抗議させてもらう」

「なっ……！」

「話がそれだけなら失礼する」

さりげなく、三人から私を遠ざける格好で横を通って庭園に下りる。

煉瓦で舗装された遊歩道が魔導灯の明かりに照らされている。私はそこをフレドさんのエスコートでゆっくりと歩いていった。

それにしても、さっきはちょっと意外だったな。

フレドさんが女性に絡まれてるのは何度か見たけど、あんなにはっきりきっぱり断るのなんて初めて見たから。

いつも、相手を傷付けないように……笑顔で、申し訳なさそうにお断りしてるから。

「……ごめんね、リアナちゃん。また俺のごたごたに巻き込んで……」

「いえ、フレドさんは悪くないですから。でも、良かったんですか？　あんなに厳しい言葉を使って拒絶しちゃって」

「いいんだ、波風立てない事より大事な事が出来たから。それにしても……あの日……奪ってもらったはずなのに、何かそこまで変わってない気がするんだよね。もう一回行った方が良いかな……」

フレドさんからは、ドラシェル聖教本部の奥で起きた不思議な体験についておおまかな事を話してもらっている。クロヴィスさんやエディさんにも勿論話した事だが、実は私が最初に打ち明けられている。フレドさんから信頼されてるんだな、って思っちゃって……すごく、嬉しかった。

でも、その不思議な聖女様が魔眼を奪ってくれたのは確かだと思う。目の虹彩にあった紋様が実際になくなっていたから。

今のフレドさんが依然女性を引き寄せてしまうのは……普通に、フレドさん本人があの魔眼関係なしにすごく好意を寄せられやすいだけだと思うんだけど。フレドさんとしては「あのやっかいな力はなくなったはずなのに……嘘吐かれたんじゃないよな……？」と悩む程の事らしい。自分の事が分かってなさすぎると思う。

「えーっと……それで、さっき言ってた話の続きなんだけど」

「……はい」

私は神妙に頷いた。控室での言葉の続きと、婚約者発言について……それに、申し訳なさそうな顔の真意。

陽の落ちた庭園の中、私はフレドさんと向かい合っていた。フレドさんの言葉を待って、彼の顔を見上げる。何て言われるのか、ドキドキしながら。

「……さっき、ごめんね、勝手に婚約者にしたいだなんて言って」

「いえ、あの……あの場ではああ言った方が面倒がないの、分かってますから」

「違う、リアナちゃんにちゃんと言う前に、人前で口にする事になっちゃったから……自分がもたついてたのすごい後悔してる」

それって。

私は、その言葉が意味する事を考えた。……じゃあ、さっきの申し訳なさそうな顔って、風除けにしてごめんって意味じゃなくて……？

「リアナちゃんは、すごく魅力的な女性だと思う。ほとんど何でも出来るし、俺が勝てる事なんて一つもないし、正直俺じゃ釣り合わないと思ってたから。ただこれからも力になれたらってだけで……リアナちゃんが幸せならそれでいいって思ってたんだけど」

フレドさんは私の手を取って、その場に跪いた。手袋越しにギュッと握られた手、見下ろす位置にあるフレドさんのピンク色の瞳。それが同時に視界に入ってきて、私の鼓動はより一層高まる。

「でも俺……リアナちゃんの事を、俺が幸せにしたいんだ」

視界が滲む。アンナが完璧に仕上げてくれたお化粧が崩れてしまうのに、だめだ……ちょ、ちょっと……嬉しすぎて全然堪えられない。

頬を温かいものが伝う。手で触れなくても、自分が泣いてるのが分かった。

「どうか、俺を君の恋人にして欲しい」

「…………っ、！」

はい、って言いたいのに、言葉が声にならなかった。

私ははくはくと何とか息をしながら、夢中で頷いた。

嬉しいのに、声が出ないし……涙で視界が滲んで何も見えない。でも、言いたい事は伝わったみたいだ。

「……！　すごい嬉しい……」

「ごめん……許可貰う前に、抱きしめちゃって……でも、ほんとごめん……もう少しこのままでもいい？」

「フ、レドさ……」

いきなりフレドさんに抱きしめられて、私はあまりに驚きすぎて涙が止まっていた。

謝られたけど、もちろん……嫌な訳がない。ただ、びっくりしてるのと……フレドさんのがっしりした体と腕にぎゅってされるの、私の心臓が持たなくて……。ダンスの時は香らなかったのに、この至近距離になって初めてわずかに感じる香水に気付いてしまったりして、さっき初恋を自覚したばかりの私の許容量はとっくにオーバーしていた。

でも恥ずかしいからもう無理、とは言えずに私は大人しくフレドさんの腕の中にいる。

「ありがとう……俺、今世界で一番幸せ者だと思う」

「私も……今すごい嬉しくて……あの、幸せ……です」

フレドさんの礼服に触れる自分の頬が熱を持っているのが分かる。

私はおずおずと自分の腕をフレドさんの背中に回すと、私も、と主張するように自分から抱き着いた。でもどのくらい力を込めるのかとか正解が全然分からない。女の子から力いっぱい抱きしめて良いのかな？

あ、幸せだな、と心にじんわり染みるようにそう思う。背中に触れるフレドさんの手が温かくて、それだけで言葉に出来ないくらい嬉しい。

……これからもきっと、こんな風に幸せで素敵な日々が続くんだろうな。

フレドさんの腕に閉じ込められたまま、私はこれから過ごす日々について、想いを巡らせていた。

第七十二話　変わるもの、変わらないもの

私達が結婚を前提にお付き合いを始めた事は、当然その日のうちにアンナに報告した。私の初恋だった事とか、それをパーティーの最中に気付いた事とか、夜が更けるまでいっぱいおしゃべりしてしまって、翌日はちょっと寝不足になっていた。

「つまり、リアナとフレドはつがいになるという事じゃな？」

「つが……っ?!」

昨日私が帰った時にはもう寝ていた琥珀に朝食の席で報告した時に返って来たのはそんな反応だった。

あまりに直接的なその言葉に、つい赤面してしまう。別に琥珀はからかうような口調ではない。ただの事実確認、なのに、私が過剰に反応してしまっただけだ。

私はしどろもどろに「そうなるのかな」なんて濁してしまう。

でも昨日は……昨日は、フレドさんと両思いだって分かって、恋人に……お付き合いが始まったって嬉しくてただポヤポヤ喜んでただけだったけど。

一晩経って……自覚したら、何だか急に恥ずかしくなってきてしまった。

どうしよう、次に会った時、私多分フレドさんの顔をまともに見られない……。

しかし、そんな事をもだもだ考えている場合ではなかった。なんとフレドさんから……デ、デートのお誘いが来てしまったのだ。

「まぁ！　思いっきりおめかししましょうね！　腕が鳴ります！」

む、無理！　お付き合いを始めた、って事……まだ全然私の中で受け止めきれてないのに。

「アンナ、待って待って、心の準備が……お願い、約束するなら少し後にして」

「……リアナ様。それにはどのくらいかかるのですか？」

「え、えっと……一か月くらいは……」

「三日後でお返事出しておきますね～」

「わぁあ」

こうして、私のスケジュールを完全に把握しているアンナによって、有無を言わさず私の初デートの日程が決められてしまったのだった。

そして今日はデート当日。緊張しすぎてなんだかお腹の奥が重くなってきた。うぅ……食事にも行くのに、全然食べられなかったらどうしよう。

落ち着かない、気が付いたら鏡を見ていた。さっきから何回目になるか分からない。変なとこないかな……この服気合入れすぎって思われないかな。お化粧はアンナがやってくれたけど、口紅に可愛すぎる色を使ってちょっと浮いてないだろうか、とか際限なく気になってしまって。

フレドさんが迎えに来る時間を気にして、時計も何度も見てしまう。何だかさっきから時計と鏡しか見てない気がする。うぅ……。

「あ、迎えが来たみたいですよリアナ様」

大分早くから準備してそわそわしてたら、あっという間に約束の時間になっていた。

玄関で挨拶してるフレドさんの声が聞こえる、けど私は変に意識してしまって、顔が上げられなくなっていた。

「リアナちゃん、えっと……こんにちは？　迎えに来たよ……で良いのかな」

「あ、……フレドさん、こんにちは」

意を決して振り向くと、そこには花束を抱えたフレドさんが立っていた。

……う……おしゃれしてるフレドさんが眩しすぎて直視できない……！　パーティーの日の隙のないかっちりとした装いとは違う、私達と一緒にいる時の服に近いテイストの服。髪も緩くセットしてて、フレドさんなんだけどいつものフレドさんじゃないせいで、落ち着かない……！

私はパッと目を逸らしてしまった。しかしそれはフレドさんも同じだったみたいで、私から目を逸らして何もない壁の方を見ている。

「……ごめん、ドレスの時とまた違う可愛い格好にびっくりしすぎて思わず目を逸らしちゃった。

今日の格好もすごく可愛いよ。あ、もちろん服だけじゃなくてリアナちゃんも……」

「あの、あの！　そういうのあんまり言わなくて良いので!!」

ぺらぺらととんでもない事を喋り始めたフレドさんを私は思わず止めてしまっていた。こんな事、慣れてない私には刺激が強すぎる。

「あ～……俺、浮かれてるみたいだから、なるべく我慢するけどまた『可愛い』って漏れちゃったらごめんね」

早速漏れてるフレドさん。あんまり気を付けるつもりないいんじゃないかな。

「あと、これ……来る途中、リアナちゃんの目と同じ色の花を見かけたから、つい」

「ありがとうございます、素敵な花束……」

手のひらで包めるくらいの、可愛らしい大きさの花束。薄い紫から深みのある色にグラデーションになっている花びらにそっと触れる。

素朴な包装紙とリボンが使われているそれは、フレドさんが目を留めてその場で自分で買ってくれたのを物語っていた。ここに来る途中も私の事を考えててくれたんだなって思うと、嬉しい……胸がぎゅってする。

デートが始まる前からこんなに嬉しくて良いのだろうか。

「じゃ、じゃあ……あの、行こうか、リアナちゃん」

「ちょっとフレドさん、リアナ様。そのまま行くつもりですか？」

「え？　……はい。お伝えしてた通り、夕飯の時間には帰って来ますけど……」

さて出発、というタイミングでアンナが待ったをかけた。

このまま……行くつもりだったのだが。忘れ物もないよね？　今朝から二十回くらい確認したし……。この服装も、今日予定している行き先と合ってるはずだ。

「そのお花ですよ。デートに持って行ったら帰って来る頃にはしおれちゃいますよ？」

「あ」

二人揃って全く考えてなかった……という声を出してしまった。そ、それは困る。なるべく長持ちして欲しいし、なんなら加工して綺麗な状態でとっておきたいのに。

私は大人しく、「リアナ様のお部屋に生けておきますね」というアンナに花束を託す事にした。

「あはは……デートなんて初めてだから、最初からかっこつかない事しちゃったなぁ」

「いえ、私はすごく嬉しかったので！」

「そう？　なら良かった。待ち合わせじゃなくて家まで迎えに来る事にして正解だったよ」

ちょっともたついたものの、仕切り直しをして私達は出発した。

今日の予定はあらかじめ聞いている。私も個人的に行きたいと思っていた、ミドガラントの帝国立美術館。ここをたっぷり時間をかけて回るのだ。

前から行きたい、とは思っていたのだけど、改装中でしばらく美術館は閉まっていた。しかしなんと今回、私達がこの改装が終わったお披露目の一組目のお客になるらしい。他に人が居ないなんてすごい。贅沢でとても楽しみだ。

そのために、おしゃれはしつつじっくり見て回るために歩きやすい靴を履いて来ている。

「まずは昼食なんだけど。珍しい店があるんだ。もちろん味も美味しいよ」

フレドさんのエスコートで魔導車から降りる。私はレストランの扉をくぐってすぐ、見た事のない、しかし懐かしい世界に迷い込んだような錯覚を起こした。こんな家具や壁紙、初めて見る。でもこのデザイン、私は知ってる……そう思って既視感を口にする。

「え……このお店の内装、まるで絵本の世界ですね。黒猫ネーマの冒険って……」

「そうそう。有名な絵本やお話をテーマに、毎年内装を変えてるんだって。メニューもそのテーマに合わせて毎回変わるんだよ」

「わぁ、すごく面白いお店ですね」

個室に案内された後も、私はきょろきょろ室内を見回していた。

あ、あのランプ、挿絵に出てたネーマの部屋にあったキノコのランプじゃない？　とか。その机の上に手書きの地図が広げてあるけど、あれは五巻に出て来た竜の島の地図よね、とか。見つける度に嬉しくなってしまう。

すごい、あの絵本の中に入ったみたい。

メニューもすごい凝っている。私はネーマが冒険の途中で食べていた「ロヒロヒ鳥のバター焼きプレート」と「モモチのジュース」を注文した。もちろんロヒロヒ鳥やモモチの実なんて存在しないので、それを再現したメニューだけど。

プレートのデザインや盛り付けまでとても素敵で、全部物語の世界観にぴったり。私は終始興奮しっぱなしだった。もちろん料理も全部とっても美味しかったけど。

「喜んでくれてよかった。リアナちゃん、子供の頃この絵本好きだったって話してたから、ここに誘おうって決めてたんだ」

「……あ、ありがとうございます」

そう言えばそんな話をした事もあるかもしれない。でもそんな小さい事まで覚えてくれてたなんて、正直とても嬉しい。

「これから行く帝国立美術館は、ほんとに誰もいないとこで好きなだけ観られるよ」

「はい！　すごく楽しみです」

この帝国立美術館には、元々フレデリック第一皇子として招かれていたらしい。しかし仕事として訪れるのは別の日にしたので、今日はプライベートでとわざわざ言ってくれた。

館長や学芸員の案内も、悩んだが断ってしまった。プロの人しか知らない知識や解説も魅力的だが、今回はじっくり芸術を眺めたいと思う。

「わぁ……すごい」

その帝国立美術館の展示物は、どれも素晴らしいものばかりだった。シエント朝の巨匠のメロニオ・ファディチの絵画や、アーティファクトでもある妖精の鏡、古代遺跡エルディアンの壁画の現物展示なんてものまで！

どれも、とてつもなく長い時間、多くの人が大切に遺してきた文化遺産なのだと分かる。やはり戦争ではこうした芸術は破壊され失われてしまう事も多い。時と共に劣化だってする。でもそれらを乗り越えたからこそこうして存在に触れる事が出来たんだよね。すごい事だと思う。

横のキャプションも楽しみながら、私はひとつひとつじっくり見ていった。

「あ……ごめんなさい、私だけ楽しんじゃって。せっかく一緒に来てるのに、おしゃべりとかもしてないし……」

「ん？　俺は俺ですごく楽しんでるから大丈夫だよ」

でもさっきから、私が新しい展示物に移る度に、隣に並んでしばらく鑑賞している気配はあるが気が付くと一歩下がった場所にいる。それに今気付いて、退屈させちゃってないかな、と心配してしまったのだ。

「俺もこの美術館の中ちゃんと観た事なかったから、実際一緒に楽しんでるよ。あと……リアナちゃんが喜んでる横顔見てるのが楽しくて。興味深そうにしてたり、ちょっと真剣な顔で細かい所観たり、そういう表情も全部可愛いからさ」

それを斜め後ろから見てた、と言われた私は「そういう事あんまり言わないって約束しましたよね?!」と真っ赤な顔をして言葉を遮る羽目になってしまった。

「楽しかった……けど観たいものがまだまだたくさんありますね……」

「まぁ、あそこは全部観るのにひと月かかるって言われてるから」

貸し切り状態の美術館という、贅沢な時間を堪能した私は満足感でいっぱいだった。しかし展示物の数が多すぎて、それでも全部は観られてない。また一緒に来ようね、と約束して美術館を後にする事になった。

「これから帰って晩御飯……だけど胸が一杯で……食べられるかな……」

「じゃあ、ここからリアナちゃんの家まで近いしちょっと歩こうか。車は商会に返しておくから」

「はい」

ちなみに今日の魔導車の運転手は、フレドさんの白翼商会で雇っている方だった。エディさんじゃないんだ、って私はちょっと意外に思ったんだけど、「私は家族のデートについて行く趣味はないので……」と言っていたらしい。

でも、確かに。私もアンナが誰かとデートに行くってなったら、絶対気になるし後で話聞かせてね！　とはなるけどその場に一緒にいるのはちょっと……ってなるな。

私はアンナは誰とデートするんだろう、と何となく考えていた。

「おい、接客態度が悪いんじゃないか？　これでこの料金なんておかしいだろ」

「や、やめてください！　警備兵を呼びますよ！」

「何言ってんだよ。料金に見合うサービスをしろって、客として正当な要求だろ？　現に、暴力なんてふるってないじゃないか」

美術館から家まで。賑やかな大通りを歩いている途中、軽食を提供しているらしい屋台から喧騒が聞こえた。

トラブルの気配に思わず顔を向けると、そこには腕を摑まれた店員らしき女性と、既に結構お酒を飲んでいるらしい男性客の姿が。

少しやり取りを観察して、男性が「サービスとして横に座って接客しろ」と言って、それを女性が断ったのに納得せず揉めているようだ。屋台に表示されてる料理の値段は適正価格、むしろ量のわりにお得だと思う。これは完全なる言いがかりだ。

「フレドさん」

「ああ、分かった俺が止めて……」

「ちょっと上着持っててください！」

「え?!　そっち?!」

周囲は、冒険者らしい体格の良い男性に怯えて誰も割って入ろうとしない。視界の端に、おそらく警備兵を呼びに行ったらしい他の屋台の従業員の姿が見えたがそれでは遅い。

私は、居ても立っても居られず、気が付いたら絡まれている女性の前に立ちふさがるように前に出ていた。

「お？　何だ？　偉い別嬪さんだな……よし、お嬢さんが代わりに相手してくれるなら許してやる……」

「いいえ、そんなつもりはありません。……あの、今なら兵に突き出されるような事にはならずに済みますが。この女性に謝罪するつもりはありますか？」

周りがざわついた。観衆の言葉からすると、一応銀級冒険者らしく、しかし腫れもの扱いされている男らしい。

「は？　何だぁ生意気な口ききやがって……俺が誰か知ってるのか？」

「いえ……女性に無体を働く人だとしか……」

「!!　クソ、舐めた事を！」

銀級冒険者、だとして何人いると思っているのだろう。現に、自分だって金級冒険者の私を知らないのに。心底不思議に思って、とりあえず分かる情報だけ返すと、急に男は激昂して殴りかかってきた。

グワッ、と日に焼けた太い腕が拳を作ってこちらに向けられる。私はほぼ反射で体が動くままにそれを片手でいなすと、そのまま勢いを利用して男の攻撃を真横に逸らした。

「うわっ、とぉ?!　――ガッ」

バランスを崩した所に、顎を横から一撃。脳みそが揺れた男は、ぐるりと白目をむくと膝からくずおれる。

……しまった、殴りかかって来るからつい反応してしまった。

後ろから駆け付けてくれたフレドさんは、私が託した上着を手に呆然としていた。絡まれてた女性は、石畳に座り込んだまま、私を見上げてぽかんと口を開けて固まっている。

周りの人達も、私と、倒れた男を中心に大きく距離を空けたまま。ここだけ夕飯時で賑わう大通りの喧騒が遠ざかってしまっている。

「えっと……私……また何かやっちゃいましたか？」

私は「マズイ事をしたかな？」と内心焦りながらフレドさんに尋ねた。いや……今のは正当防衛だったから問題ないはず。そうは思いつつ、周りの人がこれだけ変な反応をしてるのだから、やっぱり間違えたかもしれない……と心配になってしまう。

「あははは!!」

いよいよ不安になってきた時、フレドさんが大声で笑った。

「え？　え……何ですか？」

「いや、違うよ。リアナちゃんはやっぱりすごいなぁって思っただけだから」

フレドさんは涙をにじませる程に笑うと、私の肩に上着をかける。

そうして黙ったまま私達を取り囲んでいた観衆をぐるりと見まわすと「俺の彼女、すごい強いでしょ？」と自慢げに声を上げた。

「……ほんと、兄ちゃんの彼女さん、強いなぁ」

「ね、一発でのしちゃったよ」

「ほんとほんと、すごかった」

するとと、今までちょっと緊張した様子で観察するような視線を向けていた周りの人達が、笑顔になって口々にフレドさんに声をかけ始めた。

「でも、彼女にやらせるのは情けないぞ」

「いやほんと、そこはごめんなさい！　出遅れました！　次は俺が頑張るんで！」

「お嬢さん、かっこよかったわねぇ。ありがとう、うちの店員を助けてくれて」

「いえ、あの……つい体が動いちゃっただけなので」

「冒険者か何かやってるの？　ゼクの奴をあんな簡単にやっつけちゃうって事は……もしかして金級？」

「え！　本当に？」

一転、私は女性を救った英雄として人々に囲まれて、四方八方から話しかけられてあわあわとしていた。

混乱しすぎて変な事を口走りそうになった瞬間、隣から肩を引き寄せられる。人込みの中からフレドさんが助け出してくれたみたいだ。

「ごめんなさい、俺達デートの途中なんだ。対応任せて良いですか？　これ、俺の連絡先です」

「あら、太っ腹だねぇ。任されたわ」

フレドさんは商会の名刺と手数料らしい銀貨を、絡まれていた女性に声をかけていた屋台の持ち主らしき人の手に握り込ませた。

私の肩を抱いたまま、フレドさんは人込みに向けて大きく手を振る。

「……フレドさん、ごめんなさい」

「ん？　何が？」

「私がいつも問題に首を突っ込んだり、引き寄せたりして……」

フレドさんは笑った。

「俺は、リアナちゃんの……困ってる人を見て見ぬふり出来ない所とか、真っ先に体が動いちゃう所とか、そういう優しくて正義感強い所ごと好きなんだから」

私の肩から手が離れる。離れた手の平はすぐに私の手を握った。

「だから、リアナちゃんがやりたい事は全部、俺も一緒にやりたいな」

隣を歩きながら、フレドさんがまっすぐ私を見下ろす。陽が落ちた帝都の空、大通りを照らす魔導灯の明かりが、フレドさんの瞳に浮かんでいた。

「……はい、ありがとうございます。フレドさん、あの、これからもよろしくお願いします」

「うん、喜んで」

私もフレドさんの手を握り返す。

ああ、私フレドさんと出会えて良かったな、って。まだちょっとドキドキ高鳴る、心の底からそう思っていた。

あとがき

この度は「無自覚な天才少女は気付かない」5巻をお買い上げいただき、ありがとうございます！　作者のまきぶろです。普段は「小説家になろう」で気の向くままに小説を書いています。

素敵なカバー、挿絵を描いていただいた狂zip先生、ありがとうございました！

狂zip先生の絵のお陰で、私の小説の魅力を何倍にも読者に伝えていただいたと思います。とくにカバー絵の、初ドレスのリアナちゃん！　とっても可愛いです。素敵なデザインで描いていただきほんと感激です。

皆様のおかげでこうして5巻までたどり着きました〜！

リアナちゃんは何でも出来る子なので、今まで色々な分野で活躍する所を書けたのが、シリーズ通してとっても楽しかったです。

新天地での活躍、家族との訣別。自分の中で納得した「親離れ」を経てリアナちゃんは自分で選びました。

リアナちゃんが旅に出た先で、自分の幸せを見つけるこのお話を一緒に見守っていただきありがとうございました！

意識は変わったとはいえまだ全然足りない、天才だけど自己評価がめちゃめちゃ低いリアナちゃんはきっとこれからも周囲とたくさんすれ違うと思います。でもリアナちゃんにはリアナちゃんの事を大好きで信頼している人達が周りにいるので、もう何が起きても絶対大丈夫でしょう。

フレドとも両想いになりましたが、ヘタレと引っ込み思案の恋愛、周りがもどかしくなるような彼ら二人らしいお付き合いがこの後も続くんだろうな、と目に浮かびます。

今回のお話、書きたい所が全部書けてとても楽しかったです！

コミカライズの方はまだ小説二巻部分まで、これからどう面白く描かれるのかますます楽しみです。

「無自覚な天才少女は気付かない」を応援してくださった読者様、編集さん、狂zip先生、他出版に関わった全ての方達に感謝の言葉を。

そして、まだまだ続くコミカライズをこれからもよろしくお願いします！

あとがき

こちら5巻の発売になりました。
リアナとフレドの幸せそうな
イラストが描けて感無量です！

あとがきで載せてきました
キャラクターデザイン、
今回で全部載せきれませんが
アナの兄弟たちなど
内容含め、少しでも楽しんで
頂けますように。

@kyo_zip

わいい!
無自覚な天才少女は気付かない
～あらゆる分野で努力しても家族が全く褒めてくれないので、家出して冒険者になりました～
辺境の貧乏伯爵に嫁ぐことになったので領地改革に励みます
～ドラゴンと公爵令嬢～
生贄第二皇女の困惑
敵国に人質として嫁いだら不思議と大歓迎されています
追放された聖女ですが、実は国中から愛されすぎて怖いんですけど!?
毎月1日刊行!!!!!!!!

強くてが
無自覚聖女は今日も無意識に力を垂れ流す
今代の聖女は姉ではなく、妹の私だったみたいです
異世界転移して教師になったが魔女と恐れられている件
～王族も貴族も関係ないから真面目に授業を聞け～
エルフさんの魔法料理店
妖精女王として転生したけれど、まずはのんびりお料理作りまくります！
転生料理研究家は今日もマイペースに料理を作る
あなたに興味はございません
最新情報はこちら！
EARTH STAR LUNA
アース・スタールナ

EARTH STAR
LUNA

無自覚な天才少女は気付かない⑤
～あらゆる分野で努力しても家族が全く褒めてくれないので、家出して冒険者になりました～

発行 ―――― 2023年10月2日　初版第1刷発行

著者 ―――― まきぶろ

イラストレーター ―――― 狂zip

装丁デザイン ―――― 冨永尚弘（木村デザイン・ラボ）

発行者 ―――― 幕内和博

編集 ―――― 児玉みなみ　佐藤大祐

発行所 ―――― 株式会社アース・スター エンターテイメント
〒141-0021　東京都品川区上大崎3-1-1
目黒セントラルスクエア　7F
TEL：03-5561-7630
FAX：03-5561-7632
https://www.es-luna.jp

印刷・製本 ―――― 中央精版印刷株式会社

ISBN 978-4-8030-1828-8